„wie ein kostbarer jahrgang"

ein reiseroman

'von wegen (und) freundschaften'

von Simon K. Richardson

Impressum

„wie ein kostbarer jahrgang"
ein reiseroman, 'von wegen (und) freundschaften'
1. Auflage 2014

Autor: Simon K. Richardson
SimonKRichardson@gmail.com
http://www.facebook.com/SimonKRichardson

Printed in Germany
Verlag: tao.de in J. Kamphausen Mediengruppe GmbH, Bielefeld,
www.tao.de, eMail: info@tao.de

ISBN Hardcover: 978-3-95802-125-9
ISBN Paperback: 978-3-95802-124-2

Bibliografische Information der Deutschen Nationalbibliothek:
Die Deutsche Nationalbibliothek verzeichnet diese Publikation
in der Deutschen Nationalbibliografie; detailliertebibliografsche
Daten sind im Internet über http://dnb.d-nb.deabrufbar.

© Christof Wessjohann
Das Werk, einschließlich seiner Teile, ist urheberrechtlich geschützt.
Jede Verwertung ist ohne Zustimmung des Verlages unzulässig.
Dies gilt insbesondere für die elektronische oder sonstige
Vervielfältigung, Übersetzung, Verbreitung und sonstige
Veröffentlichungen.

Wichtiger Hinweis für den Leser:
Personen und Handlung dieses Reiseromans sind frei erfunden. Sollten sich dennoch zufällige Ähnlichkeiten zu lebenden oder verstorbenen Personen ergeben, so sind diese für die Betroffenen erfreulich oder unerfreulich, auf jeden Fall aber nicht gewollt.

Inhalt

Simon K. Richardson	7
Später Start	14
Auf dem Weg	25
Meseta	38
Wasser für Arnold	48
Gin mit Körber	59
Martin und Beate	78
Der Rucksack	95
Cruz de Ferro	110
Soldaten-Latein	134
Georg	143
Polizei	153
O Cebreiro	167
Wiedersehen	175
Radfahrer	189
Einsamer Martin	203
Die längste Strecke	213
Hostal von Jesus	225
Das Ziel vor Augen	234
El Final	248

Simon K. Richardson

Auf meiner Fahrt nach Hause scheint die tiefstehende Mai-Sonne in meine Limousine. Die vierspurige Bundesstraße ist frei, der Tacho zeigt 140 km/Std. Der Wagen rollt ruhig dahin, im Radio läuft irgendetwas Klassisches; ich drehe es lauter. Die frühlingshafte Natur macht den grauen Winter vergessen. Frisches, kräftiges Grün an Bäumen und Sträuchern, geschmückt mit bunten Blüten an Flieder, Alpenrosen, Kirschen- und Apfelbäumen fliegen wunderbar an meinem Wagen vorbei. Ein erfolgreicher Tag liegt hinter mir, ich fühle mich mal wieder richtig gut.

Am liebsten würde ich jetzt weiterfahren – bis nach Spanien, spontan, einfach so. Einfälle dieser Art hatte ich in jungen Jahren häufiger: kurz „Fernweh" genannt. Ein Gefühl, das ich über die Jahre verloren glaubte und welches im letzten Jahr mit Kraft zurückkehrte.

Das Handy klingelt, mein Chef Ingo ist dran.

„Hallo Simon, du bist schon auf dem Weg zur Family?", fragt er.

„Richtig, habe nach dem Kundentermin gleich Feierabend gemacht."

Er grunzt merkwürdig und meint: „Ich gehe noch mit ein paar Kollegen ins Regines, wir machen eine kleine After-Work-Party. Bitte denk dran, dass ich gleich morgen nach dem Lunch deinen Customer Report brauche. Ich habe ein Meeting mit dem Finance."

Ich wusste, dass er die Zahlen benötigt, weil er mich heute schon zweimal darauf angesprochen hatte. In möglichst sachlichem Ton informiere ich ihn: „Die Zahlen liegen bereits fertig bei mir auf dem Schreibtisch. Kannst du dir gerne rausholen."

An Ingos Rhetorik musste ich mich erst gewöhnen. Eine Besonderheit der IT-Branche ist die Verwendung von möglichst vielen, auch nicht technischen Anglizismen. Je mehr davon in einer Konversation platziert werden, umso kompetenter wirkt man. Gegen ein gewisses „Denglisch" ist nichts einzuwenden. Wenn in einem kleinen Unternehmen ohne internationale Ambitionen das Mittagessen allerdings zum „Lunch" wird und die Buchhaltung zum „Finanz-Department" mutiert, ist bei mir der Punkt überschritten, wo Anglizismen ins Lächerliche kippen.

Bei mir zu Hause gibt es keinen Lunch mit „Schischi", wir genießen Mittagessen. Bei meinen „After-Work-Partys" sind die Kinder außer Haus und ich mit meiner Frau alleine. Mögen die andern zum Lunch gehen, ich mache weiterhin „Mittag".

Bis vor fünf Monaten war ich selbstständiger Berater und hockte Tag für Tag in meinem Home Office. Jetzt throne ich in einem schicken Büro mit großer verglaster Front im 2. Stock und Aussicht auf die städtische Durchgangsstraße von Wilhelmshafen. Vor meinem Büro sitzt eine nette Sekretärin, die mir und zwei weiteren Senior Consultants zuarbeitet. Meinen Kaffee koche ich nicht mehr selber, sondern er wird mir auf Wunsch gebracht.

Das Angebot, in diesem kleinen, erfolgreichen Unternehmen mit dreiundzwanzig Mitarbeitern als Senior Consultant zu arbeiten, war schlicht zu attraktiv, um es abzulehnen. Besonders freut mich, dass ich jetzt ein kleines Team habe, an welches ich Aufgaben delegieren kann. Das sollte mir die Freiheit gewähren, mit gutem Gewissen mal einen längeren Urlaub ins Auge zu fassen.

Die Bundesstraße habe ich mittlerweile verlassen und fahre auf einer schmalen Landstraße durch die norddeutsche Ebene. Rechts von mir liegt eine sattgrüne Weide mit rotbunten Kühen, die gemächlich ihr Gras in der goldgelben Sonne kauen. Die Fläche ist von zwei Seiten durch einen halbhohen Baumbestand eingefasst. Mich erinnert das Motiv an eine flache Weide im spanischen Pyrenäenvorland, das ich im letzten Jahr mit dem Rucksack durchquerte. Genau wie heute trieb mich die spontane Sehnsucht nach Ferne und modernem Abenteuer dorthin.

Ich ging schon einige Jahre mit der für mich faszinierenden Idee schwanger, den Camino Frances zu erwandern. Den bekanntesten der Jakobswege, die unter den Pilgern nur kurz Camino (spanisch: Weg) genannt werden.

Mit Mitte vierzig wurde aus der Idee Realität. In vierzehn Tagen lief ich von Saint Jean Pied de Port (kurz SJPDP) bis Burgos. Nicht wissend, ob ich Pilger oder Wanderer bin. Eine herrliche Reise, auf der ich meine „Camino Buddys" Daniel, Christoph und Elena kennenlernte, mit denen ich bis heute in Kontakt stehe. Zusammen bewältigten wir unterschiedlich lange Abschnitte des Caminos und wurden gute Freunde.

Ich kam im letzten Jahr vom Camino zurück nach Deutschland und je mehr Zeit verstrich, umso mehr wuchs in mir der Wunsch, den Weg bis Santiago de Compostela fortzusetzen.

Gerade jetzt, wo die Sonne wieder höher steigt und die Luft wärmer wird, treibt es mich um.

Auch meine drei „Camino Buddys" zieht es in diesem Jahr zurück auf einen der Wege: Elena möchte den „Camino Norte" ausprobieren, der der spanischen Atlantikküste folgt. Und Daniel und Christoph laufen im August und September den „Camino Portuguese".

Warum treibt es uns zurück auf den Camino? Vielleicht ist es tatsächlich eine spirituelle Saat, die in jedem von uns aufgegangen ist und gedeiht. Mich reizt auch die Herausforderung, einmal quer durch Spanien gelaufen zu sein. Diesen Weg durch abwechslungsreiche Landschaft, in Gesellschaft Gleichgesinnter und das „Mal-Weg-Sein". Außerdem freue ich mich auf Tage wie Jazz; Freizeit ohne Noten.

Manch ein ambitionierter Wanderer, der den Camino nicht kennt, wird ihn als hippen Touri-Weg für Esoteriker belächeln. Er sollte den Camino mal ausprobieren! Er wäre nicht der Erste, dem bewusst würde, zu früh geurteilt zu haben.

Wenn ich es irgendwie ermöglichen kann, will ich noch in diesem Jahr ‚meinen Camino' beenden. Zwischen zwei Terminen war heute Zeit, um meine Planungen erneut aufzugreifen und das Internet bezüglich Anreisemöglichkeiten zu durchforsten. Sehr lange habe ich überlegt, wo ich starten sollte. Von Daniel und Christoph wurde mir empfohlen, die Strecke zwischen Burgos und León auszulassen. Die zu durchquerende Meseta wäre eine Qual, weil sie landschaftlich eintönig, heiß und sterbenslangweilig sei. Allerdings habe ich den Ehrgeiz, den Camino möglichst komplett bis Santiago de Compostela zu erwandern. Zudem bin ich ja der mentalen Herausforderung nicht abgeneigt.

Nach einigem Hin und Her habe ich endgültig entschieden, als Startpunkt den Ort einzuplanen, an dem ich im letzten Jahr meinen ersten Camino beendet hatte: die Stadt Burgos. Das größte Problem bleibt vorerst ungeklärt: der Termin. Gerne würde ich mich im Juni für zwei bis drei Wochen absetzen, doch berufliche Termine gehen vor.

Das Handy klingelt schon wieder, diesmal ist meine Frau Andrea dran.
"Hallo Simon, bist du schon auf dem zu mir?"
"Jep. Bin in zehn Minuten da. Warum?"
"Ich müsste noch was für den Sängerball haben. Oder willst du etwa noch laufen?" *Vorsicht Simon, teure Suggestivfrage!*
Ich hatte gehofft, heute einen ruhigen Abend genießen zu können. Essen, fernsehen, gegen elf ins Bett. Nebenbei könnte ich meine Planungen zum Camino komplettieren.
Es ist gerade siebzehn Uhr, damit bleibt genug Spielraum, um die Entscheidung galant zu verschieben. "Können wir das besprechen, wenn ich zu Hause bin?"
Etwas Enttäuschung liegt in ihrer Antwort: "Tja, können wir natürlich auch."
Und überhaupt, warum können Frauen eigentlich nicht verständlich artikulieren, was sie wollen? *"Ich brauche ein Kleid für die Feier XY"* heißt "ich will Klamotten kaufen gehen, und du musst mit und zahlen!". *"Willst du etwa noch laufen"* heißt, "es ist besser, du tust es nicht".
Männer lieben klare Informationen, die Handlung und Ziel möglichst exakt beschreiben. Es gibt Situationen, mit denen kommt MANN klar, weil er schon als Kind gelernt

hat, den logischen Kontext zu erfassen. Wenn mir meine Frau den unspezifischen Auftrag gibt, nach den Kartoffeln zu sehen, die auf dem Herd stehen, weiß ich, dass neben der reinen Beobachtung des Lebensmittels eine Handlung nach Abschluss eines alltäglichen, physikalischen Vorgangs von mir verlangt wird. Dass eine Frage wie „willst du denn wirklich dies, oder jenes tun?" eine getarnte, eindringliche Bitte ist, es besser zu unterlassen, gehört in den großen Bereich maskuliner Lebenserfahrungen.

MANN vergisst gerne das eigene Repertoire an maskulinen Marotten. Dazu gehörte bei mir schon immer der gesteigerte Drang nach Unabhängigkeit, der sich leider auch meiner Frau nie erschlossen hat.

Im Radio läuft was von James Blunt – eine Ballade, zum Wegträumen und Nachdenken.

Dem Camino sagt man einen gewissen Zauber nach. Daher fragte ich mich im Nachhinein, ob er mich verändert hat. Diese Frage konnte ich nach einiger Zeit mit „ja" beantworten. Ich bin etwas gelassener geworden, mir sind materielle Dinge, wie zum Beispiel schicke Bekleidung, nicht mehr so wichtig. Für meine Frau ein unglücklicher Umstand, da sie bei meinen Einkäufen stets als Berater zugegen war und wir im Anschluss regelmäßig in die Damen-Abteilung wechselten. Hätte sie mich nicht auf diese Veränderung aufmerksam gemacht, mir wäre es nicht aufgefallen.

Wenn es Zeit und Wetter erlauben, treibe ich neuerdings auch Sport. Ich ziehe mir meine Camino-Wanderschuhe an und laufe 10 bis 20 Kilometer. Oder ich setze mich auf mein uraltes Rad und fahre ein bis zwei Stunden durch die Gegend.

Um ehrlich zu sein, ist der sportliche Eifer nicht nur auf den Camino zurückzuführen, sondern auf ein etwas peinliches Erlebnis im Frühjahr 2013. Ich wollte mit meiner Frau, wie seit September des Vorjahres fast jeden Monat, nach Mallorca fliegen, um den überraschend langwierigen Ankauf eines Segelbootes abzuwickeln.

Beim Aufgeben unseres Koffers am Flughafen Hannover schaute die Mitarbeiterin der Airline verwirrt auf die von mir mitgebrachte Bordkarte. Ihr Blick wanderte zwischen mir, ihrem Computer und meinem Personalausweis hin und her, bis sie dann sagte: „Herr Richardson ..." Sie schüttelte den Kopf. „... Sie fliegen nicht ab Hannover – Sie fliegen ab Bremen!"

Nach einer Stunde wilden Ritt über die Autobahn stand ich mit meiner Frau in Bremen am Gate, um zusammen mit ihr als letzte Passagiere in den Flieger zu steigen; völlig entkräftet und nach Luft schnappend. Die letzten Stufen in den ersten Stock zum Gate hatte ich wie ein alter Mann erklommen. Dass es so schlecht um meine körperliche Fitness stand, war mir bis dahin nicht bewusst gewesen.

Später Start

Die Hoffnung, im Juni die Caminotour zu machen, hat sich nicht erfüllt. Wegen eines Projektes musste ich ihn zunächst auf unbestimmte Zeit verschieben. Erst jetzt im August konnte ich meine Frau, die Geschäftsleitung und einen Kunden davon überzeugen, dass es kein Problem darstellen würde, wenn ich mal für drei Wochen verschwinde. Gerade auch der Dialog mit meiner Frau gestaltete sich deutlich schwieriger als gedacht. Sie hat mich noch nie gerne für längere Zeit in die weite Welt entlassen. Weder für geschäftliche und noch viel weniger für private Vorhaben. Hoffte sie doch, dass die vierzehn Tage Camino im vergangenen Jahr eine einmalige Ausnahme bleiben würden.

Aufgrund der kurzfristigen Entscheidung werde ich mit dem Auto nach Spanien fahren. Irgendwo hinter Bordeaux werde ich übernachten und am zweiten Tag León erreichen.

Es ist später Nachmittag, ich habe mich in der Firma von meinen Kollegen verabschiedet. Augenzwinkernd meinte Ingo: „Dann komm mal wieder richtig zu dir, Simon!"

Als ob ich nicht ganz bei mir gewesen wäre. Ich habe es nicht weiter kommentiert, denn irgendwie ist man in den Augen einiger ein komischer Kauz, wenn man den Jakobsweg geht.

„Schatz, wo sind denn die Stoffbeutel für die Klamotten?", rufe ich in den Flur nach unten zu meiner Frau.

„Die liegen im kleinen Kleiderschrank rechts unter den ausgemusterten Hosen."

Es dauert nicht lange, bis ich die vier kleinen Beutel gefunden habe, die ursprünglich dafür gedacht waren, jeweils einen Ski-Helm zu schützen. Zurück im Schlafzimmer packe ich in den ersten Beutel meine Camino-Ausgehsachen; ein Piket-Shirt, eine kurze Hose, Wäsche und Socken. In den Zweiten stopfe ich meine Wandersachen; zwei Shirts, eine kurze und eine lange Hose, Fleeceshirt und zwei Paar spezielle Wander-Socken. In den Dritten kommen weitere Wäsche, eine Regenhose und zugehörige Jacke. Ein Beutel bleibt für Schmutzwäsche, die unterwegs anfallen wird.

Ein kleiner Koffer mit „normalen" Freizeitsachen steht bereits auf dem Flur. Könnte ja sein, dass die Knochen, oder die Motivation irgendwann nicht mehr mitmachen. In einem solchen „Notfall" könnte ich den Camino abbrechen und ein paar Tage durch Spanien fahren.

Andrea kommt mit meinem blauen Rucksack in das Schlafzimmer und informiert mich mit gleichgültigem Ton über dessen Inhalt: „Schlafsack, Taschenmesser, Pfefferspray, Handtuch und diverse Medikamente sind noch drin. Die Thermosflasche habe ich in das vordere Fach gesteckt."

Sie knallt den Rucksack neben das Bett und geht wieder raus, um meine Sandalen zu holen.

Derweil stopfe ich die gepackten Beutel in den Rucksack.

Andrea kommt zurück und wirft die Sandalen lieblos vor das Bett, stellt sich neben mich und schaut mich mit ihrem gekonnt vorwurfsvollen Blick an.

„Willst du das wirklich noch einmal machen?"

Seit Tagen macht sie mir ein schlechtes Gewissen, um mich zum Abbruch meines Vorhabens zu bewegen.

„Ach komm, du weißt, wie sehr es mich umtreibt, den Camino zu gehen. Ich bin doch nicht ewig weg."

„Aber gleich drei Wochen mit dem schweren Rucksack unterwegs zu sein. Bis du sicher, dass du das schaffst?"

Ich kenne diese patente Frau seit fast zwanzig Jahren und weiß, dass es nicht die unbegründete Angst um meine Gesundheit ist, die aus ihr spricht, sondern vielmehr, dass wir über drei Wochen getrennt sind und sicher auch ein wenig Neid.

„Komm mal her, Schatz!" Ich ziehe sie an mich, nehme sie in den Arm und wiege sie ein paar Mal hin und her.

„Das Schwierigste am Camino sind nicht der Weg oder ein schwerer Rucksack. Es ist die Entscheidung, es wirklich zu tun. Und was die drei Wochen betrifft, ich melde mich jeden Abend. Versprochen!"

„Und ich darf hier bei den Kindern bleiben. Meinst du nicht, dass ich auch gerne mal für ein paar Wochen irgendwohin verreisen möchte?"

„Zum einen ist es gerade nur noch ein Kind, zum anderen kann ich nichts dafür, dass du nicht so lange frei nehmen kannst."

Andrea ist in der Pflege tätig; für sie ist ein mehrwöchiger Urlaub schon seit Jahren unmöglich. Mein älterer Sohn Frederik ist bereits ausgezogen. Der Jüngere, Kilian, kommt gerade die Treppe raufgepoltert.

„Ist Papa endlich weg?", ruft er laut.

„Nein, ist er nicht", brüllt Andrea zurück.

Kilian verschwindet wortlos in seinem Zimmer.

Sie hat mich noch im Arm und lächelt. „Schau, da ist noch einer, der dich vermissen wird."

„Pubertierender Rotzbengel!", sage ich, ebenfalls mit einem Lächeln.

„Keine zwei Jahre noch, dann ist er achtzehn", meint Andrea nachdenklich.

„Ich kann es kaum erwarten!"

„Hättest netter zu ihm sein sollen", beschwichtigt sie mich.

Kilian hatte mich gestern um Geld für den Führerschein gebeten, und ich hatte es an Bedingungen geknüpft, die ihm nicht passten. Dass er zurzeit mehr seinen Narzissmus pflegt als familiäre Bande, ist halt seinem Alter geschuldet.

„Lass mich den Rucksack noch kurz auf die Waage stellen, dann könnten wir essen gehen." Ich schleppe das Gepäckstück in das Bad. Die Wage zeigt gut neun Kilogramm an. Im letzten Jahr hatte ich noch eines mehr. Und eins könnte ich sogar noch sparen, wenn ich den Schlafsack und das Handtuch hier lasse. Da ich nicht geplant habe, in Herbergen zu übernachten sind die beiden Utensilien eigentlich überflüssig. „Ach egal, liegt beides unten. Ich habe keinen Bock, den Rucksack noch einmal neu zu packen." Flüstere ich mehr zu mir selbst und stell den Rucksack auf den Flur neben den kleinen Koffer.

Keine Stunde später sitze ich mit meiner Frau im Restaurant, um das letzte gemeinsame Abendessen für die nächsten drei Wochen einzunehmen. Es wird ein wenig unterhaltsamer Abend, denn ich bin mit den Gedanken schon irgendwo in Spanien. Ich frage mich, wie es wohl in den ersten Tagen in der Meseta sein wird und natürlich, ob ich was vergessen habe, einzupacken.

Meine logistische Vorbereitung beschränkte sich auf die Suche nach einem sicheren Stellplatz für den Wagen.

Den fand ich auf Empfehlung in León; von dort werde ich mit dem Bus zurück zu meinem Startpunkt nach Burgos fahren.

Viertel vor fünf. Ich bin schon fast seit einer Stunde wach. Andrea schläft ebenfalls nicht mehr.

„Guten Morgen. Ich stehe jetzt auf, okay?", flüstere ich zu Andrea rüber.

Sie rutscht ein Stück an mich heran und gibt mir einen Kuss. „Ist gut, ich komme auch gleich runter."

Das Frühstück ist kurz, ein Kaffee, ein Brot. Mehr brauche ich heute Morgen nicht. Mich drängt es nach draußen auf die Straße.

Von der Küche aus passiere ich mit halb angelegtem Rucksack die Treppe, wo sich mir Kilian ungestüm an den Hals wirft und drückt.

„Pass auf, Kleiner!", sage ich überrascht, „du bist keine Acht mehr."

„Pass du besser auf dich auf, Papa!"

„Mach ich, versprochen!"

Schon tippelt das kleine Monster zwischen Kindheit und Reife wieder nach oben in sein Schlafzimmer.

Mein Herz tut gerade einen Hüpfer, weil ich Kilian nur sehr ungern im Streit für drei Wochen zurückgelassen hätte.

Andrea ist noch beleidigt. Sie stellt sich zum Abschied an die Tür. „Wehe, du meldest dich nicht!", mahnt sie mich, ohne einen Hauch von Freundlichkeit zu versprühen.

„Ist versprochen, kennst mich doch." Ihr ernstes Gesicht ziehe ich an das meine und sie erwidert meinen versöhnlichen, liebevollen Kuss.

Eine Autostunde nach Bordeaux checke ich die Karten meines Navis, um zu schauen, wo ich einen geeigneten Ort für die Nacht finde. Dabei fällt mir der Ort Irun auf, der sich kurz hinter der spanisch-französischen Grenze befindet. Irun? Irun?, rührt es in meinem Kopf. Woher kenne ich den Ort?

Und dann fällt mir ein, dass Elena vor einigen Tagen geschrieben hat, dass sie den Camino Norte in Irun beginnen will. Da sie heute den zweiten Tag unterwegs sein dürfte, muss sie sich in der Nähe von Irun aufhalten.

Eine SMS bestätigt die Vermutung. Auf meine Nachricht hin, dass ich in einer Stunde in St. Sebastian sein werde, antwortet sie: „Fahre 20 km weiter, dann können wir zusammen zu Abend essen."

Bei grauem Himmel und leichtem Regen erreiche ich am Abend den kleinen Touristenort Zarautz. Elena hat mir dort ein Zimmer gebucht.

Als ich durch die Tür in das Hotel komme, sehe ich sie vor der Rezeption in einem Rattansessel sitzen. Sie tippt auf ihrem Handy rum.

„Hi!", rufe ich quer durch die kleine Lobby.

Und sie springt sofort auf und ruft: „Hola, Simon! Ich kann nicht glauben, dass du wirklich da bist!" Sie kommt mir entgegengelaufen, und wir fallen uns vor der Rezeption in die Arme.

„Ich kann es selber kaum glauben, dass wir uns in diesem Jahr noch einmal sehen! Gut siehst du aus, hast dich kaum verändert."

„Na hör mal, Simon. Es ist ja auch noch kein Jahr her, dass wir uns das letzte Mal gesehen haben. Was hast du erwartet? Eine alte Frau?"

Sie ist gerade vierzig geworden; schon im vergangenen Jahr machte sie immer wieder Andeutungen, dass sie das nicht so einfach akzeptieren könne.

Die kleine, drahtige Elena steht strahlend vor mir. Ihre dunklen spanischen Augen funkeln im Licht der Halle, das grauschwarze Haar hat sie zur Igelfrisur zurückgestutzt.

Nach dem üblichen Papierkram wird mir die Zimmerkarte ausgehändigt und mitgeteilt, dass sich mein Zimmer direkt hinter der Rezeption befindet.

Mein fensterloses, ziemlich spartanisch eingerichtetes Hotelzimmer scheint früher mal ein Flur gewesen zu sein, den man einfach auf beiden Seiten mit einer Tür versehen hat. Auf der Eingangsseite eine stabile Tür mit modernem Chipkartenleser, auf der anderen Seite eine einfache, dünne Zimmertür mit Milchglaseinsatz, hinter der es offensichtlich auch noch ein Treppenhaus gibt.

Links an der Wand steht ein schlichtes Bett aus laminierten Spanplatten, rechts davor protzt eine eher provisorische, dem Anschein nach in Eigenleistung installierte Duschkabine mit ihrem morbiden Charme.

Ich kann mich nicht erinnern, dass ich jemandem gesagt hätte, ich wolle in diesem Jahr möglichst bescheiden pilgern. Und doch geht dieser Wunsch gleich am ersten Tag in Erfüllung.

Nach der langen Fahrt habe ich eine Dusche nötig. Wasser rieselt sanft auf meinen nackten, entspannten Körper, bis es einen ordentlichen Knall und Funkenschlag gibt. *War das in Höhe meiner Waden?*

Das Licht ist aus, ich stehe im Dunkeln, es riecht etwas verkohlt. Das Wasser läuft aber weiter. Es passt zum Hotel; ich find's irgendwie auch lustig. Den Schaum kann ich abwaschen, bis es an der Tür klopft und mich jemand im schlechten Englisch bittet, das Duschen zu beenden.

„Kommen Sie bitte aus der Dusche!", ruft die Stimme, „… es ist zu Ihrem Besten."

„Kein Problem, bin sowieso gerade fertig!"

Darauf wieder die Stimme vor der Tür: „Ich habe eine Taschenlampe für Sie, kommen Sie bitte!"

Dem Herren, den ich schon von der Rezeption kenne, öffne ich kurz darauf. Er drückt mir ohne weitere Erklärung die Taschenlampe in die Hand und sagt mit einem routinierten Lächeln auf dem Gesicht: „In Ihrem Zimmer kann ich den Strom noch nicht wieder anstellen. Die Wand muss erst trocknen."

Und schon ist er wieder verschwunden. *Wie jetzt – Wand trocknen?*

An der nicht ganz ausgefliesten Wand der Dusche sitzt ein Plastik-Deckel, hinter dem sich eine Schuhkarton große Verteilerdose befindet. Hinter dem Deckel quillt Bauschaum hervor, der wohl als Isolierung gedacht ist. An einer Stelle ist der Deckel schwarz verkohlt.

Um eine Erkenntnis reicher und froh, mit dem Leben davon gekommen zu sein, ziehe ich mich an und verlasse das Zimmer.

Als ich an der Rezeption vorbeigehe, frage ich den Herrn, der mir vorhin die Taschenlampe gab: „Señor, sind bislang alle Gäste lebend aus dem Zimmer gekommen?"

„Raus kommen sie alle!", sagt er trocken und breit grinsend.

Wäre bei uns sofort eine Armada von Behörden aufgelaufen, heißt es hier einfach nur: „Ist doch nix passiert!" Zu Kollateralschäden hat man in diesem Land einen völlig anderen Zugang.

Zehn Minuten später sitze ich mit Elena in einem Restaurant. Wir bestellen uns, in Erinnerung an das letzte Jahr, eine Flasche spanischen Wein der Sorte Crianza Rioja.

Elena ist jetzt drei Tage auf dem Camino Norte unterwegs; mich interessiert brennend, wie es so ist. Auch speziell im Vergleich zum Camino Frances.

„Es ist deutlich anders", erzählt sie „das fängt schon beim Wetter an, wie du draußen sehen kannst. Es hat fast jeden Tag ausgiebig geregnet. Es sind auch kaum Pilger unterwegs. Die amüsanten Gespräche und Abende, die wir im letzten Jahr hatten, wirst du hier vermissen. Für mich ist das okay, weil ich mich jeden Abend mit den Einheimischen unterhalten konnte. Die sind wirklich sehr gastfreundlich und hilfsbereit.

Und die Natur, Simon! Die Natur ist so berauschend! Auf der linken Seite hast du den ganzen Tag die grünen Hügel und Berge und rechts Buchten und das Meer. Es ist einmalig!"

Sie gerät ins Schwärmen und hört nicht mehr auf. Vor einigen Stunden, auf dem Weg durch Frankreich, kippte meine Stimmung, und ich war mir nicht mehr sicher, ob ich wirklich wieder auf den Camino gehen wollte. Jetzt ist es herrlich, hier zu sein. Die guten Gefühle kehren zurück, das Kribbeln im Bauch, die Neugierde auf den Weg und die Menschen. Und ich muss mich zügeln, von den nächsten Tagen zu viel zu erwarten, denn ich ahne schon jetzt, dass der Camino in diesem Jahr nicht so intensiv sein kann wie im vorherigen.

Die Freude, Elena nach einem Jahr und vielen E-Mails wiederzusehen, das Auffrischen von Erinnerungen aus dem letzten Jahr lassen in mir dramatisch die Vorfreude und Neugierde auf die kommenden Etappen des Camino wachsen.

Auf dem Weg zu meinem Hotelzimmer kommen mir zwei attraktive Frauen im Flur entgegen. Keine Pilger, dafür haben sie zu modische Klamotten an. Mit einem Lächeln passieren sie mich Richtung Rezeption. Wow!
Beim Öffnen meiner Zimmertür höre ich schon mein Handy klingeln. Es gab noch eine Steckdose, die Strom hatte, und ich hatte es zum Aufladen auf dem Zimmer gelassen. Im Dunklen taste ich mich zum Telefon vor.
Es ist Andrea: „Hallo Simon, du wolltest dich doch melden."
„Hätte ich auch gleich gemacht. Aber ich komme gerade erst ins Zimmer. War etwas länger mit Elena essen."
„Elena? Wusste gar nicht, dass die auch wieder dabei ist."
„Ist ein Zufall, sie war halt in der Nähe."
„So so, sie war in der Nähe!", betont sie, als würde sie meinen Worten nicht glauben können.
Ich, mit fester Stimme: „Sei nicht albern, sie geht den Camino Norte, und ich fahre morgen weiter. Sie ist in einer Herberge, ich übernachte hier im Hotel. Hier gibt es keine Frauen, mit denen ich was anfangen würde und was …"
Sie fällt mir ins Wort: „Aber würde es sie geben, dann würdest du es tun?"
„Nein, natürlich nicht! Du lässt mich ja nicht ausreden."
Andrea rudert schon wieder zurück: „Jaaa, ich glaube dir doch. Wie ist es denn so? Und wie war die Fahrt?"
„Alles gut. Fahrt gut, Wetter gut, Hotel gut, Zimmer gut. Wirklich alles gut." In Bezug auf das Zimmer und das

Wetter ist es nicht ganz die Wahrheit, aber es beruhigt sie.

Im Treppenhaus hinter der dünnen Tür geht das Licht an. Eine Frau kommt die Treppe herauf und telefoniert dabei laut.

„Da ist ja doch eine Frau bei dir! Ist das Elena?", fragt Andrea.

„Nein! Ist sie nicht. Das ist eine Frau, die die Treppe rauf geht."

„Ich kann hören, wie sie spricht. Die ist doch in deinem Zimmer."

„Ist sie nicht! Mir gegenüber habe ich eine sehr dünne Zimmertür mit Glaseinsatz. Dahinter ist ein Treppenhaus, da geht gerade eine Frau nach oben."

„Was ist das denn für ein Zimmer? Ich denke, das Hotel ist gut!"

„Für einen Pilger ist es auch okay!" Ich mache eine kleine Pause und will mich von ihr verabschieden.

„Ich bin heute über eintausendsechshundert Kilometer gefahren, habe ein paar Gläser Wein getrunken, bin hundemüde und habe keine Lust, mich zu rechtfertigen. Ich mache dir ein paar Bilder vom Zimmer und schicke sie morgen. Lass uns auflegen!"

„Jaaa, ist gut, du hast natürlich recht."

Am nächsten Morgen kommt Elena in mein Hotel, wir nehmen gemeinsam das Frühstück ein. Danach trennen sich unsere Wege. Ihr Camino liegt direkt vor der Hotel-Tür, auf mich warten einige Stunden Autobahn. Am Parkhaus der Abschied; eine letzte Umarmung, Hoffnung auf ein baldiges Wiedersehen; dann marschiert sie los. Eine Weile schaue ich ihr hinterher und steige dann in mein Auto um den schlechten Wetter davonzufahren.

Auf dem Weg

Der Weg von Zarautz durch das Pyrenäenvorland Richtung Burgos hat vertraute Züge. Nicht weit von hier war ich vor einem Jahr auf den ersten Teil des Camino Frances gestartet. Und wie am ersten Tag des Vorjahres ist es auch heute ein grauer Morgen mit Nieselregen. Die Außentemperatur liegt bei 14 Grad.

Die Autobahn windet sich zunächst an Berghängen entlang und immer wieder durch Tunnel, bis die Landschaft flacher wird. Nach und nach verwandelt sich die graugrüne Natur in eine trockene Ebene mit weiten, goldbraunen Feldern. Die dunklen Wolken wandeln sich in weiße und sind bald gänzlich verschwunden, um der spanischen Sonne am hellblauen Himmel Platz zu machen.

Gegen Mittag stelle ich meinen Wagen am Rande von Leòn in die Tiefgarage, den Schlüssel hinterlege ich an der zugehörigen Hotel-Rezeption. Am Kofferraum hatte ich meine besten Wanderklamotten angezogen. Kurze, graue Hose, rotes T-Shirt. Die Schuhe sind geschnürt und den Rucksack habe ich auf den Rücken geschwungen. So trete ich aufgeregt hinaus auf die Straße.

Also, da ist er wieder, der Herr Pilger Richardson. Bestens zufrieden und mit festem Schritt, geht es in Richtung Innenstadt von Leòn. Die Sonne scheint, ein warmer Wind weht durch die Straßen. Es ist Freitag, die Stadt ist überraschend ruhig. Auf der Einfallstraße, an der ich laufe, passiert mich ab und an ein Fahrzeug. Die Altstadt ist allerdings voll mit Pilgern, Städte-Touristen und Einheimischen.

Mein Weg führt mich vorbei an den wichtigsten Sehenswürdigkeiten der Stadt.

Dann passiere ich die ersten Pilger, es kommt zu kurzen Kontakten, die oberflächlicher kaum sein könnten. Im letzten Jahr in SJPDP fühlte sich das Aufeinandertreffen mit den ersten Pilgern wesentlich aufgeregter an. Alle waren voller Erwartung und Neugierde auf das, was passieren würde. Nach den ersten vierzehn Tagen ist diese Aufgeregtheit verständlicherweise einer Abgeklärtheit gewichen.

Leòn ist zwar ein schöner Ort, doch kann ich nicht lange bleiben. Nach kurzweiligen zwei Stunden Site Seeing sitze ich im Überlandbus Richtung Burgos.

In der Nähe der Kathedrale von Burgos werben Restaurants mit handgemalten Schildern für ihr Menü.

„4-Gänge-Menü 26 EUR" steht auf einem, an den Tischen sitzen illustre Gäste.

„3-Gänge-Menü 13 EUR" steht auf einem Schild fünfzehn Meter weiter. An den Tischen sitzen überwiegend Pilger; ich setze mich dazu. Das Menü ist schmackhaft und der Wein ist passabel.

Meine Beine habe ich weit unter den Tisch gestreckt, bin mit dem Hintern bis ganz nach vorne auf die Stuhlkante gerutscht und fröne meinem nicht besonders ausgeprägten Tabak-Laster. Mehr liegend als sitzend, beobachte ich das vorbeiziehende Publikum und betrachte die schönen, gut erhaltenen, alten Gebäude, die die Fußgängerzone säumen. Viele sind mit Blumen geschmückt; die meisten beherbergen im Erdgeschoss ein Restaurant oder Bekleidungsgeschäfte. Rechts von mir glänzt in der rötlichen Sonne majestätisch die Kathedrale von Burgos.

Ihre großen, spitzen Türme stechen in das dunkle Blau des ausgehenden Tages. Der Vorplatz ist mit großen Natursteinplatten ausgelegt. Touristen schlendern umher und lassen sich fotografieren.

Links hinter mir kichert auffällig eine Frau. Und die zugehörige deutsche Stimme, zu der ich noch kein Gesicht kenne, sagt: „Ich hätte das auch so gemacht! Aber ich müsste das lange vorbereiten, weißt du."

Ihr Tischnachbar antwortet leiser; sie kichert wieder. Unauffällig drehe ich mich für einen Augenblick zu ihr um. Meine Sonnenbrille, die ich trotz untergehender Sonne noch trage, verdeckt meine neugierige Beobachtung.

Die kichernde Stimme gehört zu einer auffällig schönen, blonden Frau in den Dreißigern mit weichen Gesichtszügen. Sie ist in Gesellschaft eines jüngeren Mannes.

Nach einigen Minuten wende ich mich noch einmal nach links. Jetzt flüstert sie ihrem Tischnachbarn etwas ins Ohr und steht auf, um sich zu verabschieden. Sie trägt kurze Hosen und ein schickes rotes Shirt. Groß ist sie, hat lange braune Beine.

„Also Hendrik, war ein schöner Nachmittag mit dir. Wir sehen uns dann morgen."

Hendrik steht ebenfalls auf und drückt die Blonde freundschaftlich zum Abschied. Ihre kleine, eher modische als funktionale gelbe Tasche aus dünnem Stoff nimmt sie lässig in die linke Hand und geht los.

Sie muss an meinem Tisch vorbei. Unsere Blicke treffen sich, sie erwidert mein charmantestes Lächeln.

Als sie mich mit schnellem Schritt passiert, bleibt ein Träger ihrer Tasche an meiner Stuhllehne hängen. Es macht „ratsch", die Tasche fällt auf den Boden.

„Mist!", entfährt es ihr, sie dreht sich mit Schwung zu mir um.

Ihre Tasche hat einen Riss in der Seite. Verstreut liegen Müsliriegel, Zettel und weiterer Kleinkram herum, den Frauen sicher unbedingt benötigen, wenn sie vor die Tür gehen.

„Tja, junge Frau, der ist wohl hin", bemerke ich mit Bedauern.

Sie kniet sich behände neben meinem Stuhl und meint entspannt: „War sowieso ein altes Teil, ist nicht so schlimm."

Ich habe mich mittlerweile in meinem Stuhl nach vorne gebeugt und helfe ihr, die Sachen einzusammeln.

Sie stopft die Utensilien durch den Riss zurück in die Tasche, bedankt sich und ist nach drei Sekunden hinter mir verschwunden. Ich kann mich gerade noch zurückhalten, ihr hinterherzusehen. Ein Teufelchen in meinem Kopf pfeift ihr hinterher.

Hendrik war mittlerweile aufgesprungen, kommt aber zu spät und schlendert zurück zu seinem Platz. Er bezahlt und verschwindet in entgegengesetzter Richtung wie seine hübsche Bekanntschaft. Ich hätte wetten können, die beiden wären liiert, doch sind sie anscheinend nur befreundet. Es ist halt leicht, auf dem Camino gute Freunde zu finden.

Der Kellner kommt vorbei; ich zeige auf mein leeres Bierglas und rufe „Otro" zu ihm rüber. Was so viel heißt wie „ein Weiteres".

Als das Bier kommt, rutsche ich von meiner Liegehaltung gerade auf den Stuhl zurück. Die Beine nehme ich über Kreuz weit nach hinten und stoße auf einen Gegenstand.

Unter meinem Stuhl liegt ein kleines Damen-Portemonnaie. Drinnen steckt neben etwas Kleingeld und einem Fünfziger ein Mitgliedsausweis eines Hamburger Fitness-Studios. Der Ausweis ist auf den Namen ‚Beate Beelmann' ausgestellt. Das Bild zeigt die blonde Schönheit von vorhin mit langen Haaren.

Klasse!, denke ich. *Dann gibt es ja vielleicht noch eine Gelegenheit, sie kennenzulernen.* Das Portemonnaie lege ich vor mir auf den Tisch und hoffe, dass sie den Verlust bald bemerken wird und zurückkommt. Auch nach annähernd einer Stunde ist sie noch nicht zurück, und es ist dunkel und kühl geworden.

Auf meinem Hotel-Zimmer schreibe ich Andrea im Internet eine Nachricht.

„Der erste Tag verlief ohne Aufregung. Habe mir León und Burgos angesehen. Es ist sonnig und warm, so soll es die nächsten Tage auch bleiben. Beim Essen habe ich ein Portemonnaie gefunden. Habe es mitgenommen, weil ich den Eigentümer bestimmt morgen auf dem Weg treffen werde.

Alles Gute, bis morgen, dein Simon."

Hintendran setze ich ein Herzchen-Piktogramm.

Mich überrascht Burgos am Morgen mit leeren Pilgerwegen. Meiner Information nach soll es Ende August voll sein, schließlich ist Saison. Doch treffe ich nur vereinzelt auf Pilger, mit denen sich kurze, banale Unterhaltungen ergeben.

Der Camino führt mich in den nächsten Tagen über Hontanas, Boadilla del Camino bis nach Carrión de los Condes. Von der schönen blonden Frau keine Spur. Auf langen, geraden Strecken schaue ich hin und wieder nach hinten, um zu sehen, ob sie evtl. hinter mir läuft. Fast jede Bar auf dem Weg scanne ich kurz ab. Aber erfolglos, keine Beate zu finden.

Ob sie wohl so nett ist, wie sie aussieht? Ist sie alleine hier oder mit einer Freundin? Oder mit ihrem Partner?

Immer eintöniger verläuft der Weg durch die Tierra de Campos, vorbei an den scheinbar unendlichen Getreidefeldern der Meseta, der zentralspanischen Hochebene. Die Abende verbringe ich bei einem guten E-Book, einem Pilgermenü und einem Wein. Nach drei Tagen habe ich keinen Pilger soweit kennengelernt, dass man sich auf ein Bier oder einen Wein hätte treffen wollen. Fünfzehn, vielleicht sogar zwanzig Pilgern habe ich das Bild von Beate gezeigt, in der Hoffnung, dass irgendwer sie erkennt. Immer wieder ohne Erfolg. Beate ist vom Erdboden verschwunden.

In Carriòn de los Condes wird das Patronatsfest zu Ehren von San Zoilo gefeiert. Meinen Rucksack habe ich im Hotel abgestellt und bin in das Ortszentrum gegangen, um dabei zu sein. An einer Bar neben einem großen Platz mit Bühne suche ich mir einen Tisch, um dem kommenden Treiben zuzuschauen. Nach mir setzen sich Einheimische mit lärmenden Kindern an die Tische links und rechts von mir.

Ich hänge mal wieder meinen Gedanken an Beate nach und was ich noch unternehmen könnte. Per WLAN klinke ich mich in den Internetzugang der Bar ein, um über eine Suchmaschine Informationen zu einer Beate Beelmann aus Hamburg zu finden. Zwar finde ich Beelmann, aber keine Beate. So langsam verliere ich die Hoffnung, dass ich die Frau noch einmal antreffe.

Ein Kellner läuft vorbei, ich mache mich mit „Señor" bemerkbar, doch er ignoriert mich. Zwei weitere Versuche, ein Getränk zu bestellen, schlagen ebenfalls fehl. Serviert wird lediglich bei den Einheimischen nebenan.

Gut, wenn man mich hier nicht will, gehe ich mal besser weiter. Aber in der nächsten Bar das gleiche Spiel. Erst in der dritten Bar, weit abseits, in einer Seitenstraße, bekomme ich mein Bier und sogar kostenlos Tapas.

Der Camino war bis hierher eher frustrierend. Hatte ich im letzten Jahr schnell einen Anker in einer kleinen Gruppe gefunden, so bin ich in diesem Jahr fast gänzlich für mich. Der Camino ist seit Burgos eintönig und trostlos. Die Hostals waren einfach und jetzt dieser Ort, der Pilger nicht zu mögen scheint. Wenn sich die Situation nicht bald ändert, werde ich wohl abbrechen und meinen „Not-Koffer" doch noch irgendwo in Spanien benutzen.

Mein heutiges Highlight ist das schöne Hotel, in dem ich schlafen werde. Ein ehemaliges Kloster, welches zu einer Drei-Sterne-Herberge umgebaut wurde.

Internet-Nachricht an meine Frau: „Hallo Andrea, es bleibt in diesem Jahr alles anders. Habe einige junge Studenten kennengelernt. Aber keine engen Kontakte geknüpft, und den Eigentümer vom Geldbeutel habe ich auch noch nicht gefunden. Werde das Portemonnaie wohl mit nach Deutschland nehmen und irgendwo abgeben. Kann gut sein, dass ich früher nach Hause komme. Lieber Gruß aus dem warmen Spanien, dein Simon."

Danach ziehe ich zum wiederholten Male das Kärtchen von Beate aus ihrem Portemonnaie und betrachte ihr Bild.

Der nächste Morgen beginnt wieder gewohnt sonnig und führt mich bald über den alten Römerweg Richtung Ledigos. Weder vor noch hinter mir ein Pilger, ich bin alleine unterwegs. Auf rotbrauner Erde folge ich dem Camino durch die flache Hochebene. Am Weg liegen Kornfelder, soweit man sehen kann. Nur manchmal taucht am Horizont ein Hof oder gar ein kleines Dorf auf.

Am frühen Nachmittag dann mein erster nennenswerter Pilgerkontakt mit Strohhut: Ich schaue dem sportlichen jungen, blond gelockten Mann beim Überholen in die Augen und grüße ihn.

„Hallo!", erwiderte er sympathisch. Er heißt Benedict ist fünfundzwanzig Jahre alt, arbeitet seit einem Jahr in Hannover. Er hat BWL studiert, bewertet Unternehmen für die Geschäftsleitung einer Versicherung. Auch er hat seinen Camino in Burgos begonnen.

Auf einer geraden baumlosen Strecke kickt er beim Gehen immer wieder einen Stein mit dem Fuß nach vorne; ich frage ihn mehr aus Scherz: „Spielst du Fußball?"

„Ja", sagt er, „jede Woche", und wieder schießt er den Golfball großen Stein vor sich her. Als er den Stein erneut erreicht, nimmt er ihn diesmal in die Hand und schleudert ihn mit Schwung in den einzigen Busch, der weit und breit zu sehen ist, und kokettiert: „Volleyball spiele ich auch noch."

Wir schauen der Flugbahn des Steins hinterher, bis er geräuschvoll durch die dünnen Äste in den Busch kracht. Der Busch lässt den gemeinen Angriff nicht lange auf sich sitzen und schreit umgehend mit einer Frauenstimme zurück: „Are you crazy!?"

Benedict und ich bleiben erschrocken stehen und starren in das Gestrüpp: „Sorry, habe ich dich getroffen?", fragt Benedict.

Aus der Nähe erkennen wir die Umrisse einer Frau, die hinter dem Busch hockt „Nein! Aber fast. Geht ruhig weiter, ich komme klar!"

Diskret passieren wir die Stelle und müssen schmunzeln.

„Diese Frauen!", murrt Benedict, „immer da, wo man sie nicht gebrauchen kann. Und wenn man sie gebrauchen kann, sind sie nicht da."

Etwas Ernstes liegt in seiner Stimme. Ich frage ihn: „Schlechte Erfahrungen mit Frauen gemacht, was?"

Benedict murmelt nur ein „Na ja".

Ich krame Beates Mitgliederausweis raus und halte ihm den unter die Nase: „Kennst du die? Oder in den letzten Tagen irgendwo gesehen?"

Er nimmt die Karte, prüft das Bild etwas zu lange und steckt sie mir dann mit einem triumphierenden Lächeln zurück in die Hand: „Klar, die habe ich vor zwei Tagen getroffen, war recht nett mit ihr."

So wie ich gerade müssen sich die Entdecker des Titanic Wracks gefühlt haben.

„Ehrlich?", frage ich Benedict ungläubig. „Weißt du, wo die ist? Ich suche schon seit Tagen nach ihr."

Er kräuselt überrascht die Stirn: „Warum das denn?"

Ich erzähle ihm kurz die Geschichte, wie und wo ich Beate getroffen habe, aber er macht mir wenig Hoffnung „Tut mir leid. Ich habe keine Ahnung, wo die ist."

Immerhin ist es ein Teilerfolg, dass Beate nicht gänzlich verschwunden ist. „Erzähl mal, was ist das für ′ne Frau, ist die nett?"

Benedict grinst. Er hat mich durchschaut: „Die hat's dir aber angetan, was? Hübsch ist sie ja, für mich nur leider etwas zu alt. Um es genau zu sagen, habe ich mit ihr neulich auf einer Mauer gesessen und mich eine Weile unterhalten. Eine Stunde vielleicht. Ich weiß eigentlich nur, dass sie aus Hamburg kommt und mit einer kleinen Gruppe den Camino geht. Sie hat mich übrigens charmant gefragt, ob ich sie auf einen Wein einlade. Das macht jetzt natürlich Sinn, wo ich weiß, dass sie ihr Portemonnaie verloren hat." Sein Lächeln verschwindet plötzlich. „Aber auf Frauen habe ich zurzeit keinen Bock."

Benedict blinzelt auf den Horizont und sagt mit einem Anflug von Wut in der Stimme. „Nächstes Wochenende wäre Hochzeit gewesen!"

„Oh scheiße! Sorry." Platzt es aus mir heraus.

„Passt schon. War echt scheiße. Sie hat mich Anfang August stumpf verlassen. Der Hochzeitstermin stand, die Karten waren gedruckt, die Gäste eingeladen, und dann, von einem Tag auf den anderen, sagt sie tschüss."

„Und was nun?"

„Nun bin ich hier. Urlaub hatte ich sowieso genommen, und den Camino wollte ich immer schon mal gehen. Ist ja so gesehen eine gute Gelegenheit, wo ich doch sowieso frei habe."

Wir erreichen über die Via Aquitana den sehr kleinen Ort Ledigos, wo ich weder ein Hostal noch ein Hotel finden kann. Mit Benedict habe ich mich heute gut bekannt gemacht; er überredet mich, mit in die Herberge zu kommen. Warum auch nicht? Wäre ja doof, wenn ich es nicht wenigstens mal probieren würde. Die Herberge hat sogar einen Pool, was mich hoffen macht, dass hinter der hohen Mauer eine besondere Unterkunft auf uns wartet. Für wenige Euros buchen wir uns ein Doppelzimmer.

Im Inneren der Herberge stelle ich dann fest, dass diese leider rein gar nichts Besonderes hat.

Uns wird freundlich ein Zimmer zugewiesen, wo ich meinen Rucksack auf das Bett schleudere.

Benedict stellt seinen auf den Boden und schaut mich an: „Hey Simon, ich würde den Rucksack besser nicht auf das Bett legen. Man weiß nie, was da so im Bett ist oder welcher Dreck von deinem Rucksack abfällt."

Ich stelle also meinen Rucksack, so wie Benedict, neben die Schlafstätte und lege mich stöhnend auf das Bett.

Für mich überraschend zieht Benedict seinen Schlafsack aus dem Rucksack. „Was soll das denn, Benedict? Da ist doch eine Decke auf dem Bett. Warum dann der Schlafsack?"

„Wenn ich schon nicht den Rucksack auf dem Bett haben will, lege ich mich auch bestimmt nicht ungeschützt da rein."

Ich springe aus dem Bett, schlage die Überdecke zurück und schaue mir die Decke genauer an. „Sieht doch nicht schlecht aus. Keine Flecken – riecht auch gut."

„Trotzdem schlafe ich im Schlafsack. Übrigens kann es sein, dass ich schnarche."

Na klasse! Mit Schnarchern komme ich nicht klar. Mich beruhigt, dass ich Ohrenstöpsel dabei habe; etwas Wein wird hoffentlich helfen, dass ich in einen traumlosen Schlaf falle.

Unsere gemeinsame, nachmittägliche Freizeitgestaltung ist ebenso schlicht und einfallslos wie die Ausstattung unserer Unterkunft. Bis zum Abendessen bleiben wir in dem wenig belebten Innenhof der Herberge und trinken mal Bier, mal Wasser. Unser Highlight ist ein Paar im gesetzten Alter, das einen Tisch weiter Platz genommen hat.

Sie spricht mit sehr breitem schwäbischen Akzent und er mit starkem friesischen. Beide fallen sich ständig ins Wort und stottern sich Sätze zurecht.

Er: „Wänn ich maol Leute träff, die mir erzähln, wie schööön es isss auf dem Jakobsweg …"

Sie sehr breit: „Jooo, jooo."

Er: „Und ich dann irgenwooo an einer Härbärge stehe, weil, weil Massenandrang da isss. Ich steh an där siebenundzwanzigsten Ställe …"

Sie: „Jooo, jooo."

Er: „… um da rein zu komm und dann ist da voll, oder dies, oder das …"

Sie: „Jooo, jooo."

Er: „… brauch ich nich mähr, glaubs mir! Das brauch ich mir nich zu geben!"

Sie: „Jooo, jooo, glaub isch dir! Un,. Oj, Entschuldigung, aber isch find es furschbar, also hier ab Burgos, da war doch noch GAR! NIX! SCHÖHN!"

Er: „Hä, hä. Da ist nix Schönes. Nee, Hä, hä, hä."

Sie: „Daheim würd isch keine dreiii Kilomeeeter an der Landstraaaße lang laufen."

Er: „Soooo is dat!"

Weniger wegen des Inhalts, sondern wegen der stark ausgeprägten Dialekte würde der Dialog ungekürzt in die NDR Comedy „Frühstück für Stefanie" passen.

Die spanische Hochebene polarisiert. Die beiden älteren Herrschaften können rein gar nichts mit ihr anfangen. Auch ich wurde gewarnt, aber finde sie herrlich. Obwohl sie trocken und oberflächlich ohne Abwechslung ist, so erkenne ich doch immer wieder Neues am Wegesrand, in der Ferne oder in einem der zunächst seltenen Gespräche mit Pilgern.

Die Entscheidung, das von der Herberge angebotene Menü einzunehmen, stellt sich als goldrichtig heraus. Auch wenn uns ein Blick in die Küche zunächst zweifeln ließ, ob wir hier wirklich essen sollten. Man zaubert uns ein vorzügliches Menü. Natürlich begleitet von zwei Flaschen Wein. Als die Entscheidung fällt, das Nachtlager aufzusuchen, lallt Benedict dramatisch.

Nachdem wir in unsere Schlafsäcke gerutscht sind, beginnt Benedict augenblicklich wie ein ganz Großer zu schnarchen. Sein zügelloser Konsum von Bier und Wein hat dafür gesorgt, dass sich sein Rachenraum unglaublich entspannt hat.
Und ich entdecke leider erst jetzt, dass ich einen Ohrenstöpsel verloren habe. Äußerst unglücklich für einen Zweiohrpilger! Nach zehn Minuten verlasse ich frustriert das Schlafzimmer, um auf einem abgerissenen Sofa des Gemeinschaftsraums Ruhe zu finden.

Von wegen traumloser Schlaf. Das bei Weitem zu kleine Sofa bietet keinerlei Komfort; immer wieder muss jemand aus dem großen Schlafsaal durch mein provisorisches Schlafzimmer auf die Toilette.

Meseta

Ein Geräusch hat mich geweckt. Kurz öffne ich die Augen. Der Raum, in dem ich liege, ist noch stockdunkel. Die fluoreszierenden Ziffern meiner Armbanduhr zeigen 05:13 Uhr. Endlich, die Nacht ist bald vorbei!

Hinter der Tür auf der anderen Seite des Raumes scheint irgendwer aufgestanden zu sein. Ständig schimmert das Licht einer Taschenlampe unter der Tür hindurch. Nach einigen Minuten geht die Tür auf, jemand schaltet kurz das Licht an und gleich wieder aus. Der pilgernde Frühaufsteher hat mich schlafend auf dem Sofa erkannt und beweist Rücksicht. Im Dunkeln tastet er sich durch den Raum; nach einigen Schritten tut es einen dumpfen Stoß, gefolgt von einem geflüsterten „Umpf, Sch…". Danach geht seine Stirnlampe an, er verlässt meinen Aufenthaltsraum Richtung Bad.

Halb auf dem Bauch liegend, drückt sich mein Kopf gegen die Armlehne auf der einen Seite des Sofas, die Beine liegen angewinkelt auf der Armlehne der anderen Seite. Obwohl es warm ist, bin ich fast vollständig in meinem Schlafsack eingewickelt, um bloß nicht mit dem fleckigen Stoff meiner Schlafstätte in Berührung zu kommen. Wie viel mikroskopisches Leben sich in dem dicken Bezug etabliert hat, darüber mag ich gar nicht nachdenken.

Meine Situation erinnert mich an meinen Aufenthalt auf einem portugiesischen Campingplatz. Ich war achtzehn und lag eine Nacht lang unter einem Klapptisch. Mit zwei Studenten hatte ich zuvor Wein aus Fünf-Liter-Plastikkanistern getrunken. Meine neuen Freunde waren deutlich älter als ich und wussten im Gegensatz zu mir, was sie taten. Spät in der Nacht bin ich vom Stuhl gerutscht und blieb trunken unter dem Tisch liegen. Zu dem Zeitpunkt waren meine Mitstreiter bereits in ihren Schlafsäcken verschwunden. Da ich aus komplizierten Gründen ohnehin kein Zelt hatte, war es mir egal, ob ich unter dem Tisch oder sonst wo die Nacht verbringen musste. Im Morgengrauen weckte mich eine Schweizer Studentin aus dem Zelt nebenan. Sie holte mich mitleidig zu sich, da war ich schnell wieder wach und ihr Mitleid verflogen.

Jetzt, fast 20 Jahre später, verbringe ich zum ersten Mal wieder eine ähnlich ungemütliche Nacht. Nur, dass hier zurzeit niemand auch nur den Hauch von Mitleid erkennen lässt.

Hätte ich im letzten Jahr noch ein Problem mit einer Pilgerherberge gehabt, sehe ich es jetzt eher als Erfahrung. Auch die Äußerungen von Benedict bezüglich der Hygiene und möglichem Parasitenbefall schrecken mich nicht wirklich. Alles eine Frage der ganz persönlichen Paranoia. Glücklicherweise war ich ja auf Pilgerherbergen vorbereitet. Wichtigste Utensilien im Vergleich zu einem Hostal sind ein Schlafsack und ein Handtuch. Gut, dass ich beides daheim nicht aus dem Rucksack verbannt hatte. Zur Ehrenrettung der Herbergen am Camino sei noch erwähnt, dass sie überwiegend sauber sind und oft besser als ihr Ruf.

Die Uhr zeigt kurz nach sieben. Die Wälzerei auf dem Sofa hat jetzt ein Ende. Den Schlafsack rolle ich zusammen und gehe rüber zu „meinem" Schlafzimmer, in dem Benedict ruhig vor sich hin träumt. Außer uns sind alle

Pilger bereits unterwegs oder schon beim Frühstücken. Ich öffne die Tür, betrete das Zimmer und knalle die Tür so laut zu, dass ich Angst um die Versehrtheit des Türrahmens bekomme.

Benedict schießt in seinem Schlafsack wie ein sich krümmender Wurm hoch, sieht in mein freundliches Gesicht und sackt zurück auf sein Bett.

„Mann! Was soll das denn?", beschwert er sich.

„Wollte nur sicher gehen, dass du wach bist. Wir sind die Letzten hier. Gut geschlafen?"

„Ja, super. Und du?"

„Meine Nacht war einmalig. So habe ich selten geruht."

„Was soll der komische Unterton?"

„Du hast geschnarcht wie ein Tier!, Benedict. Ich habe die Nacht auf einem kleinen, abgerissenen Sofa im Aufenthaltsraum verbracht. Dich konnte ich noch am Ende vom Flur hören! Wie kann man mit Fünfundzwanzig bloß schon so schnarchen?"

„Echt, so schlimm?"

„Schlimmer!"

Mit meinem Waschzeug in der Hand melde ich mich ab. Die Dusche ist keine große Überraschung, es gibt etwas Schimmel an der Decke, die Wanne hat Roststellen, der Duschkopf hat keinen Halter an der Wand, sodass man sich erst nass machen muss, dann einseifen und zum Schluss wieder abspülen. Zuletzt hat mein Survival-Handtuch, das an einen übergroßen Lederlappen erinnert, Premiere.

Auf meinem Rückweg zum Zimmer schlurft mir Benedict entgegen und stöhnt: „Ich habe voll den Schädel!"

Und ich finde, dass es gerecht zugeht auf dieser Welt.

Nach einem spartanischen Frühstück, bestehend aus irgendeinem Gebäck in Folie und einem Kaffee, geht es zurück auf den Camino.

Es ist ein herrlicher Morgen. Die Sonne steht noch tief; die Meseta leuchtet in satten, roten Farben. Bis die Sonne vollständig aufgegangen ist, bleiben die Temperaturen bei knapp über 10 °C. Die kühle Luft macht mich wach und das Gehen einfach. Erst im Laufe des Tages werden die Temperaturen bis auf 28°C steigen.

„Benedict, hast du eine Nagelschere dabei oder einen Nagelknipser? Mein linker Zehennagel drückt seit zwei Tagen gegen den Schuh."

„Nee, habe ich leider nicht. Ich würde mir einen aus einer Apotheke holen."

„Klar, würde ich auch, aber hier ist keine Apotheke."

Tatsächlich ist hier nichts außer einer fernen Autobahn und Feldern bis zum Horizont.

Langsam bekomme ich Angst um meinen großen Zehennagel. Den hatte ich vor meinem Aufbruch nicht kurz genug geschnitten, und seit zwei Tagen drückt er unangenehm beim Abrollen des Fußes gegen den Innenschuh.

Beim Frühstück hatte ich mir für heute Abend ein Zimmer in Sahagún gebucht. Benedict war sich da noch nicht sicher, ob er ebenfalls dort übernachten wollte. Zugegeben ist der Tagesmarsch mit knapp zwanzig Kilometer etwas kurz für einen jungen Pilger wie Benedict. Doch nach Sahagún gibt es lt. Internet keine Hostals; es soll außerdem noch einsamer werden. Egal, wie Benedict sich auch entscheiden wird, ich bleibe in Sahagún. Dort gibt es mit großer Wahrscheinlichkeit auch eine Apotheke. *Solange wird der Zeh halt warten müssen.*

Wir treffen auf einen älteren Herren, der sehr langsam seinen Weg geht und dabei ein wenig humpelt. Er trägt einen auffällig kleinen Rucksack, kurze blaue Hose, T-Shirt und Strohhut. Seine braunen Beine sind staubbedeckt und sehen zerschunden aus. Hose und T-Shirt haben rotbraune Erdflecken.

„Hola, wo kommst du denn her?", frage ich ihn.

Er reicht mir prompt die Hand zum Gruß und sagt: „Aus Louisiana; ich heiße John."

„Ich bin Simon, das ist Benedict."

„Weite Anreise hast du gehabt, John. Wo bist du denn heute gestartet?"

„Kann ich nicht so genau sagen, vor zwei Orten war das; in irgendeinem Graben."

In einem Graben? Habe ich mich verhört?

Benedict hakt schon nach: „Was meinst du mit Graben?"

„Es war gestern einfach zu dunkel, um weiterzulaufen, da habe ich mich zum Schlafen in einen dieser Bewässerungsgräben gelegt. Ist für mich kein Problem, nur hatte ich Angst, dass einer der Bauern den Graben flutet und ich nicht wach werde." Er grinst.

Benedict und ich schauen uns ungläubig an. Es ist doch so, dass man hier eigentlich immer einen Ort mit Herbergen erreichen kann.

„Warum bist du nicht in einer Herberge geblieben?"

„Dafür habe ich nicht immer Zeit, daher schlafe ich manchmal genau da, wo es für mich körperlich nicht weiter geht. Oder dort, wo mich die Nacht überrascht. Zehn Tage bin ich jetzt unterwegs und habe für den gesamten Camino nur zwanzig Tage Zeit. Danach geht mein Flug zurück nach Louisiana. Im nächsten Jahr komme ich mit meiner Frau zurück, dann gehen wir die Abschnitte, die ich am schönsten fand. Ist mir schon klar, dass sich das etwas verrückt anhört. Aber warum nicht?"

Von SJPDP bis hierher, wo wir gerade sind, müssten es fast 400 km sein.

Überrascht frage ich: „Du läufst also vierzig Kilometer am Tag?!"

„Mal mehr mal weniger, aber im Schnitt hast du recht"

Ich bin echt platt und muss mit Anerkennung sagen: „Ich würde das nicht schaffen, und ich bin bestimmt fünf Jahre jünger als du."

John grinst: „Wenn du fünf Jahre jünger bist, dann bist du achtundfünfzig."

„Okay, dann bin ich halt fünfzehn Jahre jünger."

Er beschreibt uns den Inhalt seines kleinen Rucksacks, der unter anderem nur einen Schlafsack beinhaltet, der so groß ist wie zwei Fäuste. Die Wasserflasche fasst gerade einen halben Liter, und auch der Rest umfasst nur das, was man unbedingt benötigt. Seine Caminotour hat aus meiner Sicht etwas von Survivaltraining.

Benedict erkundigt sich, was er beruflich macht.

„Ich bin ausgebildeter Krankenpfleger. Heute arbeite ich aber als Unternehmensberater. Ich komme, wenn einem Unternehmen die Insolvenz droht, und wir schauen, was man machen kann."

Das ist Benedicts Thema, denn sein Job ist es, Unternehmen zu bewerten. Beide gehen für eine halbe Stunde so ins Eingemachte, dass ich nicht mehr mitkomme. Dabei erfahren wir, dass der Herr „Ich quäle mich selbst" schon unglaublich erfolgreich war. An einigen maroden Firmen hat er sich sogar beteiligt und die Anteile später wieder verkauft. Das Erste war ein kleines Handelsunternehmen, in dem er 10.000$ investierte. Dann folgten weitere Firmen, und die Investitionen wurden größer. Bis zu neun Firmen hatte er gleichzeitig im eigenen Besitz. Eines der Unternehmen macht heute Milliarden Umsätze. Unterschwellig erfahren wir, welche Besitztümer er mittlerweile hat und wie bescheiden er damit umgeht. Man könnte es als Großtuerei abtun. Doch er hat so viele Details, die er beschreiben kann, dass man ihm einfach glauben muss, was er da erzählt.

Es zeigt einmal mehr, dass man Menschen nicht nach dem Äußeren beurteilen sollte.

Nach einer Stunde erreichen wir die Ermita de la Virgen del Puente. Eine kleine Kapelle aus dem 12. Jh., die romanische und maurische Elemente in sich vereint. Einsam und allein steht sie zwischen Getreidefeldern an einem Bach.

Wir machen eine kurze Rast und bekommen von einer Fremdenführerin die Erlaubnis, die Glocke in dem kleinen Kirchturm zu läuten.

Benedict steht neben dem Seil, mit dem er gerade noch die Glocke geläutet hat, sein Blick schweift über die freigelegten Mosaiken, und er schwärmt: „Wie viele Menschen das wohl schon gesehen haben und wie viele sind auf diesen Steinen gelaufen? Ist das nicht Wahnsinn? Überleg mal, das haben Menschen vor tausend Jahren gebaut."

„Jupp ...", entgegne ich betont unbeeindruckt. „Seeehr beeindruckend!"

„Ach Simon, du bist ein Kulturbanause. John! Lass uns weitergehen!" Er hakt John ein und verlässt mit ihm die Kirche.

Draußen erzählt John von einer merkwürdigen Begegnung, die er vor zwei Tagen hatte. „Ich saß an einem

Brunnen, um meine Füße zu kühlen. Da kommt eine Frau zum Brunnen gelaufen und zieht sich auf dem Weg zu mir nach und nach aus, als würde sie eilig ins Schlafzimmer zu ihrem Mann wollen. Als sie den Brunnen erreicht, ist sie völlig nackt und setzt sich direkt neben mich. Und dann lächelt die mich auch noch an."

„Du spinnst!", meint Benedict.

„Doch ehrlich! Kurz drauf kam ihr Mann und setzt sich auf die andere Seite vom Brunnen und hat sich mit mir unterhalten, als wenn nichts wäre. Das waren übrigens Franzosen."

Ich darauf grinsend: „Ja die Franzosen, die sind so. Das muss für einen konservativen Amerikaner die Hölle gewesen sein. Bist du sicher, dass es eine Frau war?"

John nickt: „Ganz sicher! Ich kann Details beschreiben."

Benedict winkt ab: „Lass mal, passt schon!"

John, schelmisch lächelnd: „Der Brunnen steht bei mir weit oben auf der Liste der Sehenswürdigkeiten, die ich im nächsten Jahr mit meiner Frau noch einmal ansehen will. Kann ja sein, dass das eine Art Zauberbrunnen ist."

In Sahagún geht Benedict mit mir essen, evtl. will er aber auch noch weiter. Die Entscheidung soll später fallen. John verlässt uns mit einem „Buen Caminooooo!".

Das Restaurant grenzt an einen kleinen Marktplatz, auf dem Kinder spielen. Ältere Männer sitzen unter niedrigen Bäumen bei einem Glas Rotwein. Es ist ein beruhigendes, idyllisches Bild.

Benedict hatte sich tief in seinen Stuhl gelümmelt und setzte sich abrupt gerade hin. „Da hinten ist Beate!", ruft er mehr, als dass er spricht. Sein Arm weist auf eine blonde Frau, die auf der anderen Seites des Platzes entlang läuft.

„Bist du sicher?", frage ich, denn mir erscheint die Frau auf der Entfernung etwas zu klein und auch jünger.

„Klar, ist sie das. Ich gehe rüber und sag ihr, dass du hier bist." Auf der anderen Seite des Marktplatzes begrüßt er sie mit einer kurzen Umarmung. Ich würde ja auch gerne zu den beiden rüber gehen, mag aber unsere Rucksäcke nicht alleine am Tisch stehen lassen. So bin ich gezwungen, aus der Ferne zuzusehen.

Benedict und Beate haben Spaß, denn sie lachen so laut, das ich sie hören kann. Benedict schlägt sich mit der flachen Hand vor den Kopf und gestikuliert. Nach einer Weile kommt er zu mir zurück.

Beate setzt sich auf eine kleine Mauer und wartet.

„Ist doch nicht Beate", sagt er, als er an unserem Tisch zurück ist. Er zückt sein Portemonnaie wirft fünfzehn Euro auf den Tisch und meint: „Das müsste reichen. Sei mir nicht böse, aber ich gehe mit Kim weiter."

„Das kommt aber plötzlich!", finde ich.

Bei der blonden Schönheit kann ich mit meinen grauen Strähnen natürlich nicht mithalten. Aber hatte Benedict gestern nicht gesagt, dass er auf Frauen im Moment keinen Bock hat?

„Und wenn ich wieder auf Beate treffe", meint er hektisch, „sage ich dir Bescheid. OK?" Lachend nehmen wir uns in den Arm und wünschen uns einen „Buen Caminoooo!!!".

Aus einer Apotheke hole ich mir endlich den ersehnten Nagelknipser. Außerdem brandneue Ohrstöpsel! Auf meine Frage, ob die zuverlässig seien, meint der Apotheker: „Das ist der Ferrari unter den Ohrstöpseln!"

Was soll das heißen? Sind die schnell weg? Oder so laut? „Ich hätte gerne den zuverlässigen Mercedes unter den Ohrstöpsel." Aber die Ausführung hat er nicht.

Zurück in meinem Hostal wird als Erstes der Nagel auf ein komfortables Format gestutzt. Dann noch eine Nachricht über das Internet an Andrea: „Hallo, war ein toller Tag heute. Habe nette Menschen kennengelernt, und ich muss dir mal irgendwann einen ganz tollen Brunnen zeigen. Bis morgen, mein Schatz!"

Wasser für Arnold

Es ist früh, der Morgen graut in Sahagún. Eine Möglichkeit für ein Frühstück konnte ich nicht finden und verlasse hungrig den Ort.

Beim Überqueren einer Autobahnbrücke hupen zwei Autos in schneller Fahrt, ich winke zurück. Dass man hier manchmal so nett wahrgenommen wird, finde ich cool.

Hinter der Brücke liegt der kleine Ort Calzada del Coto, wo ich auf gelbe Pfeile treffe, die den Weg zu einer Bar zeigen. Nachdem ich den Ort komplett durchwandert habe, stehe ich vor den geschlossenen Türen der beworbenen Bar. Das alleine ist schon frustrierend genug. Noch frustrierender ist aber, dass ich nicht auf den Camino zurückfinde. Ich habe heute über dreißig Kilometer auf dem Programm und will jeden überflüssigen Schritt vermeiden. Zum Glück finde ich bald einen Einheimischen, der mir den Weg erklären kann.

Am Ortsrand muss ich mich zwischen zwei möglichen Wegstrecken entscheiden. Entweder geht man die lange, einsame Strecke durch die trockene Meseta oder alternativ, zumindest eine Weile, entlang der Autobahn.

Für mich kommt nur die einsame Meseta infrage.

Der geteerte Weg endet abrupt und wird zu einer breiten Schotterstraße, die nach und nach immer schmaler wird, bis sie nur noch die Breite eines Feldweges hat.

Von Calzada del Coto ist nichts mehr zu sehen. Einsam ist es geworden, die Natur gleicht immer mehr einer locker bewachsenen afrikanischen Steppe.

Der letzte Hinweis auf menschliches Können war eine Brücke, die eine Bahnstrecke überspannte. Danach folgte für eine Stunde absolute Abgeschiedenheit, bis der Ort Calzadilla de los Heermanillos erreicht ist. Direkt am Ortseingang finde ich eine Pilgerherberge mit Bar, die auch tatsächlich geöffnet hat. Mittlerweile ist es später Vormittag.

Eine ausgedehnte Pause mit meinem üblichen Käse Tomaten Bocadillo[1] und Kaffee war lange überfällig. Ca. zwölf Kilometer bin ich gegangen, weitere achtzehn, ohne Einkehrmöglichkeit, liegen noch vor mir. Nach dem Frühstück kaufe ich mir zwei Liter Wasser. Das sollte in der anstehenden Mittagshitze ausreichen. Hinter dem Ort folgt der Camino zunächst einer Teerstraße, bis man wieder den alten römischen Weg, den Calzada Romana, erreicht.

Der Horizont ist weit, rechts erhebt sich in der Ferne ein Bergkamm. Die Sonne brennt mittlerweile heiß auf den ausgedörrten Boden. Die weiten Flächen werden landwirtschaftlich genutzt, doch es ist seit Stunden kein Mensch zu sehen. Kein Haus, kein Trecker, kein Auto. Nicht einmal das Handy hat Empfang. Es ist heeerrlich!!

Ca. zwei Kilometer vor meinem Tagesziel Reliegos nähert sich der Camino einem Bahnübergang, den man für einen breiten Feldweg angelegt hat. Der Camino quert den Feldweg und verläuft dann über eine vertrocknete Grasfläche.

Rechts, drei- bis vierhundert Meter von mir entfernt, sitzt ein älterer Herr auf einem Stein und grüßt. Ich grü-

---

[1] Span. Baguette mit Schinken oder Käse.

ße zurück, doch ist die Situation komisch. Das war kein einheimischer Bauer, der eine Pause macht! Der hatte einen Rucksack neben sich stehen, er ist ein Pilger. Noch einmal schaue ich mich um, der Herr auf dem Stein winkt mir merkwürdig zu.

Mit den Händen forme ich vorm Mund einen Trichter und rufe so laut es geht in seine Richtung: „Hey, everything okay?!"

Anscheinend nicht, der Kerl schüttelt mit dem Kopf. Also, rüber zu ihm, nachschauen, ob ich helfen kann.

Aus der Nähe erkenne ich den ältesten Pilger, den ich bislang angetroffen habe. Müde Augen lugen unter seinem Strohhut hervor. Er sitzt schlapp auf dem Stein und gibt ein elendes Bild ab.

„Hi, ist alles okay?", frage ich noch einmal.

„Dich schickt der Herr!", sagt er „Ich kann nicht mehr." Dabei rutscht er langsam vom Stein.

Mit einem Schritt stehe ich direkt bei ihm und halte ihn auf: „Ohhh! Langsam der Herr! Setz dich am besten vor den Stein, dann kannst du dich anlehnen!"

„Ich möchte aber liegen."

Ich lege ihn auf den Rücken, nehme seine Jacke vom Rucksack und forme daraus ein Kopfkissen. „Was ist denn eigentlich los?"

Mit matter Stimme flüstert er: „Ich habe in Calzada del Coto den falschen Weg genommen. Hier habe ich mich auch verlaufen. Ich habe kein Wasser mehr. Hast du welches für mich?"

„Ich habe genug für zwei." Hatte ich doch überreichlich mitgenommen.

Die zweite Flasche ziehe ich aus der Außentasche meines Rucksacks, stütze seinen Oberkörper beim Trinken. Gierig saugt er das Wasser in sich ein.

„Danke." Haucht er, dann legt er sich wieder hin; ich versuche, ihn zu beruhigen: „Sag erst einmal nichts! Bleib so liegen! Es wird bestimmt gleich besser werden."

Aus mir spricht die Hoffnung, die bekanntlich zuletzt stirbt. Dann lege ich ihm noch seinen Rucksack unter die Beine und stelle mich so, dass er ab dem Bauch im Schatten meines Oberkörpers liegt. Er atmet ruhig und schließt die Augen.

Was, wenn es nicht besser wird? Ich müsste ihn alleine in der Sonne liegen lassen und nach Relegios laufen, um Hilfe zu holen.

Die Zeit vergeht; ich bekomme Angst, dass sich sein Brustkorb nach dem letzten Ausatmen nicht mehr hebt. Tue ich das Richtige? Sollte ich nicht besser alles hier lassen und Hilfe holen?

Doch langsam, sehr langsam kommen seine Kräfte zurück. Er öffnet nach einer quälend langen Zeit er die Augen und haucht: „Danke, danke vielmals. Ich hätte besser mehr Wasser mitgenommen."

„Jetzt bin ich ja da, ich helfe dir, nach Relegios zu kommen, dann schauen wir mal weiter. Woher kommst du denn?"

„Aus Chile, ich heiße Arnold."

„Freut mich, ich bin Simon, ich komme aus Deutschland."

„Da kommen meine Vorfahren her", Arnold lächelt, „mein Nachname ist Schuster."

Seine Wimpernschläge werden agiler; seine Worte sind nicht mehr so verwaschen, die Stimme wird kräftiger.

Er erzählt von seinen Vorfahren, die 1851 nach Chile ausgewandert sind. Auf deren kleiner Farm ist er als Urururenkel aufgewachsen. Sein ältester Bruder hat die

Farm übernommen und hält die Tradition aufrecht. Er selbst hat lange Zeit in der Möbelbranche gearbeitet. In Chile geht es seit einigen Jahren voran; er meint, dass wäre nicht immer so gewesen.

„Wo bist du heute gestartet?", will ich wissen.

„In Heermanillos. Gestern schon habe ich in Calzada del Coto den falschen Weg genommen. Das ist mir natürlich irgendwann aufgefallen, aber ich habe mir gedacht, dass ich das schaffen würde. Heute bin ich dann da drüben falsch abgebogen und hier dem breiten Weg gefolgt. Dass es keine Hinweisschilder auf den Camino mehr gibt, habe ich zu spät gemerkt und auch nicht sofort zurückgefunden. Hier existiert ja nichts, woran man sich orientieren kann. Alles flach, nur Feldwege und Äcker. Und alle sehen gleich aus ..."

Hat man sich für diese Variante des Camino entschieden, muss man bis Reliegos durch diese trockene Einöde laufen. Wenn man dann noch vom Weg abkommt, ist man schnell bei weit über zwanzig Kilometer Tagesmarsch.

Arnold meint: „Es wäre wohl besser gewesen, ich hätte heute mit meinen dreiundachtzig in los Heermanillos ein Taxi genommen."

Worauf ich nur mit Bewunderung antworten kann: „Mit dreiundachtzig gehen andere überhaupt nirgend wo mehr hin. Respekt Arnold, dass du das noch machst! Ruhe dich noch etwas aus, dann wird das schon."

Arnold bleibt zwar liegen, aber ruht nicht, er erzählt immer weiter. Er hat seinen Camino in Pamplona begonnen und will bis zum Jakobusgrab gehen. Seine Etappen sind zwischen zehn und fünfzehn Kilometer lang. Wenn er früh aufsteht und sich gut fühlt auch mal zwanzig.

Er holt plötzlich tief Luft; seine Stimme zittert leicht. „Du musst wissen Simon, ich mache das hier nicht für mich, ich gehe den Camino für meine Frau – für Alba. 56 Jahre waren wir verheiratet. Vor vier Jahren ist sie von mir gegangen. Krebs hatte sie, dieser Fluch der Menschheit. Ab dem Tag, an dem sie die Diagnose bekam, bin ich nicht mehr von ihrer Seite gewichen. Die Ärzte sagten, sie hätte noch halbes Jahr, aber der Herr hatte es eilig mit ihr, und das war gut so. Sie war drei Monate krank und musste eine Woche leiden, bis sie erlöst war. Im Krankenhaus hielt ich ihre Hand; in der letzten Stunde schaute sie mich nach Tagen noch einmal an. Eine Träne lief aus ihrem Augenwinkel, dann spürte ich, wie der Herr meine Alba zu sich nahm." Er lächelt verlegen, denn seine Augen werden feucht; er erzählt eindringlich weiter „Ich war wirklich glücklich mit ihr! Und jetzt; jetzt kann ich etwas zurückgeben. Nichts ist mir wichtiger, wie dass es ihr im Himmel gut geht! Den Camino gehe ich als Dank für die Jahre, die Alba mir geschenkt hat." Er macht eine kleine Pause und fügt hinzu: „Jetzt wäre ich doch fast bei ihr gewesen. Viel zu früh!"

Seine Lippen zittern; es ist für einen Moment ganz ruhig. Kein Vogel schreit, die Sonne brennt nicht mehr, es ist windstill; in diesem Moment gibt es nur Arnold, mich und seine Geschichte.

Er spricht flehend weiter, „Aber ich will doch noch meinen Enkeln vom Camino erzählen. Sie sollen wissen, wie es ist, und vielleicht gehen sie ihn später auch einmal." Er wischt sich eine Träne aus dem Gesicht, die Augen blicken unruhig umher.

Ich habe ein Stechen in der Nasenwurzel; das Stechen rutscht höher, bis in die Augen und dann habe auch ich

Wasser-Hochstand und gebe vor, am Horizont nach Hilfe zu suchen.

Dieser liebenswerte Arnold. Er ist unglaublich!

Er trinkt weiter mein Wasser, isst meine noch aus Deutschland mitgebrachten Müsliriegel für Notfälle. Langsam kommt er zu Kräften, sodass ich nach fast einer Stunde fragen kann: „Wollen wir mal schauen, ob du gehen kannst?"

Er rappelt sich mit meiner Hilfe auf und kann zunächst gut stehen. Doch beim Auftreten hat er Schmerzen im linken Unterschenkel. „Aua, dass zieht. Dann lass uns mal schauen wie weit ich komme."

„Bist du sicher? Sonst laufe ich nach Relegios und hole Hilfe."

„Nonsens! Das geht." wiegelt er ab und wackelt los.

Ich hänge mir seinen Rucksack vor den Bauch. Meiner hängt schon hinten. Nach wenigen Metern hake ich Arnold unter, um ihm das Gehen zu erleichtern. So kämpfen wir uns vorwärts, vorbei an dem Bahnübergang, dann rechts, wo Arnold schon vor Stunden hätte gehen müssen, über eine Grasfläche, zurück auf den Camino.

Die Rucksäcke, Arnold und die schon fast dreißig Kilometer von heute zerren zusehends an meinem Körper. Der staubige Weg zieht sich hinunter durch ein sanftes Tal; nachdem wir auf der anderen Seite die Anhöhe erreicht haben, ist unser Ziel Reliegos schon fast zu erahnen.

Auf der linken Seite taucht ein Stallgebäude auf, „Arnold, lass uns dort mal Pause machen!" Wir setzen uns auf die schattige Rückseite des Gebäudes auf eine Bank aus Betonteilen. Gerade breit genug, damit wir nebeneinander darauf passen.

Schweigend bleiben wir sitzen, bis Arnold seine Hand auf meinen Unterarm legt und mich fragt: „Hast du etwas gefunden auf dem Camino?"

Ob der Frage etwas überrascht antworte ich: „Nein, ich suche auch nichts und lasse den Camino auf mich zukommen. Getreue dem Mantra, don't expect, accept.[2]"

Arnold widerspricht: „Nein Simon, du machst mir nicht den Eindruck, als würdest du alles akzeptieren wollen. Du hast doch auch Erwartungen."

Womit er natürlich Recht hat und ich meine Aussage etwas korrigieren muss: „So meinte ich es auch nicht. Wer nur akzeptiert, kann sein Leben nicht gestalten. Das ist mir schon klar. Ich wollte damit sagen, dass ich versuche, das zu akzeptieren, was ich nicht ändern kann. Und ob ich auf dem Camino etwas finden werde, weiß ich jetzt noch nicht. Erwartungen habe ich auf jeden Fall keine."

„Jeder findet etwas auf dem Camino. Einkehr, Freunde, eine Weisheit für sein Leben. Manchmal findet man Dinge ohne zu suchen ..." Arnold beugt sich etwas nach vorne, sodass er mir direkt in die Augen sehen kann und tippt mir mit dem Finger auf die Brust. „Du musst da im Herzen offen sein. Wenn du da nicht offen bist, bekommst du gar nichts vom Camino - und auch sonst nicht im Leben. Ich habe etwas gefunden! Meinen Frieden mit dem Tod von Alba."

Seine müden Augen sind schon wieder feucht; er bedankt sich bei mir: „Gracias, thank you, danke my Guardian Angel."

---

[2] Erwarte nicht, akzeptiere.

Ich muss schlucken, „kein Problem Arnold. Es fühlt sich für mich an, wie ein großes Geschenk, wenn ich dir helfen kann."

Und er sagt: „Ich mache das irgendwann wieder gut, Simon."

„Das hast du schon, Arnold."

„Womit?", fragt er.

Und durch meinen Mund spricht mein Herz: „Mit deinen Augen!"

Nach einer halben Stunde brechen wir auf und schleppen uns weiter. Kurz vor Reliegos sehe ich vor uns einen Pickup auf einer Querstraße fahren. Sofort lasse ich Arnold stehen, die Rucksäcke werfe ich im Laufen ab und renne, was das Zeug hält Richtung Querstraße. Die Arme hoch zum Winken und laut „Señor, Señor ..." rufend.

Der Wagen bleibt stehen, zunächst schaut der Fahrer noch fragend, doch biegt er dann auf den jetzt breiten Camino ein und kommt mir entgegen. Zum Glück versteht der Fahrer etwas Englisch.

Wir einigen uns darauf, dass er Arnold bis Reliegos mitnimmt. Dort kann man entscheiden was weiter passieren soll. Arnold helfe ich auf den Beifahrersitz und stelle ihm seinen Rucksack zwischen die Beine. Für mich wäre jetzt nur noch auf der dreckigen Ladefläche Platz, aber da will ich nicht sitzen. Sonst müsste ich sicher wieder Wäsche waschen.

„Wir sehen uns später", verspreche ich Arnold. „Ich schätze, ich bin in einer halben Stunde da."

Er streckt seine Hand durch die noch immer geöffnete Tür und drückt, ohne ein Wort, ganz fest meinen Arm. Dann lehnt er sich zurück in den Sitz und schließt die Augen. Die Beifahrertür klappt zu, und weg ist er.

Nach einer Dreiviertelstunde komme ich in Reliegos an. Aber Arnold kann ich nicht finden. An einem zentralen Platz finden sich zwei Herbergen und etwas weiter eine Bar.

„Hola, hat man hier einen älteren Herrn abgesetzt?"

„Ja", sagt die Dame hinter dem Tresen, „der ist auf dem Weg ins Krankenhaus. Der konnte sich ja kaum mehr auf den Beinen halten."

„Wo ist denn das Krankenhaus?"

„In Léon natürlich."

Ich bin erleichtert, dass er jetzt in guten Händen ist. Aber auch traurig, weil ich keine Kontaktdaten von ihm habe.

Ein warmer Windstoß weht ein Stück Zeitung über die Straße, vorbei an einer Grünfläche, auf der ein kleines Mädchen einen gleichaltrigen Jungen auf einer verrosteten Schaukel anschubst. Daneben, im Schatten von kleinen Bäumen, plätschert leise Wasser aus einem grauen Naturstein-Brunnen, an dem Pilger ihre Vorräte auffüllen können. Am Straßenrand heizen sich angestaubte Autos in der glühenden Sonne auf. Links von mir pafft ein sehr alter Mann eine Zigarre. Die Asche hat sich auf seiner grauen Hose verteilt. Vier menschenleere Straßen kann ich einsehen und meinen schweren Atem fast hören. Nur manchmal unterbricht der Wind die trostlose Ruhe, wenn er durch die Blätter der Bäume streicht.

Drei Häuser rechts von mir befinden sich die zwei verwaisten Herbergen mit grauen Putzfassaden. Ich werde mir gleich einen Stein nehmen und die Fester einwerfen, nur damit das Bild stimmig ist.

Und dann fehlt hier noch ein Kojote mit dicken Tränensäcken und Burn-Out.

Nach meinem Erlebnis mit Arnold ist dieser Ort für mich unpassend. Ich brauche etwas Ablenkung. Bleibe ich hier, werde ich morgen eine veritable Depression haben.

Mein Reiseführer weist bevölkerte Hostals oder Hotels entweder einen Ort weiter aus, oder in León. Nur in meiner Verfassung kann ich nicht weitergehen, auch nicht bis zum nächsten Ort.

„Können Sie mir ein Taxi bestellen?", rufe ich nach hinten in die Bar, wo die Bedienung in eine sehr zerknitterte Zeitung vertieft ist und gemächlich an einem Kaffee schlürft.

"¡Si Señor! Wohin möchten Sie denn?"

„Weg!"

Die Dame müht sich entspannt am Telefon ab und meint: „Dauert fünfzehn Minuten!"

Nach einem weiteren Getränk und einer halben Stunde ist das Taxi da.

In der Zwischenzeit habe ich mir überlegt, dass ich auch León überspringen kann.

Die Stadt hatte ich schon am ersten Tag auf meinem Weg zum Busbahnhof gesehen. Außerdem erspare ich mir den unschönen Weg durch die Industriegebiete nach León hinein und wieder hinaus. Zusätzlich verkürze ich den Camino um zwei Etappen, was Andrea freuen wird.

Gin mit Körber

„Wohin soll es denn gehen?", erkundigt sich der Taxifahrer.

„Villar de Mazarife. In ein nettes Hostal oder Hotel."

„Ich glaube, so etwas gibt's da nicht." Enttäuscht mich der Taxifahrer.

„Mist! Existiert denn wenigstens in der Nähe ein Hostal?"

Telefonisch klärt der freundliche Taxifahrer mit der Zentrale, dass man mich nach Villadangos del Páramo bringen könnte. Das liegt ungefähr drei Kilometer neben dem Camino. Hört sich für mich gut an, man bucht mir ein Zimmer.

Dort angekommen, setzt mich der Taxifahrer an einer belebten Bundesstraße ab. Es dauert eine Weile, bis ich die Straße zum Hotel überqueren kann, ohne Gefahr zu laufen, mein kleines Leben am Kühler eines LKWs zu lassen.

Nach dem Duschen und der Sockenwäsche setze ich mich auf die kleine Terrasse vor dem Hotel. Eigentlich ist es nur ein breiter Bürgersteig, auf dem Aluminium Stühle und Tische stehen; die LKWs donnern in drei Meter Entfernung an mir vorbei.

Zwei Damen kommen daher und nehmen drei Tische links von mir Platz. Vom Alter her ist die eine Mitte dreißig und die zweite Mitte fünfzig. Wenn der LKW-Lärm mal kurz weg ist, kann ich hören, dass die Damen Englisch sprechen. Die beiden haben einen Aschenbecher auf dem Tisch; ich nicht, aber ich könnte jetzt mal einen gebrauchen. So gehe ich rüber und frage, ob ich den Aschenbecher mitnehmen kann.

„Kein Problem", sagt die Ältere und lächelt scherzhaft, „wir brauchen keinen. Die Abgase hier sind viel besser als zu rauchen."

Nach einem kleinen Smalltalk setze ich mich zurück in meinen Aluminiumstuhl und beobachte jetzt eine Dame, die versucht, die Straße zu überqueren. Zwei Anläufe hat sie schon abgebrochen. Dann bremst ein LKW-Fahrer waghalsig, und der liebenswerte Kavalier lässt sie unter spanischen Lobpreisungen des anderen Geschlechtes passieren. Hinter ihm hupen weitere Fahrer, denen der Kavalier gerade mächtig auf die Nerven geht. Die Dame winkt dem Fahrer freundlich zu und setzt sich dann zwei Tische rechts von mir. Eine Kolonne von LKWs beschleunigt unter lautem Motorengeheul und lässt uns in einer stinkenden Wolke zurück.

„Was für ein gruseliger Ort!", meint die Dame neben mir noch immer lächelnd. Vom Alter her wird sie Mitte vierzig sein, sportlich schlank, hat schulterlange, tiefschwarze lockige Harre, trägt eine Brille, die ihr weit vorne auf der Nase hängt

„Ist doch ein nettes Plätzchen", sage ich ironisch und schaue interessiert einem weiteren LKW hinterher.

Sie drückt sich ihre Brille höher auf die Nase, lacht und meint: „Das ist bestimmt der beste Platz, den der Ort zu bieten hat." Sie macht einen Moment Pause, weil wieder ein LKW vorbeidonnert, „auf meinem Weg von León hierher bin ich den ganzen Tag an dieser Straße langgelaufen. Das war die bislang absolut überflüssigste Strecke, die ich auf dem Camino gegangen bin."

Von links unterstreichen die beiden Damen die Meinung meiner Tischnachbarin. Die Ältere trompetet: „Der Tag war beschissen!"

„Und keinen Deut besser!", unterstreicht die Jüngere.

Von drei Tischen links zu zwei Tischen rechts von mir sind es fünf Tische, über die man den Straßenlärm überwinden muss.

„Wollen wir die Tische nicht zusammenstellen?", frage ich in die Runde; schon sitzen wir zu viert beisammen.

Die beiden Damen sind „Kiwis", kommen also aus Neuseeland, arbeiten zurzeit in England als Lehrerinnen, sind in SJPDP gestartet, wollen nach Santiago de Compostela. Sie übernachten nur in Pilgerherbergen.

Meine schwarzhaarige Tischnachbarin geht ebenfalls den kompletten Camino und übernachtet in dem gleichen Hotel wie ich.

„Warum seit ihr eigentlich alle hier in diesem Ort? Wir sind doch fast drei Kilometer vom Camino entfernt?", will ich wissen.

Die Damen sind allesamt überrascht von meiner Behauptung.

„Wie kommst du denn darauf?", fragt die ältere Kiwi-Dame.

„Nach meinen Reiseführer verläuft der Camino drei Kilometer weiter südlich."

Sie packt ihren großen, englischen Reiseführer auf den Tisch und zeigt mir dort den Verlauf ‚ihres' Caminos, und der windet sich tatsächlich entlang der Bundesstraße durch diesen Ort.

Zum Abgleich lege ich meinen Reiseführer mit dem wesentlich romantischeren Verlauf dazu. Bis eben bin ich noch davon ausgegangen, dass es einen Camino für alle gibt.

Ein bekanntes Klischee ist, dass Australier ständig Bier trinken. Es ist aber keines, es ist die ungeschönte Wahrheit. Wir bestellen der Reihe nach Bier, diskutieren über diesen unglücklichen Ort, über die Erlebnisse auf dem Camino und über Gott und die Welt.

Mein heutiges Erlebnis mit Arnold behalte ich für mich. Mir ist das sehr nahe gegangen; ich will es erst einmal für mich verarbeiten. Arnolds Dankbarkeit, seine tränenunterlaufenen Augen; dieses Bild verfolgt mich seitdem.

Aber nach Beate frage ich die drei Damen. Wie nicht anders zu erwarten, ist sie ihnen unbekannt, sie wollen aber wissen, warum ich sie suche.

Zwei ungleiche Männer mit Rucksäcken betreten die Szene. Der dicke Wortführer mit Glatze vermeldet dem dünnen Nachfolger: „Hier müssen wir rein", und die beiden verschwinden im Hotel.

Nach einer halben Stunde kommen sie geduscht und umgezogen auf unsere Terrasse. Im Vorbeigehen wünscht uns der korpulente Wortführer einen „guten Abend", sein unscheinbarer Kollege sagt nichts.

„Guten Abend", gebe ich zurück, „wo kommt ihr denn her?"

Der Korpulente dreht sich überrascht um: „Ich dachte, ihr seid Engländer!"

„Nee, ich bin Deutscher, die Damen gegenüber kommen aus Neuseeland, und die Dame neben mir kommt aus Australien. Wir haben uns auch gerade erst kennengelernt. Setzt euch doch dazu!"

Der zweite Tisch wird in die Reihe gestellt. Das dicke Alphatier hockt sich neben mich, der Wortlose setzt sich ihm gegenüber. Die ‚Down Under'-Damen unterhalten sich nach einem kurzen „Hallo" in kleiner Runde weiter.

Zackig stellt der Wortführer sich und seinen Freund mit starkem rheinländischen Dialekt vor: „Ich bin Körber aus Oer-Erkenschwick." Er zeigt auf sein Gegenüber: „Dat is Jens, der kommt aus Düsseldorf. Wir sind von Léon hierher gelaufen."

Ob Körber wohl ein Vorname ist? So, wie er es gesagt hat, ist das wohl nicht der Fall und dass die hierher gelaufen sind, ist für mich ein fragwürdiger Hinweis.

„Wo seid ihr denn gestartet?"

„Léon! Habe ich doch gesagt!" Rumpelt Körber, und es hört sich an als hätte ich die dümmste Frage gestellt, die man auf dem Camino nur stellen kann.

„Du meinst, das ist euer erster Tag hier?"

„Ja, sicher, wir sind heute in Léon angekommen und hierher gelaufen."

„Gut, jetzt habe ich es verstanden. Entschuldigung. Ihr beginnt also den Camino gerade erst."

„Den wat?"

Ja, sie beginnen ihn gerade erst. Ich gebe für die Herren eine Einführungsrunde in die Gepflogenheiten des Camino und informiere beide darüber, dass ich ein alter Hase bin, weil ich ja im letzten Jahr schon auf dem Camino war.

„Muss ich denn jetzt jedem ‚bän kamino' wünschen?", fragt Körber. Dann murmelt er etwas, was im Straßenlärm untergeht, und erzählt, dass er Jens in Düsseldorf auf dem Flughafen kennengelernt hat. Sie sind im gleichen Flieger nach Oviedo geflogen und mit dem Bus weiter nach León gefahren. Die zehn Kilometer bis hierher sind sie gelaufen.

Der blasse Jens schweigt. Der hört nur zu. Seine Anmutung und sein Verhalten lassen auf einen sehr zurückhaltenden Menschen schließen. Schlapp sitzt er auf dem Stuhl. Unter seinen dünnen, etwas zu langen, braunen Haaren, lugen unsicher grüne Augen aus einem blassen Gesicht in die Runde. Zwischen dem Augenpaar prangt eine zu große Nase, deren Form auf einen genetischen Defekt oder auf äußere Gewalt schließen lässt. Ich schaue ihn an und frage nach seinem Alter.

„Ich bin sechsundvierzig", gibt er mit einem freundlichen Lächeln und einem deutlichen Näseln als Antwort. *Tatsächlich hätte ich ihn ein paar Jahre älter geschätzt.*

„Ich bin dreiundvierzig und leite ein Taxiunternehmen …", tönt Körber dazwischen und lässt sich jetzt in seinem Redeschwall nicht mehr unterbrechen. „Mein Taxi-Revier is Oer-Erkenschwick. Da kenne ich mich aus, wie sonst keiner. Den Job mache ich schon seit über zwanzig Jahren …"

Und die Stadt respektiert ihn. Man hat den Eindruck, wenn Körber die Straße befährt, ist Platz, und wenn nicht, dann hat Körber die Macht, sich mit wenigen Worten durch die heruntergelassene Seitenscheibe Platz zu verschaffen.

„Ich sach ma, als kleiner Junge wollte ich eigentlich KFZ-Mechaniker werden; über gute Beziehungen vom Onkel habe ich einen Ausbildungsplatz gefunden. Aber ich sach ma, dat war nix für mich. Nach einem halben Jahr hab ich da in Sack gehauen …"

Ich kann mir gut vorstellen, dass er es gehasst hat, wenn man ihn bei dem, was er tat, korrigierte.

„Eine Weile habe ich mich O RI EN TIERT …", was er so langsam und deutlich ausspricht, als hätte er in der Sprachschule ein neues Wort gelernt.

„… bis ich mit zweiundzwanzig bei meinem jetzigen Chef angefangen bin. Der hat einen durchsetzungsfähigen Mitarbeiter gesucht, der Taxi fahren kann und auch den Haufen von Aushilfen unter Kontrolle hält. Ich sach ma, genau mein Job!"

Seine Glatze fängt zusehends an, zu glänzen, und sein dicker Bauch vibriert beim Sprechen. Körber ist ein Teufelskerl, und er ist auch noch vermögend.

„Nur von Taxifahren kann man ja nich leben, näh. Un da habe ich ein bisschen Glück gehabt, weil mein Onkel Ulrich vor einigen Jahren gestorben is. Den mochte keiner aus der Familie, aber ich fand den cool. Geld hatte der wie Dreck."

Zusammengefasst, war Onkel Ulrich wohl eine schillernde Figur in der zerstrittenen Familie. Mit angeblich windigen Geschäften hatte er ein Vermögen gescheffelt. Man sagte ihm sogar nach, er wäre über Leichen gegangen.

„Aber das is wohl nur eine Unterstellung für einen, der, ich sach ma, sich nich' so viel um die Familie und Freunde gekümmert hat. Ich war der Einzige aus der Familie, der eine echte CONNECTION zum Onkel hatte. Der hat mich auch manchmal mit Aufträgen versorgt …"

Körber fuhr dann Onkels Geschäftsfreunde mit dem Großraum-Taxi durch die Stadt. Oft hatten diese gleich mehrere junge Frauen dabei, die Körber am Bahnhof, am Flughafen Düsseldorf oder an einem Waldrand abholte.

„Die Frauen sind wohl immer wieder umgezogen, wo ich die dann hab' hinbringen müssen …"

Gerne hätte Körber mal mit Onkels Geschäftsfreunden gefeiert. Weil die nett waren und wussten, wie man Frauen aufreißt, obwohl die Frauen nicht einmal Deutsch sprachen. Aber einen Teufelskerl wie Körber haben die nie eingeladen.

„Meine CONNECTION zum Onkel hat sich ausgezahlt, als der plötzlich gestorben is'. Ich sach ma so, ich habe echt 'nen Batzen Kohle geerbt ..." Er scheint sich bis heute ein kleines Loch in seinen großen Bauch zu freuen.

„Dat wäre sogar noch mehr Kohle gewesen, wenn dat Finanzamt nicht dazwischengefunkt hätte. Hast du gewusst, dat die immer gleich, ich sach ma, miterben?"

Ich freu mich, ich werde gefragt!

„Na ja, nicht immer, aber ab einer gewissen Größenordnung erben die quasi mit. Dass ist ja im Grunde auch ..."

Er fällt mir ins Wort: „... ist ja auch egal, die haben auf jeden Fall einen ziemlichen Haufen Kohle von mir bekommen. Ich bin da mal gewesen, um denen zu sagen, datt dat ja wohl nicht sein kann. Mein Anwalt hat mir hinterher gesagt, dat man dat so nicht tut und man aus der Nummer auch nich rauskommt. Die Schurken vom Finanzamt haben danach sogar noch meine alten Steuern geprüft, und die gucken immer genau hin wenn ich die neuen Steuersachen abgebe. Bevorzugte Behandlung nennen die dat. Als ob dat was Nettes wäre, diese ..."

Papiere sind Körbers Ding scheinbar nicht.

„Schwamm drüber, ich hab mir übrigens auf Ibiza eine Wohnung gegönnt. Ein Kumpel, den ich über meinen Anwalt kennengelernt habe, hatte da Connections ..."

Dass zu der Zeit die spanische Immobilienblase platzte, konnte ja keiner wissen.

„... bin da oft mit Freunden gewesen und ham es so richtig krachen lassen. Bloß die Nachbarin hat ständig gemeckert. Die war auch noch Politikerin. Ich sach ma, in einem fremden Land mit einem Politiker zu streiten, dat kannste vergessen. Da habe ich mir einfach noch eine Wohnung auf Mallorca gekauft. Die is jetzt viel besser ..."

Jetzt hat er überwiegend deutsches Publikum, welches ihn im Großen und Ganzen gewähren lässt.

„Habe aber immer als Taxifahrer weitergearbeitet. Will doch nich' zu Hause rumsitzen. Nee, ich fahre lieber Taxis und lerne Leute kennen ..."

Ich falle ihm ins Wort in der Hoffnung, dass man die Unterhaltung in eine andere Richtung lenken kann: „Ist ja auch kein ungefährlicher Job. Ich habe schon mal ..."

Körber reißt sofort wieder die Unterhaltung an sich. „Richtig! Da hat man schon mal mit komischen Leuten zu tun. Ich habe ma' zwei Männer nach Köln gefahren. Die wollten am gleichen Abend wieder zurück nach Oer-Erkenschwick. Damit ich nich' im Taxi warten muss, haben die mir angeboten, dat ich mit in das ETABLISSEMENT komme. Ich sach nur so viel, nur Männer, alle schwul! Da muss man als Taxifahrer natürlich schweigen können, was ich ja kann, und nu' rufen die beiden mich jedes Mal an, wenn die dahin wollen."

Er hat mich neugierig gemacht: „Und du darfst jetzt immer mit rein?"

„Ja, klar, wenn man sich ers' ma' dran gewöhnt hat, is' dat gar nicht mehr so schlimm. Ich sach mal, wir leben ja nicht vor hundert Jahren. Die sind eigentlich auch alle total nett."

Jens hat mittlerweile seine Ellenbogen auf den Tisch gestellt, die Hände vor seinem Gesicht gefaltet und hört gebannt zu.

Kate und die Kiwi-Damen schauen schadenfreudig zu mir rüber und feixen auf Englisch, was Körber anscheinend überhaupt nicht mitbekommt.

„Wie kommt denn eigentlich so ein Kerl wie du auf den Jakobsweg?", frage ich neugierig nach.

„Ich bin vor einiger Zeit in der Firma bewusstlos geworden. Der Arzt hat gemeint, dat käme vom vielen Stress und Bluthochdruck."

„Oh, ich wusste gar nicht, dass der Job als Taxifahrer soo anstrengend ist."

„Is' ja nich' nur die Arbeit. Da, wo ich wohne, ham es einige auf mich abgesehen. Dieser ganze Ärger, den man dann hat, und es is ja nich so, dat man vor Gericht immer sein Recht bekommt. Ich sach ma, dat is mir alles auf die Gesundheit gegangen. Seit Jahren muss ich schon Tabletten für Bluthochdruck nehmen. Und seit Ende letzten Jahres habe ich dauernd den Schwindel gehabt. Bis ich dann wegen des Schwächeanfalls beim Arzt war."

„Der hat dich hierher geschickt?"

„Quatsch! Der hat gemeint ich, soll ma' Pause machen und wollte mich inne Kur stecken. Der hat gesagt, ..." Er wackelt beim Sprechen kindisch mit dem Kopf. „‚Sie brauchen dringend RUHE und SPORT. Sie sind ÜBERGEWICHTIG, haben BLUTHOCHDRUCK, und der Schwindel ist auf ein PSYCHO-PROBLEM zurückzuführen. Ich muss Ihnen dringend zum Aufenthalt in einer Kurklinik raten.' Ich hab dem gesagt, dat ich doch schon immer nach Malle fahre, aber der hat gemeint, dat zählt nich', ich soll richtig Kur machen. Aber von wegen, sach ich, ich lass mich nich' rumscheuchen. Mir fällt schon was Besseres ein, sach ich."

Das glaube ich ihm sofort. So einer wie Körber lässt sich nix sagen.

„Dat mit dem Jakobsweg kam so: Ich hab' ma' einen Fahrgast gehabt, der kam gerade vom Jakobsweg, der wollte vom Bahnhof nach seine Wohnung. Der sprach unaufhörlich über einen Jakobsweg, der ihm RUHE und GELASSENHEIT gebracht hätte. Außerdem hat sich dat nach Sport angehört, weil man ja ständig läuft. Ich muss schon sagen, dat ich ohne zwingenden Grund noch nie ein Buch gekauft habe, aber vom Jakobsweg habe ich zwei gekauft und gelesen. Eins war ein Erfahrungsbericht, der hat so geheißen wie man hier immer ruft „Bän caminoooo!!!" oder so wat. Und ein Reiseführer, wo ich auch mit hab'. Da habe ich wochenlang dran rumgelesen und mir dann gesagt, dat machste jetzt."

Mit Äußerungen zu dem Erfahrungsbericht den er gelesen will, halte ich mich zurück. Wundere mich aber, dass er daraus anscheinend rein gar nichts gelernt hat. Sonst wüsste er mit einem „Buen Camino" umzugehen.

Wenigstens hat Körber erkannt, dass er den kompletten Jakobsweg nicht schaffen kann. Daher ist er in Léon gestartet, denn hier geht es zunächst durch flaches Land. So kann er seinen Körper an die Anstrengungen gewöhnen, bevor er die Berge hinter Leon erreicht.

Er fügt noch hinzu: „Ich hab dat aber keinem gesagt, dat ich hier bin. Echt, mir ist dat zu doof. Ich glaube, hier laufen ´ne Menge Kranke rum."

„Das stimmt nicht. Ich habe keine Probleme und die drei Damen hier auch nicht." Aus Scherz schiebe ich hinterher: „Du bist anscheinend der einzige!"

„Was soll dat denn jetzt? Willst du mich in die Pfanne hauen!", poltert Körber.

Spaß kann der anscheinend nicht ab; ich muss mich für meinen Spruch rechtfertigen: „Hast du gerade nicht selber gesagt, dass du wegen deiner Gesundheit hier bist? Das heißt doch im Umkehrschluss, dass du krank bist."

„Umkehrschluss? Was soll dat denn jetzt?"

„Sorry, ich wollte dich nicht beleidigen oder kränken. Tut mir wirklich leid, wenn ich was Falsches gesagt habe. Komm lass uns noch ein Bier bestellen und den Abend genießen!"

Die Kiwi Damen verlassen uns plötzlich in Richtung ihrer Pilgerherberge; ich versuche, die Dame aus Australien, die sich erst jetzt mit dem Namen Kate vorstellt, in unser Männergespräch einzubeziehen. Macht aber alles keinen Sinn, weil Körber fast kein Wort Englisch versteht. Eine Zeitlang übersetze ich hin und her. Mir wird das aber mit der Zeit zu anstrengend.

Da Kate bei mir ohnehin mit mehr Sympathie punktet, geht meine Unterhaltung eher in ihre Richtung.

Körber unterhält sich mit Jens.

Kate erzählt mir von ihrer Familie und dass sie Krankenschwester sei.

„Und du kannst einfach mal vier oder fünf Wochen weg, um Urlaub zu machen?"

Kate drückt sich wieder ihre Brille zurück auf die Nase: „Das ist in Australien kein großes Problem. Bei uns gibt es den ‚long service leave'. Eine Art Sonderurlaub, den man nach langer Firmenzugehörigkeit bekommt. Ich habe jetzt nach zehn Jahren 40 Tage frei bekommen."

Körber teilt unterdessen Jens noch mehr über sein Leben mit. Nach jedem Bier wird er redseliger und vergisst nicht, über einige Menschen, die ihm in seinem Leben begegnet sind, zu schimpfen.

Kate hat ihren Camino von einer Agentur durchbuchen lassen. Als in unserem Gespräch der Name der Agentur fällt, meint Körber: „Dat kenn ich, die hat doch gerade BEE-Travel gesagt, oder?"

„Mensch Körber, du kannst ja doch Englisch! Bist du auch mit der Agentur unterwegs?"

„Klar. Habe mir alles buchen lassen, brauche mich um nix zu kümmern! Die fahren mir sogar den Rucksack von einem Hotel zum Nächsten!"

Und ich dachte, ich wäre ein Luxuspilger, aber es geht anscheinend noch komfortabler. Mir würde aber etwas fehlen, wenn ich ohne Rucksack laufen würde. Auch die Unabhängigkeit, die ich dadurch habe, dass ich mir jeden Tag mein Hotel buchen kann, wo ich möchte, würde ich nicht missen wollen.

Kate versteht das, sie hat in den letzten Tagen schon Pilger beneidet, die ihre Etappen individueller planen konnten.

Um 19:00 Uhr treffen wir uns zum Abendessen wieder. Körber sitzt mit Jens zwei Tische weiter, beide „saufen" Wein. Nach einer Stunde stehen vier Flaschen auf dem Tisch. Da Körber mich immer wieder über zwei leere Tische hinweg bezüglich Banalitäten anspricht, sind Kate und ich genervt. Kate verabschiedet sich bereits gegen halb neun. Ich bleibe noch sitzen, weil ich meinen Wein austrinken möchte.

„Wat machen wir denn jetzt mit dem angebrochenen Abend?", tönt Körber quer durch den Raum. „Gibt's hier nich' irgendwo 'nen Club?"

Körber hat noch Energie. Kein Wunder, fängt er seinen Camino doch gerade erst an. Bei mir sieht es anders aus, die Beine sind lahm, und der Wein macht müde. Mit Club meint Körber sicher eine Art Disco.

Doch es dauert nicht lange, und Körber hat mich überzeugt. Nachdem ich heute einem Menschen das Leben gerettet habe, habe ich doch auch Grund zum Feiern.

Die Abende kann ich in den nächsten Tagen noch immer alleine an einem Tisch verbringen. Wer weiß, wann sich wieder eine Gelegenheit ergibt, den Abend mit einer kleinen Party zu beenden. Auch wenn die Gesellschaft von Körber nicht meine erste Wahl ist.

Also reiße ich mich zusammen. „Wenn es nicht zu spät wird, dann bin ich dabei!"

Fünfzehn Minuten später sitzen wir zu dritt in einem Taxi Richtung León. Lt. Bedienung kann man nur dort noch was erleben.

Vor einem Club in León findet sich eine Schlange von jungen, modisch angezogenen Menschen, denen ein Türsteher nach und nach Einlass gewährt. Als Letztes in der Schlange stehen drei ältere Herren. Der Erste hat eine kurze, braune Wanderhose, ein grün/schwarz kariertes Funktionshemd, Socken und Sandalen an. Die behaarten Beine sind viel zu dünn und passen nicht zum korpulenten Oberkörper. Der Nachfolgende hat den gleichen Style wie der Erste, doch passen die Proportionen seines Körpers besser. Der Letzte in der Reihe hat wenigstens eine normale Freizeithose zu seinen Sandalen angezogen. Diese drei Herren sind wir, und die Szene könnte einer Karikatur entsprungen sein.

Wir müssen Eintritt zahlen. Drei Euro pro Person. Körber erreicht den Kassierer und sagt: „Ein Erwachsener!"

Drinnen wird laut House Musik gespielt. Auf einer dunklen Sitzecke finden wir Platz. Die Bedienung kommt. Körber bestellt ungefragt eine Runde Gin Tonic. Ist mir recht, ich mag Gin Tonic und will von Körber wissen: „Ist Gin Tonic auch dein Getränk?"

„Geht so, aber ich sach ma Gin Tonic wird in Spanien überall verstanden. Bier verstehen die nich' immer, auch nich', wenn man dat englisch ausspricht."

Also, wo er recht hat ...

Wer ist überhaupt dieser Jens? Der läuft zwar die ganze Zeit mit Körber rum, sagt aber nichts.

„Was treibt dich denn auf den Camino?", frage ich ihn.

„Dem is' die Frau abgehauen!", blökt Körber dazwischen. Körber ist nicht feinfühlig, nein, wirklich nicht.

Jens schaut mich mit einem verlegenen Lächeln an.

„Das tut mir leid, wie lange ist das her?"

Wieder Körber: „Gerade mal drei Monate."

Ich schau Körber an: „Kann mir das Jens nicht auch selber sagen?"

„Ja, jetzt sei mal nich' gleich angepisst!" Körber lehnt sich zurück und nippt an seinem Gin Tonic.

So ein Trampel! Eine vernünftige Unterhaltung mit Jens scheint in Anwesenheit von Körber nicht möglich. An Jens gewandt, schreie ich noch einmal: „Für eine Unterhaltung ist es sowieso zu laut!"

Jens nickt.

Ich lehne mich in meinem Sessel zurück, trinke weiter meinen Gin Tonic, lausche dem Wumm, Wumm der Musik und drehe mich manchmal um, um dem tanzenden jungen Volk zuzusehen.

Plötzlich springt Körber auf und wackelt ungelenk zum Wumm, Wumm mit seinem Hintern hin und her, „Kommt einer mit?", brüllt er zu uns rüber.

„Wohin?", will ich wissen.

„Ja, tanzen natürlich!" Meint Körber.

Das Letzte, was mir in diesem Schuppen einfallen würde, wäre mich in Sandalen und Wanderklamotten zwischen den hippen Spaniern zum Affen zu machen. Ich bin heilfroh, dass ich hier in der dunklen Ecke sitze, „Neeee, danke!", rufe ich zurück.

Jens schüttelt auch mit dem Kopf.

Körber entschwindet zur Tanzfläche, die sich hinter mir befindet. Uninteressiert schaue ich weiter in meinen Gin.

Jens beobachtet die Tanzfläche und setzt bald ein fragendes Gesicht auf. „Was macht der denn da?" Dabei nickt er zur Tanzfläche rüber.

Körber hüpft, wild mit den Armen über seinem Kopf umherzuckend, auf der Tanzfläche rum. Sein massiger Köper bahnt sich ständig neue Wege durch die Menge. Mit einem Lächeln schaue ich zu Jens und brülle gegen den Lärm: „War der in einer Waldorfschule?"

„Keine Ahnung! Warum?"

„Kann mir vorstellen, dass er seinen Namen tanzt. Aber evtl. ist er Legastheniker."

Körber bleibt nicht lange auf der Tanzfläche. Er rempelt, mit Absicht oder nicht, ständig andere Gäste an; deren Beschwerden werden ihm bald lästig.

Er kommt zurück und sackt mit einem „Boah, dat musste mal sein" in seinen Sessel. Die Stirn glänzt vor Schweiß, sein Hemd ist nass.

Wie es wohl Arnold geht? Wenn ich wüsste in welchem Krankenaus der liegt, könnte ich den besuchen gehen. Aber dazu ist es jetzt natürlich zu spät; und morgen geht es ja für mich weiter.

Gegen elf Uhr will ich weg. Die Augen fallen mir zu; wir müssen noch mit dem Taxi zurück zum Hotel.

„Ich bestelle ein Taxi", rufe ich zu Körber und gehe zur Theke.

„Und ich bestelle mir noch einen Gin Tonic", erwidert Körber und folgt mir.

Körber bekommt umgehend sein Getränk. Als er bezahlt, fällt mir auf, dass er kein Trinkgeld gibt. „In Spanien gibt man Trinkgeld!", erläutere ich ihm. Als ständiger Besucher einer Balearen-Insel sollte er das eigentlich wissen.

Sein „Aha" klingt wie „ist mir doch egal". Und dann tönt er: „Die hauen hier richtig Gin in dat Glas! Nich' wie bei uns ein Schnapsglas voll und gut. Nee die kippen direkt aus der Buddel. Ich dachte, dat machen die nur auf Malle so. Is klasse, oder?"

Nach einer Weile will sich Körber zur Toilette verabschieden, aber die Bar zeigt mir an, dass das Taxi da ist.

Der Taxifahrer winkt, dass wir sofort hinterher gehen sollen.

„Körber! Taxi ist da!", rufe ich Körber hinterher.

„Ich muss aber!", ruft der zurück.

„Geht nicht, Körber! Der Taxifahrer haut sonst wieder ab. Die Fahrt dauert nicht lange! Bist doch kein Mädchen."

Körber lässt sich breitschlagen, jammert aber weiter, dass er wirklich dringend muss. Im Taxi setzen sich Körber und Jens nach hinten, ich gehe nach vorne. Das Nörgeln von Körber hört während der Fahrt nicht auf. „Können wir nicht irgendwo anhalten? Ich muss echt dringend pinkeln."

Der Taxifahrer meint, dass wir nicht mitten in León auf einer Hauptstraße anhalten können, um zu pinkeln.

Das scheint zunächst auch Körber auf der Rückbank hinten rechts zu verstehen.

An einer großen Kreuzung halten wir bei Rot. Hinten fliegt plötzlich eine Tür auf. Körber springt aus dem Wagen, knallt die Tür wieder zu, rennt über den Bürgersteig und pinkelt gegen eine Hauswand. Kaum dass zu erkennen ist, dass der Urin über den abschüssigen Fußweg läuft, steht hinter uns ein Wagen der Guardia Civil.

Soweit ich informiert bin, geht die ein pinkelnder Körber nichts an. Die haben höhere Aufgaben. Doch der Wagen fährt rechts ran und macht die lustige Partybeleuchtung auf dem Dach an. Zwei Herren schälen sich lässig aus dem Wagen und gehen zu Körber rüber.

Unser Taxifahrer ist in keinster Weise entspannt. Es wird grün, er gibt Gas.

Jens fällt jetzt alles aus dem Gesicht. „Wir können doch nicht den Körber der Polizei überlassen!", näselt er laut.

„Stopp!", brüllt er. „Stopp! Stopp!" *So viel hat er den ganzen Abend noch nicht gesagt.*

Da ich weiß, dass mit der ‚Guardia Civil' nicht gut Kirschen essen ist, brüll ich den Taxifahrer an: „Go! Go! Der findet sich wieder."

Und wieder Jens: „Stopp! Stopp!"

Ich dagegen: „Go! Go!"

Dann endlich ergibt sich Jens seinem verzweifelten „Oh Gottogottogottogott!" Danach ist er ruhig.

Der Taxifahrer hält nach einigen hundert Meter an einer Bushaltestelle. Kein Ahnung, was er sagt, aber er ist sauer. Kaum, dass er sich beruhigt hat, schießt die Guardia Civil mit Blaulicht und Sirene an uns vorbei. Nicht lange danach ein zweites Fahrzeug.

„Scheiße, die stecken den Körber in den Bau!", quietscht Jens auf der Rückbank.

„Und dafür brauchen die zwei Fahrzeuge mit Blaulicht? Wohl kaum! Wir fahren zurück und schauen nach."

Unser Fahrer dreht widerwillig um.

Wir finden Körber blass an der Kreuzung. Der Taxifahrer zeigt auf das Gebäude, an dem deutlich Körbers Urinflecken zu sehen ist. Oberhalb des Fleckens prangt ein großes Wappen. Glückwunsch, Körber hat an ein Regierungsgebäude gepinkelt.

Körber erkennt unser Taxi, steigt wieder ein und bekommt von mir einen Anranzer, „Mann Körber, bist du bescheuert? Kannst doch nicht mitten in der Stadt pinkeln gehen. Und dann noch gegen ein Regierungsgebäude!"

„Kann ich doch nich' wissen! Kenn mich in dieser beschissenen Stadt doch gar nich' aus!"

„Was wollten die denn von dir?", fragt Jens.

Welch überflüssige Frage! Die werden Körber wohl kaum auf Deutsch nach der Uhrzeit gefragt haben.

„Kann ich Spanisch, oder wat? Die ham da auf cool gemacht, bis die Funke ging. Da waren die zack mit jüjüjü wieder weg. Hast du noch mehr so bescheuerte Fragen auf Lager?"

Jens ist eingeschnappt und schaut ab sofort beleidigt aus dem Fenster.

Die Herren von der Polizei haben Körber ziemlich eingeschüchtert.

Der aufregendste Tag den ich bis jetzt auf dem Camino hatte, findet gegen 12:00 Uhr an einer lauten Bundesstraße sein Ende.

Andrea texte ich im Internet eine Nachricht.

„War ein spannender Tag. Habe einen älteren Herren vor dem Verdursten gerettet. Die Abende sind nicht mehr ganz so intellektuell, aber dafür lustig. Gruß dein Simon."

Martin und Beate

Im Frühstücksraum sitzen vier Personen. Meine Wahl fällt auf einen Tisch am Fenster mit einem ca. dreißig bis fünfunddreißig Jahre alten, mittelgroßen Durchschnitts-Herren mit schwarzen Haaren in Wanderbekleidung. Sein Tisch ist übersät mit Essen und Essensresten. Aus freundlichen, dunklen Augen schaut er mich an; ich gebe ein „Guten Morgen" zur Begrüßung von mir.

„Guten Morgen", kommt zurück. *Er ist also Deutscher.*

Vom Buffet hole ich mir ein weiches Brötchen und Marmelade. Kaum zurück am Platz, wird mir von der netten Bedienung der Kaffee serviert.

Mein Tischnachbar ist mit seinem Frühstück anscheinend schon fertig und schlürft immer wieder an seinem Kaffee. Sportlich ist er nicht. Er sitzt mit schlaffem Rückgrat, versunken auf seinem Stuhl und schaut gedankenverloren aus dem Fenster.

Als mir mein Teelöffel aus den Fingern rutscht und klirrend auf den Teller fällt, schaut er lächelnd rüber. „Nix kaputt machen!"

„Nee, is' klar …", entgegne ich ebenfalls lächelnd. „Ist noch mal gutgegangen."

Er schaut interessiert zu, wie ich meinen Teelöffel wieder kniggegerecht neben die Tasse lege, und fragt mich, „Woher kommst du?"

„Aus der Nähe von Wilhelmshafen und du?"

„Hamburg City."

Er heißt Martin und ist vor drei Wochen in SJPDP gestartet. Das Gespräch reißt ab, als eine große Frau, ebenfalls Mitte dreißig, den Frühstücksraum betritt. Hellblonde, kurze, etwas lockige Haare auf Kinnlänge geschnitten.

Blaue, lachende Augen, volle Lippen im eher runden, symmetrischen Gesicht. Der kurze Pony verleiht ihr ein keckes Aussehen. Sie ist schlank mit einer femininen, wohlproportionierten, sportlichen Figur. Ihr suchender Blick bleibt bei mir hängen, und ich werde nervös, weil diese überaus interessant aussehende Frau direkt auf meinen Tisch zusteuert.

Männer haben Angst vor schönen Frauen, und ich bekomme gerade Panik.

Mit einem freundlichen Lächeln und „Guten Morgen" geht sie an mir vorbei, um sich zu Martin an den Tisch zu stellen. Der sitzt von der Tür aus gesehen hinter mir.

Ich war kurz vorm Hyperventilieren, Martin scheint entspannt zu sein.

Dann schießt mir der Puls wieder hoch, und es gibt einen verdammt guten Grund dafür. Diese gut aussehende Frau ist eben die, die ich seit Tagen suche. Es ist Beate!

Und ich kann es gar nicht glauben, dass die hier jetzt einfach so reinkommt. Wo es nur ging, habe ich nach ihr gefragt und Plätze abgesucht, und nun steht sie, einfach so, am Nebentisch.

Beate zeigt mit ihrem Finger kurz auf einen Tisch und sagt unfreundlich zu Martin: „Bei dir ist ja alles voll, dann setze ich mich da hin."

Martin wehrt sich: „Ein Teil lag hier schon, setz dich doch, ich räume das weg."

„Nein, lass gut sein! Ich setze mich jetzt da hin."

Beate setzt sich zwei Tische weiter.

Martin blickt etwas verlegen mit einem „So sind se die Frauen" zu mir rüber.

Atmosphärischen Störungen liegen im Raum. Von Martin schweift mein Blick Richtung Beate; ich bin gespannt, was jetzt passiert.

„Bist du Beate Beelmann?", frage ich sie.

„Ja", sie ist äußerst überrascht.

„Dachte ich mir. Ich habe ein Portemonnaie für dich."

Sie reißt die Augen auf und lässt das Besteck auf den Teller fallen. „Nein, das kann ja wohl nicht sein!", sagt sie ungläubig.

Martin blickt mindestens genauso ungläubig mit aufgerissenen Augen zwischen mir und Beate hin und her.

Ich habe mein gönnerhaftestes Siegerlächeln auf den Lippen. „Doch! In Burgos bist du mit deiner Tasche an meinem Stuhl hängen geblieben. Erinnerst du dich?"

Sie dreht sich auf dem Stuhl zu mir: „Stimmt, ich erinnere mich!"

„Dein Portemonnaie ist dabei unter meinen Stuhl gefallen. Ich hab's erst später gefunden."

Sie springt auf und stürzt an meinen Tisch. „Das ist ja sooo klasse! Hast du das dabei?"

„Nein, liegt noch auf meinem Zimmer."

„Können wir es holen?"

„Jetzt sofort?"

„Ja, wenn das geht?"

„Klar, kann ich." Für meinen Geschmack ist sie etwas zu fordernd.

Sie dreht sich kurz zum verwirrten Martin und sagt: „Ist das nicht toll?" Sie folgt mir in das Treppenhaus.

Vor der Treppe weise ich noch kurz darauf hin, dass ich das Portemonnaie auch gerne in den Frühstücksraum bringen kann. Sie möchte aber mitkommen und meint: „Ich muss dir noch was sagen. Entschuldige, ich bin so unhöflich! Wie heißt du eigentlich?"

„Simon."

„Weist du Simon, es wäre für mich superklasse, wenn du von dem Portemonnaie nichts weiter sagen würdest.

Also von den genauen Umständen, wo und wie es passiert ist. Geht das?"

Ich kann den Augen dieser Frau bei besten Willen nichts abschlagen und es ist ein gutes Gefühl, ihr Verbündeter zu sein. „Sicher! Wenn es für dich besser ist, behalte ich es für mich."

„Sag einfach, dass es beim Vorbeigehen passiert ist. So war es ja auch. Dass ich mit Begleitung im Restaurant war, muss ja keiner wissen."

Vor meinem Zimmer überreiche ich ihr das Portemonnaie; sie bringt es auf ihr Zimmer.

Im Frühstücksraum sitzt ein noch immer überraschter Martin an seinem Tisch und schlürft an seiner Kaffeetasse.

„Ich wusste gar nicht, dass sie ihr Portemonnaie verloren hatte." sagt er, als ich mich wieder an meinen Tisch setze.

Und ich denke bei mir, dass sie es ja nicht zwingend jedem erzählen müsste. „Sie ist im Vorbeigehen mit ihrer Tasche an meinem Stuhl hängen geblieben, der ist aufgerissen und dabei ist es dann wohl rausgefallen."

Beate kommt zurück. „Ich bin dir was schuldig, Simon. Das mache ich in den nächsten Tagen wieder gut."

Sie setzt sich an ihren Tisch und isst weiter. Keine Diskussion, wie und wo und warum wir uns gerade hier treffen, oder irgendein Interesse an meiner Person.

Auch Martin fragt nicht weiter nach. Er sitzt da und schaut aus dem Fenster. Ein Paar sind sie anscheinend nicht, aber warum macht sie ein Geheimnis aus ihrem Restaurantbesuch in Burgos?

Kate kommt herein, ihre schwarzen Locken sind noch nass vom Duschen. Sie nimmt sich Obst vom Buffet und setzt sich zu mir an den Tisch.

„Kein richtiges Frühstück?", frage ich sie.

„Obst ist Frühstück!", meint sie lächelnd.

„Ich habe Beate gefunden", verkünde ich wichtig.

„Beate?"

„Ja, von der ich das Portemonnaie gefunden habe."

„Dann hat das ja noch ein gutes Ende gefunden", meint sie lächelnd. Aber noch besser findet sie meine Taxifahrt mit Körber vom Vorabend.

Kate erzählt, dass sie wegen des Straßenlärms kaum schlafen konnte. Ohrenstöpsel hat sie noch nicht, will sich aber bei nächster Gelegenheit welche kaufen.

Beim Verlassen des Frühstücksraums verabschiede ich mich von Martin und Beate. „Ich hoffe, wir sehen uns bald wieder."

„Ja", nickt Martin „würde mich freuen."

Beate: „Wir sind heute Abend in Astorga. Du auch?"

„Ja, ich habe ein Hotel im Zentrum!"

Martin. „Vielleicht trifft man sich ja."

„Wäre schön. Buen Camino euch beiden!"

Ich packe mir einen Apfel ein. Kate und ich zahlen unsere Zimmer und holen die Rucksäcke.

Beim Verlassen des Hotels hören wir noch Körber, der an der Rezeption steht. Irgendwas scheint ihm nicht zu passen, denn es wird lauter. „Der bleibt hier nicht!", schmettert Körber einer überforderten Rezeptionistin entgegen.

Und Jens flehend: „Die versteht dich doch gar nicht."

Kate und ich wollen nicht Zeuge einer peinlichen Situation werden und machen uns schnell auf den Weg.

Der Morgen ist klar, der Tag dämmert herauf. Die Anzeige einer Apotheke zeigt 6°C. Kates Atem bildet kleine Wölkchen, die vor ihrem Gesicht schweben.

„Schau dir das an!" Sie bläst neuen Atem vor sich her, „das gibt's bei uns in Australien nicht!"

„Das gibt es bei uns öfter, als mir lieb ist."

Sie bläst weiter Luft aus und ist vorrübergehend gefesselt davon.

Bis Obrigo laufen wir entlang der lauten Bundesstraße. ‚Mein' Camino wäre etwas südlicher von dieser Straße verlaufen und sieht nach Reiseführer deutlich besser aus.

Mit meinen langen Beinen gehe ich meistens schneller als andere Pilger. Daher bin ich überrascht, dass Kate mir fast davon läuft, obwohl sie deutlich kleiner ist als ich. Wer einmal aufgescheuchte Krankenschwestern auf dem Flur eines Krankenhauses gesehen hat, der weiß, wovon ich rede. Mit kurzen, schnellen Schritten trippelt sie vor mir her.

Uns begleitet das Rauschen von Wasser, welches über lange Strecken neben uns in einen breiten Bewässerungskanal fließt. Er versorgt auf beiden Seiten der Straße große Felder mit Mais und Sonnenblumen, die hier und da durch ein kleines Wäldchen unterbrochen werden.

Wir erreichen Hospital de Órbigo mit seiner fast 300m langen aus Felssteinen gemauerten, mittelalterlichen Brücke. Die Längste auf dem Camino mit schönen Rundbögen. Sie überspannt das Flussbett des lediglich zwanzig Meter breiten Rio Órbigo, der gerade sehr wenig Wasser führt.

Die Legende sagt, dass auf dieser Brücke der Ritter Don Suero aus León sich mit allen Ausländern duellierte, die sie überqueren wollten, um das Versprechen einer geliebten Dame gegenüber zu erfüllen. Dreihundert Lanzen musste er brechen. Noch heute hängt in der Reliquienkapelle von Santiago de Compostela das blaue Band der Dame mit einer Liebeserklärung darauf. Das ist halt Romantik á la Mittelalter.

„Hey Kate, würde dein Mann für dich hier Lanzen brechen?"

Sie lächelt, schiebt sich die tiefsitzende Brille auf die Nase und meint: „Mehr als dreihundert, will ich hoffen. Würdest du für deine Frau doch auch tun, oder?"

Ich grinse breit: „Natüüürlich, würde ich das!"

Allerdings würde ich auch zwei, oder drei für Beate brechen, wenn sie etwas netter wäre.

Weiter geht es durch Getreidefelder und vorbei an Eichenwäldern bis Astorga. Oft entlang einer Schnellstraße und nur zu selten über abgelegene Feldwege.

Die dreißig Kilometer Tagesmarsch lassen wir inklusive Pausen in weniger als fünf Stunden hinter uns. Wir sind mehr gerannt als gewandert, und nach dem gestrigen Schleppen von zwei Rucksäcken und einem alten Mann bin ich fertig. Von der Hüfte abwärts ist mein Körper ein einziger Schmerz.

Astorga liegt zu allem Überfluss auf einer Anhöhe, sodass die letzten Meter die reinste Qual sind. Vor Kate will ich das nicht zugeben und gebe mir Mühe, einen lockeren Eindruck zu machen.

Erschöpft erreiche ich mein Hotel direkt am schönen Marktplatz. Mit Kate verabrede ich mich zum Pilgermenü vor dem Hotel gegen 19:00 Uhr. Ich gehe duschen und dann ab ins Bett. Zum ersten Mal in meinem Leben erlebe ich, dass Füße sogar wehtun können, wenn man nicht auf ihnen steht.

Nachdem ich wieder halbwegs vorzeigbar bin, schaue ich mir zunächst das von Gaudí erbaute Palacio Episcopal (Bischofspalast) an. Das Gebäude ist einer Burg nachempfunden und könnte mit seinen kitschig bunten Fenstern und kleinen Zinnen in Disney World stehen. Ein Bischof ist nie eingezogen, es wird heute als Museum genutzt.

Etwas gelangweilt, gehe ich danach rüber in die Kathedrale. In ihren langen Gängen werden historische Objekte ausgestellt. Es ist kühl und halbdunkel, das Publikum flüstert. Ganz nett hier, aber meine Beine schmerzen immer noch, darum hake ich die Begutachtung der sakralen Kunst im Schnelldurchgang ab. Zum Schluss setze ich mich im Hauptschiff der Kathedrale in eine Bank. Das Sitzen und die Ruhe tun gut; meine Gedanken und Gebete gelten meinen Lieben und Arnold, von dem ich gerne wüsste, wie es ihm geht.

Aus den Augenwinkeln erkenne ich eine Bewegung. Es ist Kate, die unweit von mir saß und gerade die Bank verlässt, um zu gehen. Sie hatte mir heute erzählt, dass sie von der Kirche, gelinde gesagt, nicht viel hält. Umso überraschter bin ich, dass sie sich hier in die Kathedrale gesetzt hat. *Ich finde, darüber sollte man beiläufig mal sprechen.*

Beim Verlassen der Kirche sticht mir die Sonne in die Augen. Ihre heißen Strahlen dringen augenblicklich durch das Shirt auf meine Haut. Mein Blick trifft auf Martin, der im Schatten eines Baumes auf einer Bank sitzt. Unsere kurze Unterhaltung beim Frühstück war nett; so nebenbei habe ich die Hoffnung, dass er mir mehr über Beate erzählen kann, die am Morgen nicht besonders freundlich war.

Martin spricht mich an, bevor ich die Gelegenheit dazu habe: „Hallo Simon, wie war der Weg heute?"

„Siehst du, wie ich laufe? Wie ein Roboter! Und wie war's bei dir?"

„Alles bestens. Ich bin noch total überrascht, dass du Beate heute Morgen erkannt hast."

„Ja, unglaublich. So klein ist die Welt!"

Martin berichtet mir ausführlich von seiner Besichtigung des Bischofpalastes und der Kathedrale. Dabei war er in Begleitung von zwei netten Pilgern, die er heute kennengelernt hat. Während er von seinem Tag erzählt, muss ich an Beate denken und wüsste gerne von ihm, wo die geblieben ist. Aber ich will nicht mit der Tür ins Haus fallen. So verstreicht eine Weile, bis für mich ein passender Moment gekommen ist, um ihn zu fragen: „Wo ist eigentlich Beate, und woher kennst du die?"

„Die müsste noch im Hotel sein – denke ich." Mit trockenem Ton ergänzt er: „Sie ist meine Frau!"

„Oh!" Meine Überraschung kann ich nicht überspielen.

Er dagegen lächelt, legt den Kopf entspannt zurück und meint bedächtig. „Ist nicht alles perfekt im Moment. War wohl nicht zu übersehen, oder?"

Ich muss schmunzeln: „Jo, konnte man deutlich merken."

Mich wundert schon, dass er mit dem Beziehungsstatus so spät rausrückt. Wenn ich mich vorstelle, erzähle ich die Dinge, die mir wichtig sind, zuerst. Dazu gehört gewiss meine Frau, gerade auch, wenn sie dabei ist.

Wir wechseln rüber in eine kleine Bar mit Blick auf die Kathedrale und den Bischofspalast. Beim Setzen sagt Martin: „Danke, dass du Beates Portemonnaie mitgenommen hast! Die erste Runde geht auf mich." Wie beim

Frühstück bemerkt er noch beiläufig, leise: „Sie hat es mir echt nicht erzählt."

Ich lenke das Gespräch lieber in eine andere Richtung. „Mich wundert, dass wir uns überhaupt treffen, weil ich León übersprungen habe."

„Und wir zwei Etappen in der Meseta."

Ich frage mich, ob das Zufall ist oder Bestimmung.

Es ist wohl eine der besonderen Eigenschaften des Caminos, das sich manchmal völlig fremde Menschen in kurzer Zeit anvertrauen. Nach dem zweiten Bier offenbart mir Martin Details seiner Beziehung. Dabei wird sein Tonfall zunehmend resignierter: „Seitdem ich verheiratet bin, fühle ich mich wie ein Sitter für ein dreißigjähriges, spät pubertierendes Mädchen."

Ohne im Detail zu wissen, was er damit meint, bin ich erst einmal nur überrascht. „So schlimm? Hat sie sich denn in so kurzer Zeit derart verändert?"

„Glaube ich nicht. Vielleicht wollte ich es lange Zeit nicht wahrhaben. Bei mir war es Liebe auf den ersten Blick. Schau sie dir doch nur mal an!"

„Das habe ich!" *Und wie ich das habe!*

Martin rutscht tief in seinen Stuhl und philosophiert. „Es war wohl etwas blauäugig, zu hoffen, dass sie mit der Zeit etwas bodenständiger wird. Sie ist so flatterhaft und ständig unterwegs. Nur Party und Aktion im Kopf; um unsere Zukunft muss ich mich alleine kümmern."

„Sie ist oberflächlich?"

„Ja, so kann man es wohl ausdrücken. Man sagt ja, dass sich Gegensätze anziehen, aber keiner sagt, dass sich ihre Sogkraft über die Jahre verliert."

„Kümmert sie sich denn um gar nichts?"

„Sie kümmert sich schon ziemlich perfekt um alles, was mit unserem Privatleben zu tun hat: Termine, Haushalt, Garten. Sie ist eine gute Gastgeberin und so. Das macht ihr halt auch Spaß."
„Habt ihr Kinder?"
„Nein."
„Geht sie arbeiten?"
„Nein. Nicht mehr. Sie hat bis vor einem halben Jahr in einem kleinen Papiergroßhandel gearbeitet. Aber in den vier Jahren als Bürokraft war sie meistens schlecht gelaunt. Mal hatte sie Ärger mit den Kollegen, mal mit Lieferanten, oder Kunden. Als ihr dann gekündigt wurde, war sie plötzlich viel entspannter."
„Darf ich fragen, was der Grund für die Kündigung war?"
„Der Junior konnte seine Finger nicht von ihr lassen."
„Wie? Der hat ihr nachgestellt?"
„Ja! Bis Beate mit dem Senior Chef gesprochen hat. Da war's vorbei mit dem netten Junior. Ein halbes Jahr später hat man sich einvernehmlich getrennt, wie es so schön heißt. Immerhin hat der Senior ihr noch eine ordentliche Abfindung gegeben."
„Hat sie danach nichts wiedergefunden?"
„Sie, oder besser gesagt wir, wollten gar nicht, dass sie wieder arbeiten geht. Weil sie ohne Arbeit deutlich zufriedener ist. Und finanziell können wir uns das gut erlauben. Jetzt kümmert sie sich um das Haus, den kleinen Garten und hat eine große Stadt direkt vor der Tür."
„Das hört sich ja ziemlich konservativ an. Er geht arbeiten, sie kümmert sich ums Haus. Wie alt bist du eigentlich?"
„Bin vor einigen Wochen fünfunddreißig geworden. Beate ist vierunddreißig."

„Und, groß gefeiert?"
„Meinen?"
„Ja, oder den von Beate."
„Beate feiert ja gerne, da kommen schnell zwanzig Gäste zusammen. Ihr engerer Freundeskreis sozusagen. Bei mir fällt das etwas kleiner aus. Ich habe einen guten Freund, der mich bei solchen Gelegenheiten besucht, und meistens kommen noch ein, zwei Paare dazu. So eine kleine Runde mit leckerem Wein und netten Gesprächen, das ist für mich ein schöner Abend."
„Kann ich gut verstehen. Wobei ich persönlich da recht flexibel bin. Ich kann ruhig, aber auch laut. Wie seid ihr beiden darauf gekommen, den Camino zu gehen?"
„Das war meine Idee. Obwohl ich mir gewiss was Besseres in meiner Freizeit vorstellen kann. Eigentlich bin ich nervlich nicht darauf eingestellt, mit vielen Menschen in einem Raum zu schlafen. Wir entscheiden von Tag zu Tag, ob wir in ein Hotel oder in eine Herberge gehen. Eine Sportskanone war ich ja auch noch nie. Aber ..."
Martin lehnt sich über den Tisch zu mir rüber und sagt dann bedeutsam. „... ganz ehrlich? Ich hoffe, dass der Jakobsweg Beate und mir hilft, wieder einander besser zu verstehen. Vielleicht finden wir hier die Zuneigung wieder, die uns über die Jahre verlorengegangen ist. Und vielleicht; ich meine ganz vielleicht ...", er spricht sehr bedeutungsvoll. „... hilft es ja Beate, etwas mehr zu sich selbst zu finden, wenn sie auf dem Weg mal alleine ist. Ich meine so ohne Stadt und laute Freunde."
Für mich ist das eine gewagte Theorie. In einem meiner ersten Bücher die ich über den Camino gelesen habe, beschreibt der Autor, dass sich hier schon gute Freunde

zerstritten haben. Von Eherettung auf dem Camino war nie die Rede.

„Was hielt Beate denn von deinem Vorschlag?"

„Super. Sie war geradezu begeistert. Beate hat ja immer Hummeln im Hintern." Martin lehnt sich wieder lässig zurück in seinen Stuhl „Ich habe ihr es Heiligabend vorgeschlagen. Als eine Art extra Weihnachtsgeschenk. Da war sie schon ziemlich überrascht. Wir buchen ja sonst nur konservative Hotels mit großen Pool-Landschaften und so. Beate hat sofort angefangen, das Internet nach Informationen zu durchstöbern von Wanderbekleidung bis zum Rucksack. Himmel, war die aufgeregt, habe sie selten so gesehen! Die hat sich mächtig auf Abenteuer mit netten Bekanntschaften und Wein in lauen Sommernächten gefreut ..." Er lächelt wieder und spricht mit einem dezent abfälligen Unterton. „Wie anstrengend es ist, hat sie in den ersten Tagen lernen müssen."

„Und? Hat doch bis jetzt gut geklappt. Oder?"

„Ja, überraschend gut sogar. Sie hat mir auch versprochen, dass sie die achthundert Kilometer durchhält. Ich denke, sie will sich selbst und mir was beweisen. Das ist ja schon ein Teilerfolg!"

„Ist das für dich denn kein Problem, fünf Wochen Urlaub zu bekommen?"

„Zum Urlaub und Resturlaub habe ich noch einige unbezahlte Tage bekommen. Dann war's perfekt. Was machst du beruflich?"

Ich gebe ihm einen Abriss meiner Tätigkeit und frage dann nach seiner Profession.

„Also zuerst wollte ich auch Richtung Informatik, aber das war doch nicht mein Ding. Ich hab BWL studiert."

Sein Erfolg ist ihm nicht zugefallen, Martin hat ihn sich mit Fleiß erarbeitet. Seine Verbundenheit, Zuverlässigkeit und Zielstrebigkeit zu seinem Arbeitgeber Airbus war der Grund, warum er in relativ kurzer Zeit in einen gut dotierten Job in der unteren Managementebene berufen wurde.

Unsere Unterhaltung muss ich kurz nach achtzehn Uhr abbrechen. „Tut mir leid, Martin, ich muss los. Ich habe mich mit einer Pilgerin aus Australien vor meinem Hotel verabredet. Kate, sie saß beim Frühstück an meinem Tisch."

„Ah ja, ich erinnere mich."

Ich weiter: „Es war ein sehr schöner Nachmittag mit dir. Wir treffen uns hoffentlich wieder."

„Bestimmt tun wir das. Wäre schade, wenn nicht. Wie weit gehst du morgen?"

„Bis Rabanal de Camino"

„Super, da sind wir auch. Ist ein kleiner Ort. Wir treffen uns bestimmt."

Kate sitzt schon vorm Hotel und hat uns eine Flasche Wein bestellt. Sie erzählt mir aus ihrem Leben und in einem Nebensatz, dass sie sich freut, jetzt abends mal los zu gehen.

„Was soll das denn heißen, was hast du denn sonst die letzten Abende gemacht?"

„Meistens war ich auf meinem Zimmer. Zwei Mal habe ich mit einem deutschen Tom zu Abend gegessen. Der pilgert auch mit der Agentur."

Mir ist das ziemlich fremd. Einen Abend alleine zu verbringen, ist ja kein Problem, aber fast drei Wochen alleine und dann noch auf dem Zimmer?

„Ich habe gestern übrigens einem Menschen das Leben gerettet", kokettiere ich überzogen.

Ihre Brille ist schon wieder nach vorne auf die Nase gerutscht; sie drückt sie mit dem Zeigefinger und den Worten „Du lügst doch!" zurück vor die Augen.

Mit ernster Miene schildere ich ihr mein Erlebnis in emotionalen Details. „Leider hatten wir keine Gelegenheit, unsere Kontaktdaten auszutauschen." Beklage ich mich am Ende.

Und Kate meint: „Wenn der in León im Krankenhaus liegt, dann telefoniere die doch einfach ab. Den Namen hast du ja."

Da hat sie natürlich recht; ich hatte ich auch schon daran gedacht. Habe mich aber allein schon wegen der Sprache nicht getraut. Manchmal braucht man einen kleinen Stoß, um sich zu bewegen. So motiviert, suche ich mir aus dem Netz die Telefonnummern der Krankenhäuser in León und rufe als Erstes beim Hospital General Regional de León an. Wie befürchtet, kann mich die Dame auf der anderen Seite nicht verstehen. Kate hat auch dafür eine Lösung.

„Du hast doch ein gutes Hotel. Die Rezeption macht das sicher gerne für ein kleines Trinkgeld."

Ich schreibe auf einen Zettel den Namen von Arnold und meine Handynummer. Der Dame an der Rezeption drücke ich ein paar Euros in die Hand und erkläre ihr meinen Wunsch.

Es dauert keine zehn Minuten, bis die Rezeptionistin Erfolg vermeldet, „Ich habe ihn gefunden." Trillert sie freundlich „Er ist im Hospital General. Man wird Herrn Schuster ihre Kontaktdaten geben." Danach beugt sie sich weiter zu mir herunter und sagt etwas leiser: „Sie haben ja anscheinend dem Mann das Leben gerettet!"

„Wow!", macht Kate, „da bekommt man ja Gänsehaut."

„Das war schon ein beeindruckendes Erlebnis. Mich hat übrigens auch beeindruckt, dass ich dich heute in der Kathedrale in einer Bank gesehen habe. Nachdem du mir gesagt hast, dass du von der Kirche und dem ganzen Getue nicht viel hältst, hat mich das etwas überrascht."

Kate lächelt verlegen „Ich wollte das mal wieder ausprobieren."

„Und wie war's?"

„Ganz nett. Trotzdem bleibe ich dabei, dass die Menschen für ihren Glauben keine großen Protzkirchen voller Gold brauchen. Das Geld ist woanders besser angebracht."

In dem Moment läuft Jens an uns vorbei. „Hey, Jens!", ruf ich ihm hinterher.

Er ist überrascht und dreht sich suchend um. „Ach, Simon, ihr seid es, wie geht's?"

„Satt und sauber, mir geht's gut. Und dir? Hattet ihr heute Morgen Stress im Hotel? Hörte den Körber mit der Rezeption schimpfen."

„Der hat sich aufgeregt, weil er seinen Rucksack im Flur stehen lassen sollte. Sein Gepäck wird ja von der Agentur jeden Tag abgeholt und in das nächste Hotel gebracht."

„Lass mich raten, der Flur war ihm zu unsicher?"

„Genau! Obwohl da noch mehr Koffer standen. Die Dame hat den Rucksack hinter die Rezeption gestellt, damit Körber sich endlich beruhigt."

„Wo ist Körber jetzt?"

„Im Taxi, zurück zu dem Hotel, seinen Rucksack abholen." Er grinst über das ganze Gesicht.

„Warum das denn jetzt? Ich denke, der Rucksack wurde abgeholt?"

„Das Koffer-Taxi hat nur die Koffer mitgenommen, die Im Flur standen. Tja, jetzt hat das Hotel hier in Astorga bei dem Hotel von gestern angerufen, und die haben gesagt, der Rucksack sei noch dort. Da der Rucksack Körber nicht nachläuft, muss Körber jetzt zurück, um ihn zu holen."

Jens ist heute richtig redselig; ich würde mich über seine Gesellschaft freuen. Doch meine Einladung, sich zu uns an den Tisch zu setzen, lehnt er ab. „Geht nicht. Ich will mir noch Wasser kaufen. Wir sehen uns sicher morgen wieder. Schönen Abend noch."

Kate übersetze ich die Geschichte von Körber; sie meint lachend: „Es ist nicht gut, wenn man im Leben jeden Wunsch erfüllt bekommt."

Gegen 22 Uhr liege ich auf meinem Bett und schreibe Andrea: „Bin heute mehr gerannt, als gegangen. Mein Unterkörper schmerzt gewaltig. Habe Eigentümer des Portemonnaies getroffen und es ausgehändigt. Sehr netter Pilger, werden uns morgen hoffentlich wieder treffen."

Der Rucksack

Man trifft auf dem Camino alle Charaktere, die menschliches Sein zum Vorschein bringen kann. Ein verliebtes, ungleiches Paar aus Deutschland (sie sehr übergewichtig und klein, er groß und dürr). Unglückliche Pare wie Beate und Martin, unzufriedene Typen wie Körber und viele mehr. Es gibt auch sehr ungewöhnliche wie Arnold aus Chile mit seinen dreiundachtzig Jahren. Oder einen Asiaten, der den Camino barfuß läuft. Diese Pilger bringen es auf dem Camino zu einer gewissen Bekanntheit. Eines dieser personifizierten Camino-Highlights lerne ich heute auf den ersten Metern kennen.

Am frühen Morgen verlasse ich mein Hotel im Dunkeln und blicke über den großen Plaza España. Ein großes gelbes Reinigungsfahrzeug spritzt mit einem breiten Wasserstrahl den Unrat des Vortages vom Platz. Zwei Bäckereifachverkäuferinnen schleppen ein Schild auf die Straße, auf dem sie mit Kreide Angebote des Tages geschrieben haben.

Ein barfüßiger Pilger mit asiatischem Aussehen passiert die beiden. Eine Verkäuferin fragt den Asiaten auf Spanisch nach seinem nicht vorhandenen Schuhwerk.

Der Asiate erklärt ihr mit ausladenden Gesten und asiatischen Worten seine Situation. Nicht, dass man sich gegenseitig verstanden hätte, aber gut. Er lässt die Verkäuferin mit einem Lächeln und noch mehr Fragezeichen auf dem Gesicht hinter sich. Langsam und bedächtig, überquert er den großen Platz; er meidet die Pfützen.

Am Ende des Platzes treffen wir aufeinander. Freundlich schaut er mich an und ich frage ihn direkt: „Guten Morgen, wo kommst du denn her?"

Er schlägt sich mit der flachen rechten Hand auf die Brust, schaut gen Himmel und streckt beide Arme in die Höhe. Mit Jubel in der Stimme ruft er: „I'm from heaven (ich komme aus dem Himmel)"

Oh je, der ist wohl irgendwo weggelaufen. Mal schauen, was bei der nächsten Frage passiert.

„Und wo sind deine Schuhe?"

Wieder schlägt er sich auf die Brust, schaut nach oben und wirft die Arme hoch. „Still in heaven (die sind noch im Himmel)!" *Immer noch Oh je.*

„Ich liebe Jesus, ich liebe Jesus wirklich", fügt er hinzu.

Die weltliche Gemeinschaft der mehr oder weniger gläubigen Pilger und alle Bäckereifachverkäuferinnen sowie Händler am Wegesrand werden wohl nie erfahren, aus welcher Ecke unseres Planeten dieser vergängliche asiatische Körper stammt.

Meine Neugierde wäre gestillt gewesen, wenn er mir einfach nur erklärt hätte, warum er hier barfuß rumläuft. Aber danach mag ich nicht weiter fragen. Anstandshalber werde ich noch einige Meter mit ihm gehen und dann Fersengeld geben.

Nachdem wir fast zwanzig Metern zusammen marschiert sind, spricht er überraschend mit normaler Stimme. „Ich bin aus Südkorea."

„Ah, ich komme aus Deutschland."

„Oh wirklich – aus dem schönen Deutschland! Unsere Völker teilen ein gemeinsames Schicksal. Aber eure Mauer ist ja mittlerweile weg. Unsere ist aus Draht und wird bestimmt noch eine Weile bleiben …"

Froh über die Wendung in der Konversation, höre ich seinen Ausführungen zur innerkoreanischen Politik zu. Er glaubt nicht an eine kurzfristige Lösung des Problems und schon gar nicht, dass es friedlich beendet werden könnte.

Er meint: „Wenn die koreanische Mauer fällt, ist Nordkorea leer und Südkorea voll mit halb verhungerten, schlecht sozialisierten und schlecht ausgebildeten Menschen. Es wird Jahre dauern, bis die letzten vom Kommunismus Gehirngewaschenen mit der gewonnenen Freiheit umgehen können."

Ein wahrlich schwieriges Unterfangen, doch er ist überzeugt, wer an Jesus glaubt, dem wird er helfen, die Aufgaben zu meistern.

Durch enge Gassen erreichen wir langsam den Ortsausgang von Astorga. Meine schmerzenden Oberschenkel danken mir den gemächlichen Gang.

„Jetzt sage mir aber bitte mal, warum du den Camino barfuß läufst."

„Ich war schon in Santiago de Compostela, und am Grab des Jakobus hat mir Jesus gesagt, dass ich den Camino noch einmal gehen soll. Diesmal aber ab Genf und barfuß. Das war vor zwei Monaten …"

Wenn er ankommt, will er noch weitere Pilgerwege gehen. Er hatte drei Monate für seine Pilgerreise eingeplant, jetzt wird es wohl ein Jahr werden. Seiner Frau zu erklären, dass er so lange durch die Welt pilgert, erwies sich als diplomatische Herausforderung, aber auch die konnte er mit Gottes Hilfe meistern.

Mit meinem Handy mache ich ein Bild von dem barfüßigen Pilger; er steckt mir seine Visitenkarte zu, mit der Bitte ihm das Bild zu schicken. Gemäß seiner Visitenkarte ist er Frauenarzt und heißt Bon.

Danach verabschieden wir uns; ich versuche, mein Tempo zu finden: „Buen Camino, Bon."

Drei bis vier Kilometer vor Rabanal de Camino, meinem heutigen Ziel, erkenne ich vor mir Martins Frau Beate. Ihre kurze, braune Hose gibt den Blick frei auf schlanke lange Beine, die in hohen Wanderschuhen stecken. Schade, dass der Rucksack die schöne Figur zum guten Teil verdeckt.

Von Martin ist weit und breit nichts zu sehen. An einer Steigung wird sie langsamer. Sie schnauft sich den Hang hoch; ich reiße sie mit „Hallo Beate!" aus ihrer Einkehr.

„Hallo", sie schaut überrascht hoch. „Ach, Simon, mein Retter, du bist das, wie geht's?" Im Vergleich zu unserem ersten Antreffen beim Frühstück ist sie jetzt viel entspannter und freundlicher.

„Mir geht's gut! Wo ist Martin denn?"

„Der wird ein gutes Stück voraus sein. Er ist vor mir gestartet."

Mir ist es fast unangenehm, doch die Gewissheit, dass Martin nicht in der Nähe ist, freut mich.

Sie schlägt mir heiter auf die Schulter. „Ich hatte die Hoffnung schon aufgegeben, mein Portemonnaie wiederzubekommen. Was für ein Zufall, dass wir im gleichen Hotel waren."

„In der Tat. Nach Burgos habe ich so ziemlich jedem dein Bild unter die Nase gehalten. Ohne wirklichen Erfolg. Habe sogar das Internet nach dir durchforstet."

Ich muss im Gespräch immer wieder zu ihr rübersehen, dabei fällt mir was auf: „Du hast den gleichen Rucksack wie ich."

Sie schaut auf meinen Rucksack. „Stimmt, das ist sogar der gleiche Typ! Wie schwer ist denn deiner?"

Auf dem Camino eine häufig gestellte Frage, die ich wahrheitsgemäß mit „ich habe so um die neun Kilo dabei" beantworten kann.

„Genau wie ich! Allerdings ist deiner falsch eingestellt", meint sie mit hochgezogener Stirn und Kennerblick, und schaut mir lächelnd in die Augen. *Oh Gott, was für ein Lächeln sie hat!*

Sie hält mich spontan am Oberarm fest. „Halte mal an, ich korrigiere das kurz."

Meinen Rucksack lege ich ab, Beate stellt mit wenigen Handgriffen die Höhe des Tragegestells auf meinen Körper ein. Nebenbei bemerkt sie noch einmal die Ähnlichkeit der Rucksäcke und meint nach Abschluss ihrer Korrektur: „So sollte es passen. Die Höhe ist jetzt wie bei mir eingestellt. Wir müssten in etwa die gleiche Rückenlänge haben."

Nach dem Anlegen ist eine kleine Veränderung spürbar. Ob besser oder schlechter kann ich noch nicht sagen. Aber erst einmal loben, das bringt Punkte. „Danke Beate; viel besser! Bis gerade habe ich gar nicht gewusst, dass es da überhaupt was zum Einstellen gibt. Im letzten Jahr bin ich so mit dem Rucksack 14 Tage gelaufen. Ging auch, aber ist jetzt fühlt sich das viel besser an."

Beates Gesellschaft ist mir angenehm. Wir sprechen über die Natur und unseren Pilger-Alltag.

Dann fragt mich Beate: „Bist du eigentlich verheiratet?"

Ich lächele: „Jap. Eine Frau, zwei Kinder, alles Jungs."

„Wie lange schon?"

„Fast zwanzig Jahre."

„Oh, das ist schon eine kleine Leistung, oder? Ich meine, es wird doch heute jede zweite Ehe geschieden, oder so."

Womit sie natürlich recht hat. „Meine Ehe war auch nicht immer ein Selbstläufer. Gerade in der Zeit, in der ich monatelang in Frankreich arbeiten musste ... Ich denke, heute geben die Paare viel zu schnell auf, wenn es mal schwierig wird. Sich zu trennen, ist ja auch wirtschaftlich und gesellschaftlich viel einfacher wie früher. Martin hat mir gesagt, ihr seid schon sechs Jahre verheiratet."

Sie lächelt mich kurz an und blickt dann wieder vor sich auf den Weg, ohne auf meine Bemerkung zu kommentieren.

So gehen wir eine Weile schweigend nebeneinander, bis ich sie frage: „Wo habt ihr euch denn kennengelernt?"

„Hamburger Dom. Ich war mit Freunden da, und einer kannte Martin."

„Liebe auf den ersten Blick?"

„Nee, gar nicht. Martin war zwar nett, ist mir aber nicht weiter aufgefallen. Wir sind erst ein Jahr später zusammengekommen. Er kann ganz schön hartnäckig sein, weißt du." Sie lacht. „Er war ganz anders als die Männer, die ich sonst so getroffen habe. Irgendwie reifer oder abgeklärter, und dann ist er immer so fürsorglich. Und er hatte schon eine Eigentumswohnung in Hamburg. Das war echt beeindruckend. Mitte zwanzig und schon eine Eigentumswohnung in Hamburg! Da muss ich lange überlegen, bis mir einer einfällt, der das geschafft hat.

Und der Job, den er machte! Ich glaube, er hatte bereits mit Ende Zwanzig einen unglaublich verantwortungsvollen Posten."

Ich bin etwas überrascht: „Du hörst dich an, als wüsstest du gar nicht genau, was er in seinem Beruf macht!"

„Weiß ich auch nicht so genau, oder ich verstehe es nicht. Ich weiß nur, dass er viel arbeitet, manchmal ziemlich gestresst ist und ihm sein Handy superwichtig ist. Hast du dir das mal angesehen?"

„Das Handy? Nö."

Beate hebt die Hand, streckt den Zeigefinger aus und spielt lustig die Überhebliche „Das Ding hat einen Fingerabdruck-Scanner. Das gibt's nur in seiner Firma."

Ich spiele den Ball ebenso wichtig zurück „Dann hat der Teufelskerl vielleicht ein dunkles Geheimnis!"

Beate kichert. „Hat er dir etwa gesagt, was er da genau tut?"

„Nur dass er BWL studiert hat und bei Airbus arbeitet."

„Er wird dir auch nicht viel mehr verraten." Ergänzt sie mit etwas zu abfälligem Ton.

Der Trampelpfad verlässt den niedrigen Eichenwald und führt bald parallel zur Landstraße. Die Sonne brennt heiß, nach und nach lassen wir die kleinen Wäldchen hinter uns. Die Landschaft überrascht mit schönen Ausblicken über Flächen von Ginster und Heidekraut.

An einer Stelle öffnet sich der Horizont und gibt die Sicht auf die fernen Montes León frei. Wir bleiben stehen und genießen die Aussicht.

Um Martins Geschichte mit der von Beate abzugleichen, frage ich sie, noch immer mit dem Blick auf die Berge gerichtet: „Warum geht ihr eigentlich den Camino?"

„Das war Martins Idee, obwohl es gar nicht seine Art von Urlaub ist. Er will lieber seine Ruhe und zu Hause bleiben, weißt du. Ich denke, er macht es nur für mich. Weil ich nämlich gerne reise." Sie macht eine kurze Pause

„Also, mir gefällt es hier, besonders die ersten Tage von Frankreich bis Logroño waren wunderschön. Und man lernt ´ne Menge Leute kennen."

„So wie Hendrik in Burgos?", frage ich flapsig „Der saß mit dir vor dem Restaurant, als ich dich das erste Mal gesehen habe."

Ihr Ton wird leise, aber wichtig: „Von dem darf Martin nichts wissen. Der ist so eifersüchtig. Da war auch nichts zwischen Hendrik und mir, zumindest von meiner Seite nicht."

„Ja, das hatte ich mir schon gedacht." Beruhige ich sie. *Ich hatte auch gar nicht behauptet, das was gewesen wäre.*

Immer wieder gebe ich mir größte Mühe, einen guten Eindruck bei Beate zu hinterlassen. Den Erfolg ernte ich in Form von langen Blickkontakten. Manchmal schaut sie mir so lange in die Augen, dass ich ihrem Blick kaum standhalten kann.

Mir kann einer sagen, was er will, aber Männer sind unabhängig von Herkunft, Ausbildung oder Intellekt im Inneren noch immer Jäger und Sammler wie vor tausenden von Jahren. Wenn die Beute attraktiv genug ist, vergessen sie jede Moral.

„Treibst du eigentlich Sport?"

„Du hast doch den Mitgliedsausweis vom Sportstudio in meinem Portemonnaie gesehen."

„Das schon. Könnte doch sein, dass es eine ruhende Mitgliedschaft ist, oder so."

„Stimmt, ich mache sonst auch nicht viel Sport. Aber Martin und ich haben uns drei Monate vor dem Camino dort angemeldet und sind zweimal die Woche hingegangen."

Ich schaue sie mit etwas hochgezogenen Augenbrauen an und sage mit angedeuteter Bewunderung in der Stimme: „Aha, dann hast du dir die gute Figur nicht antrainieren müssen?"

Sie kichert: „Danke für das Kompliment, Simon." Und hakt sich dicht bei mir ein. „Es ist schön, wenn man mal was Nettes über sich hört. Figurprobleme hatte ich noch nie. Ich kann im Grunde essen, was ich will."

Sie bleibt eine Weile eingehakt; ich muss darüber nachdenken, wer hier Beute und wer Jäger ist.

In Rabanal del Camino trennen sich unsere Wege. Beate bleibt an einer kleinen Abzweigung stehen: „War nett, mir dir zu gehen, Simon. Ich schätze, ich muss hier abbiegen, ich treffe mich mit Martin in der Herberge."

„Schade!", bedauere ich. „Ich fand's sehr unterhaltsam. Gruß an Martin! Vielleicht treffen wir uns heute Abend unten in der kleinen Bar, an der wir vorbeigekommen sind."

„Die mit der Musik?"

„Genau. Die sah doch gemütlich aus."

„Das würde mich auch freuen." Sagt sie noch, dann biegt sie in eine Seitenstraße ein, dreht sich im Gehen kurz zu mir um, schenkt mir noch ein wundervolles Lächeln, hebt kurz die Hand zum Abschied und ist hinter einer Hausecke verschwunden.

Ein langer, gerader Weg zieht sich mitten durch das kleine Dorf. Er geht steil bergan und ist zum Teil aus Natursteinen gepflastert. Abgesehen von der ortsüblichen, fliegenden Verkabelung findet sich nichts Modernes am Weg oder an den hellen Fassaden der Häuser, die sehr dicht auf dem Weg stehen.

Es ist, als wäre die Zeit im dreizehnten Jahrhundert stehengeblieben, als Rabanal del Camino noch eine Art Vorposten der Tempelritter von Ponferrada war. Die Tempelritter waren es auch, die die alte Pfarrkirche, die ich gerade passiere, im zwölften Jahrhundert erbauten. Kurz vorm Ortsausgang finde ich mein kleines Hostal. An der Rezeption steht Kate; wir verabreden uns, um später gemeinsam das Dorf zu erkunden.

Frisch geduscht und umgezogen, habe ich mich auf eine Bank vorm Hotel gesetzt und schaue, in der warmen Sonne sitzend, den ankommenden Pilgern zu. Zwei unterschiedliche Kategorien fallen mir auf. Die einen sind braungebrannt und gut gelaunt, andere schleppen sich erschöpft mit heller Haut, teilweise mit deutlich sichtbaren Sonnenmilchresten den Berg hinauf. Ein klares Indiz dafür, welche Pilger erst seit einigen Tagen und welche schon seit SJPDP unterwegs sind.

Eine junge, blonde Pilgerin, mit auffallend heller Haut, müht sich den steilen Weg herauf. Sie schaut sich suchend um.

Ich frage sie hilfsbereit. „Was suchst du denn?"

Sie antwortet nicht sofort sondern haspelt leise etwas kaum Verständliches vor sich hin. Ich hatte sie für eine Deutsche gehalten, bin mir grad aber nicht mehr so sicher.

„Sorry, sprichst du kein Deutsch?"

„Doch, aber habe ein Problem", dabei zeigt sie auf ihren Kopf.

Sie holt tief Luft und fragt mich mit der tiefen, fast unkontrolliert, kehligen Stimme eines Gehörlosen nach einer bestimmten Herberge. Da kann ich ihr leider nicht helfen, aber wir kommen ins Gespräch.

Aufgewachsen ist sie in Frankfurt und zum Studieren nach Berlin gezogen. Jedes Wort kostet sie Zeit und Kraft. Ein Schlaganfall riss sie mit Anfang zwanzig aus ihrem Alltag. Daher ihr deutliches Problem beim Sprechen.

Es ist ihr erster Tag auf dem Camino, und es ist mit Händen zu greifen, wie aufgeregt fröhlich sie die neuen Erfahrungen geradezu in sich aufsaugt.

Mit ihrem Lächeln und den strahlenden Augen zaubert sie ihr dominantes Handicap einfach weg. Sie beeindruckt mich derart, dass ich das noch junge Bündel Lebensfreude am liebsten väterlich umarmen möchte, um ihr alles Glück der Welt zu wünschen.

Und da kommt auch schon Kate, während ich mich von der Neupilgerin verabschiede. Mit Kate schlendere ich hinunter durch das Dorf bis zu der Bar, in der ich mich mit Beate verabredet habe. Der Betreiber hat eine Lautsprecherbox nach draußen gestellt und spielt Rasta-Musik. Auf dem Vorplatz sitzen lässig Pilger Anfang zwanzig. Ein Gewirr vieler Sprachen liegt in der Luft; es herrscht ein reges Kommen und Gehen.

Wir setzen uns an einen Tisch, der gerade freigeworden ist. Ich achte darauf, dass ein Platz für Beate bleibt, sollte sie noch dazu stoßen.

Kate schaut die Straße hinunter Richtung Ortsausgang, tippt mich an und sagt „Schau, da kommt dein Freund."

„Freund ist etwas übertrieben." Raune ich zu Kate gelehnt rüber, als ich Körber entdecke, der sich hochrot den Weg hinaufschleppt und keucht. Vor ihm läuft Jens, der uns auf etwas Entfernung erkennt und winkt.

Als die beiden auf unserer Höhe sind, rufe ich über die Straße: „Hallo! Wenn ihr zum Hotel wollt, dann müsst ihr quer durch den Ort. Ihr findet es auf der rechten Seite."

Körber stöhnt: „Oh, nein! Ich brauche eine Pause. Jens komm, wir gehen rüber."

Körber lässt sich, ohne zu fragen, auf den freien Stuhl neben mir plumpsen, den ich für Beate reserviert hatte. Es fühlt sich an, als wäre man mit Claudia Schiffer verabredet, und es erscheint Horst Schlämmer.

Jens legt seinen Rucksack ab, zieht einen freien Stuhl heran und setzt sich daneben.

„Setzt euch ruhig!", sage ich provokant mit verschmitztem Lächeln.

Im Gegensatz zu Körber erkennt Jens sofort die Ironie: „Hätten wir uns nicht setzen dürfen?"

„Nee, ist schon okay. War ein Scherz", heuchele ich.

Körber gibt bei Jens eine Bestellung auf. „Für mich ein Schinkenbrötchen, ein großes Wasser und ´nen Kaffee."

Jens will aber nicht gehorchen. „Ich will nix, hol dir doch selber!", knurrt er mürrisch.

Körber jammert herum, muss aber einsehen, dass er sich doch selber was holen muss. Unbeholfen steif erhebt er sich aus dem Stuhl.

Da mir auch der Magen knurrt, folge ich ihm. „Warte Körber, ich komm mit!"

Körber steht vor mir am Tresen. Vier Pilger warten vor ihm auf ihre Bestellung, zwei weitere folgen nach uns.

Nach einer Weile ist Körber dran und stammelt: „I want to become a Koffee and a Wasser sin Gas and then I want to become a Bocadillo Brötchen.[3]"

Links von mir steht ein hilfsbereiter Gast, der gerade ansetzen möchte, um Körber zu verbessern, aber sein Kumpel stößt ihm in die Seite und flüstert: „Lass ihn, ist doch lustig."

Die Bedienung meint: „On the camino you can become whatever you want[4]." Sie arbeitet behände Körbers Bestellung ab, der mitbekommen hat, das irgendwas falsch gelaufen ist.

Fragend dreht er sich zu mir um.

„Ist alles gut, Körber", lüge ich, „weiß auch nicht, was die haben."

Jens und Körber sind zum Hotel gegangen.

Beate ist nicht gekommen. Kate und ich haben in eine ruhigere Bar, etwas abseits gewechselt. Es dauert nicht lange, und die beiden Kiwi-Damen stoßen dazu und spendieren ungefragt Getränke.

Kate dreht sich zu mir, schiebt sich ihre Brille zurecht und meint mit einem Eistee in der Linken. „Deine blonde Freundin von gestern habe ich gesehen."

„Was für eine Freundin?"

„Na, die Hübsche vom Frühstück. Die mit dem Portemonnaie."

„Beate meinst du. Mit der bin ich heute die letzten Kilometer gegangen. Ist ´ne Nette!"

---

[3] Falsches Englisch: „Ich möchte ein Kaffee werden und Wasser und dann möchte ich ein Brötchen werden."

[4] „Auf dem Camino kannst du werden, was du willst."

„Ist sie bestimmt", sagt Kate grinsend. „Ich kann sehen, dass du sie magst."

Ich fühle mich ein wenig ertappt und lächle Kate wortlos an.

Sie forscht: „Ist das ein Genießer-Lächeln?"

„Denk, was du willst, aber da ist nicht wirklich was zwischen uns. Doch werde ich nach so vielen Jahren Ehe wohl mal bisschen träumen dürfen."

„Klar, kein Problem. Hast du eine eifersüchtige Frau?"

„Ein wenig, aber nicht weiter schlimm. Und was ist mit deinem Mann?"

„Kein Problem! Mein Mann war viele Jahre in Australien als Vertreter unterwegs. Manchmal war der für Wochen weg. Wenn man sich da nicht vertraut, dann ist die Beziehung schneller beendet, als man ‚ich gehe den camino' sagen kann." Sie lacht, dann räkelt sie sich genüsslich auf ihrem Stuhl, streckt die Hände weit über den Kopf und ergänzt jubelnd: „Aber jetzt ist ‚me time'!" Ja, Kate genießt ihre Auszeit auf dem Camino in vollen Zügen.

Körber schlurft auf der anderen Seite des Platzes entlang. Gerade, als ich die Hoffnung habe, dass er uns nicht sieht und vorbeiläuft, wechselt er die Richtung. Langsam, mit steifen Gliedern kommt er zu uns herüber.

Grußlos stellt er sich zu uns: „Nee wat war dat nu anstrengend heute. Mir tut noch immer alles weh!"

Ich kann ihm da zustimmen. „Tja, hier beginnt der bergige Teil. Das wird die nächsten Tage so bleiben. Aber sollst mal sehen, morgen sieht die Welt schon wieder anders aus. Sei froh, dass du keinen Rucksack schleppen musst. Apropos, ist der heute gut angekommen?"

„Da habe ich für gesorgt! Dat kannst mir aber glauben! Hab der Dame an der Rezeption zehn Euro gegeben, damit die drauf aufpasst. Diese Spanakels (die Spanier)!

Wenn man nich selbst aufpasst, geht hier gar nichts. Ich sach ma so, ich kenn dat schon von Malle."

Körber wird es in der Sonne zu warm. Außerdem will er sich Wasser kaufen und dann zurück zum Hotel, um sich hinzulegen.

„Man sieht sich!" Er läuft zurück, woher er kam. Zumindest fast, denn auf der anderen Seite des Platzes biegt er in die falsche Straße ein.

Ich bin dran damit, Getränke zu holen. Als ich mit dem Tablett zurückkomme, schlurft Körber aus der falschen Straße, schimpft irgendwas vor sich her und läuft die richtige zum Hotel hoch.

In der untergehenden Sonne verbringe ich den Nachmittag mit bisweilen lustigen, bisweilen interessanten Gesprächen. So kurzweilig kann der Camino gerne bleiben. Erträgliche Schmerzen in den Beinen, drei lustige Frauen, die mich unterhalten, und hin und wieder geht einer Getränke holen.

Die Sonne zieht ihre Bahn; damit wir in ihren wärmenden Strahlen bleiben, müssen wir immer wieder unsere Stühle verrücken, denn zwei Giebel, zwischen denen wir uns befinden, werfen Schatten. Bald ist die Sonne weg; das lustige Rücken hat ein Ende. Im Schatten wird es kalt. Die Kiwi-Damen gehen zurück zu ihrer Herberge, Kate und ich schlendern zurück zum Hotel.

Unser Weg führt vorbei an einer kleinen Hofstelle, wo wir Martin und Beate draußen auf einem Strohballen sitzen sehen.

Kate und ich grüßen und lächeln im Vorbeigehen. Beate lächelt und grüßt zurück. Martin grüßt, lächelt dabei nicht.

Cruz de Ferro

Am Vorabend hat Kate sich, nach unserem gemeinsamen Abendessen, um meinen Zehennagel gekümmert. Ich hatte bemerkt, dass unter dem Nagel Blut und Wasser hervorquoll. Eine Folge meiner zu späten Pediküre. Kates professionelle Diagnose als Krankenschwester war, dass der Zehennagel wohl komplett abfallen würde. Nach der Versorgung mit Salbe und Verband konnte ich erschöpft vom Tag ins Bett fallen.

Mit der Angst, den Camino jetzt noch wegen einer Infektion am Zehennagel abbrechen zu müssen, bin ich eingeschlafen.

Diese Befürchtung war zum Glück grundlos. Nur ein leichter Druck ist am Morgen spürbar. Problematischer ist da schon mein Knie, welches bereits kurz nach dem Aufstehen ungewöhnlich schmerzt.

Beim Frühstück sitzt Kate mit einem Mann am Tisch. Dieser stellt sich freundlich als Tom vor und ist der deutsche Soldat, von dem mir Kate schon mal erzählte. Sein Haar ist so schwarz wie das von Kate, der Dreitagebart gibt ihm ein attraktives, etwas verwegenes Aussehen, und er hat eine tiefe Stimme wie ein Bär.

Ich habe mich gegenüber von Tom gesetzt und verstreiche genussvoll die Marmelade auf meinem Brot.

„Ah, frisches Brot, schön saftig, und lecker Marmelade dazu."

Tom darauf zackig: „Iss lieber altes Brot! Mindestens einen Tag alt!"

„Warum?"

„Ist gesünder!"

„Warum?"

„Ist so, glaub's mir!"

Ich abwertend: „Am Buffet gibt's nur frisches Brot."

Tom, noch immer zackig: „Ich habe mir was vom Abendessen mitgenommen."

„Wie?"

„Nix ,wie'! Brot bestellt, mit aufs Zimmer genommen, zum Frühstück wieder runter. Ist doch simple Logistik."

„Stimmt."

Kate versteht unsere deutsche Unterhaltung nicht. Sie schaut etwas skeptisch zu, und ich frage freundlich lächelnd: „Ist was nicht in Ordnung?"

„Weiß ich nicht, habt ihr Stress?"

„Quatsch! Warum?"

„Bei euch Deutschen weiß man das nicht. Ihr spuckt die Worte nur so vor euch her." Und dann macht sie Deutsch, im Stil eines kühnen Dritten-Reich-Redners, nach: „Papp, Zapp, Nock, Block."

Ich muss lachen: „Nee, ist alles in Ordnung. Merkwürdig wird es, wenn wir das ‚R' kräftig rollen."

Tom schlägt vor, dass wir heute zusammen auf den Camino gehen. Leider muss ich den Vorschlag absagen. „Schade, mein Knie tut mächtig weh. Ich hatte schon Probleme auf dem Weg vom Zimmer hierher. Und dann noch der Zehennagel. Ich werde euch bestimmt aufhalten. Am besten starte ich vor euch, dann könnt ihr mich langsam einholen."

Tom erinnert sich: „Damals in Somalia wurde ich in einem Gefecht am Oberschenkel verletzt; die Sanitäter waren sechsunddreißig Kilometer entfernt stationiert. Da bin ich in einem Tagesmarsch hin…"

Hört sich an, als ob ich in den nächsten Tagen noch mehr Abenteuer zu hören bekomme.

Kate meint: „Wir können uns ja spätestens zum Mittagessen treffen."

So verbleiben wir; ich starte alleine nach einem zügigen Frühstück, getreu der Meinung, dass die beiden mich alsbald einholen werden.

Zunächst sind die Flächen, über die ich gehe, noch staubig. Doch der Weg wird immer grüner und führt sanft auf den 1.440m hohen Berg Foncebadón. Je höher ich komme, umso vielfältiger wird die Vegetation. Über farnbedeckte Hügel verläuft der Pfad weiter den Berg hinauf. Das Wetter ist so, wie schon die letzten Tage. Ein leicht frischer Wind weht, wenige Wolken am dunklen, morgendlichen Himmel. Am Horizont hat die Sonne bereits ihr Recht auf den heutigen Tag angemeldet.

An einer Stelle mit wunderbarem Ausblick über die grünen Berge und Blick in ein verwunschenes Tal bleibe ich mit zwei deutschen Damen stehen. Ihr Plappern hatte mich schon eine Weile begleitet. Die beiden sind Studienrätinnen, eine noch im Dienst, die Zweite schon a. D.

Nach einer Weile freundlicher Konversation outet die Ältere der beiden sich: „Wir gehen den Camino ja nur so; wir gehören ja auch nicht wirklich dazu!"

Was soll das denn heißen? Wovon will sie sich distanzieren? Nicht lange nach dieser sonderbaren Feststellung überlasse ich die beiden ihrem Tag.

Der Weg führt ein kurzes Stück abwärts durch eine Weide, vorbei an einer Quelle mit großem Trog, an dem einige Kühe Wasser saufen. Etwas dahinter weiden Schafe. Oberhalb der eingefassten Wiese befindet sich ein Tor, auf das gerade ein älterer Bauer mit einer Karre zusteuert.

„Señor!", ruft er mich an; ich verstehe aus seinen Gesten, dass ich ihm helfen soll, das Tor zu öffnen. Und ich soll darauf achten, dass keine Schafe hinterherschlüpfen, wenn er mit der Karre die Weide durch das Tor verlässt. Ich tue, wie gewünscht und scheuche die Schafe weg, die dem Bauern versuchen, zu folgen.

Während ich den rostigen Verschluss des Tores wieder einrasten lasse, setzt sich der Bauer auf einen Ballen Stroh und winkt mich zu sich. Als ich neben ihm sitze, erzählt er munter drauf los und reicht mir ein Stück wenig aromatischen Käse. Danach schneidet er Scheiben vom getrockneten Schinken ab. Den Käse esse ich eher aus Freundlichkeit, aber der Schinken ist eine Delikatesse.

Der lebensfrohe Bauer redet ohne Unterlass und zeigt dabei lustig mit dem Finger auf die Schafe, die Kühe oder den Schinken oder ins Tal oder auch einfach mal so in den Busch. Dass ich kein Wort verstehe, hat er längst mitbekommen.

Die beiden Studienrätinnen von vorhin nähern sich uns, und ich berichte jetzt ebenfalls dem Bauern aus meinem Leben. Dabei kaue ich mit offenem Mund munter auf dem Schinken rum. Und ich zeige auch mit dem Finger auf Dinge in der Gegend oder Pilger, die zum Glück nicht dazugehören.

Die Damen sind ignorant vorbeigezogen. Bauer und ich lachen, als wären wir gute Freunde die, wie schon so oft, zusammen den Morgen genießen. Er schneidet mir noch ein Stück vom Schinken ab; wir beide sitzen da, kauen auf dem Schinken und beobachten schweigend die Tiere.

Die grün-braune Bergweide im morgendlichen Licht, der hohe Ginster, der sie einfasst, Tiere und Bauer, das könnten einen glauben machen, man säße in einem gemalten Bild.

Der freundliche Landwirt winkt mir noch einmal hinterher, bevor ich hinter einem Baum aus seinem Sichtfeld verschwinde.

In einer Weile der Einsamkeit galoppieren meine Gedanken wieder in eine bekannte Richtung. Beate und Martin schienen gestern eine ernste Diskussion zu haben. Warum sonst sollten sie sich abseits von allem auf den kleinen Hof gesetzt haben? Bei dem Gedanken an Beate schlägt das Herz etwas schneller.

Beate hat mich gestern verzaubert, das macht mich doch im Grunde zum Opfer. *Ja, Simon, du bist unglaublich hilflos!*

Bis zum bekannten Pilgerdenkmal Cruz de Ferro, einem Einsen Kreuz, welches hoch auf einem Eichenpfahl thront, geht der Weg bergan. Schon aus der Ferne ist dieser höchste Ort des Camino zu erkennen. Unter dem Kreuz legen viele Pilger einen Stein ab, als Symbol des Ablegens der Seelenlast. Nach den vielen Jahren türmt sich dort ein riesiger Steinhaufen. Drei Steine habe ich mitgenommen, die ich an drei unterschiedlichen Stellen ablege. Dabei denke ich an die drei Menschen, die mir am wichtigsten sind im Leben.

Mein Blick geht zurück durch ein Tal zu den Bergen, die ich in den letzten Tagen überquert habe. Nach vorne ist schon der nächste Bergrücken zu erkennen, danach wird es für heute nur noch bergab gehen.

Es wundert mich, dass Kate und Tom noch immer nicht da sind. Anscheinend bin ich doch nicht so langsam, wie ich dachte. Es weht ein kräftiger Wind auf dem ungeschützten Bergrücken. Ohne Bewegung wird es mir langsam zu frisch. Die beiden werden mich sicher weiter unten einholen.

In dem Geisterdorf Manjarín passiere ich die Raststätte von Tomas. Er hat sich die verfallenen Schiefergebäude notdürftig hergerichtet und steht inmitten vor einem Wald bunter Ortschilder, die auf alle Hauptstädte dieser Erde zeigen. Mein Pilgerführer beschreibt den kauzigen Tomas als den letzten, allerdings selbsternannten, Tempelritter des Camino. Ein langes, weißes Gewand auf dem ein rotes Tempelritterkreuz prangt, umhüllt ihn. Tomas stützt sich mit den Händen auf ein Schwert, welches er vor sich in den Boden gerammt hat. Hinter ihm stehen zwei Komparsen in mittelalterlich anmutenden Gewändern, die dem Geschehen eine gewisse Autorität verleihen. Mit großen Worten erteilt Tomas einigen Pilgern, die vor ihm stehen, den Segen, und die machen das Schauspiel gerne mit.

In dem Ort El Acebo findet sich eine Bar mit sonniger Terrasse. Ein guter Platz, um auf Tom und Kate zu warten. Zudem auch noch warm, windgeschützt und, da mit weiteren Pilgern gut besetzt, auch gesellig.

Ein Bocadillo mit Kaffee habe ich mir organisiert und draußen Platz genommen. Einen Tisch weiter sitzen drei junge deutsche Frauen gebeugt über ein Handy und sprechen mit ihrer Mutter. Das Telefon ist auf Freisprechen gestellt, somit ist das Gespräch ungewollt öffentlich.

Die Jüngste spricht mit recht aufgeregter Stimme: „… wir haben die Betten aufgeschlagen und die weiße Bettwäsche nach Bettwanzen durchsucht. Klaudia, ...", anscheinend die Älteste, „... hat zwei gefunden."

Klaudia: „Drei waren es gestern, drei. So große ..."

Ich weiß nicht, ob die Mutter die Gesten ihrer Ältesten über das Telefon sehen kann, aber sie zeigt die beeindruckende Größe mit Daumen und Zeigefinger.

„Ich habe die eingesammelt und bin zum Empfang. Die haben sich überhaupt nicht darum gekümmert."

Die Jüngste: „Genau! Das hat die gar nicht interessiert. Die Viecher schleppen wir doch so von einer Herberge in die Nächste!"

Mir fällt Benedict ein, der nur mit seinem Rucksack auf dem Bett schlafen wollte; mir wird klar, warum.

Das Gespräch zwischen Mutter und Töchtern wendet sich jetzt der Verhütung zu. Also der vor Wanzen.

Mutter: „Man könnte die Sachen in einem Kühlhaus lagern, um sicher zu gehen, dass sie Bettwanzen frei sind, oder werden."

Die Jüngste: „Genau. Das überleben die nicht!"

Jetzt meldet sich die Dritte zu Wort: „Mädels, überlegt doch mal, wo sollen wir denn hier ein Kühlhaus finden?"

Die Jüngste: „In der Seuchenstation im Krankenhaus in Ponferrada!"

Mutter: „Oder ihr sucht nach einem Gift gegen Bettwanzen."

Die Jüngste: „Hauptsache das bringt sie um."

Klaudia: „Na klar, und ich krepiere gleich mit."

Die Dritte: „Ihr seid bekloppt! Besser wir werfen die Sachen einfach weg."

Klaudia: „Nein das mach ich nicht! Meine Klamotten sind neu. Ich will mir nicht schon wieder neue kaufen müssen."

Mutter: „Dann holt euch große Müllsäcke und packt die Sachen inklusive Rucksack da rein. Mehr geht eben nicht!"

Mir fällt wieder Benedict ein; ich bin jetzt überzeugt, dass ihm der Schlafsack auch nicht helfen wird.

Endlich treffen auch Kate und Tom ein. Langsam kommen sie den Berg herunter.

Kate klagt über die hinter ihr liegende, anstrengende Wegstrecke. „Das letzte Stück ging total in die Oberschenkel", jammert sie.

Ich fand das jetzt nicht so schlimm, aber mir liegen ja sowieso die Abschnitte mit Gefälle.

Tom kommandiert Kate freundlich an meinen Tisch. „Setzt dich dort zu Simon!", sagt er, „ich hole Frühstück für uns!"

„Yes! Sir!", bestätigt Kate lächelnd und setzt sich wie befohlen. Sie zieht sich einen weiteren Stuhl heran und legt ihr schmerzendes Bein darauf. „Ah, so wird es besser."

Ich muss schmunzeln. „Wenn es nicht besser wird, kann Tom dich die nächsten sechsunddreißig Kilometer tragen. Der hat Übung in so etwas."

„Du magst ihn nicht, oder?", fragt sie mich.

Mein ironischer Kommentar ist bei ihr falsch angekommen. „Das hast du falsch verstanden, Kate. Ich habe mit ihm ja gerade erst eine Handvoll Sätze gewechselt. Auch wenn er es immer gut meint, fällt mir sein Befehlston auf. Darüber habe ich mich nur etwas lustig gemacht."

„Ich mag ihn! Er hat immer was zu erzählen und ist sehr aufmerksam."

Tom kommt zurück, serviert Kaffee und Brötchen galant vor Kate. „Guten Appetit, wir müssen gleich weiter."
Kate schmunzelt, und ich kann es sehen.

Durch El Acebo führ ein gepflasterter Weg aus Natursteinen. Die historischen Häuser sind aus grauschwarzem Schiefergestein und säumen die schmale Straße. An den hölzernen Balkonen hängen Blumenkästen, aus denen rote Blüten leuchten. Die Sonne scheint auf dunkle, schiefer gedeckte Dächer. Hinter dem Dorf sehen wir auf den Feldern wieder Weinstöcke, dann säumen dichte Wälder den Weg. Es ist nicht zu übersehen, wir nähern uns Galizien.

Kate ist völlig fasziniert: „Schaut euch das an! Wie gut die Häuser erhalten sind und die Brücke dort!" Sie deutet mit dem Finger auf den Weg vor uns: „Als wäre man um hunderte von Jahren in der Zeit zurückgereist."

Tatsächlich haben wir mal wieder eine Stelle erreicht, wo der Camino von malerischer Landschaft und ebenso schönen Ortschaften eingerahmt wird. Egal, ob es Armut, oder Weitsicht war, die in langer Vorzeit die Bewohner der Region daran hinderte, Altes gegen Neues zu ersetzen. Es ist heute das Kapital der Region.

Nachdem wir die Brücke passiert haben, trennen sich bald unsere Wege. Kate und Tom haben ihr Hotel drei Kilometer vor Ponferrada gebucht bekommen. Morgen werden wir gemeinsam in Villafranca del Bierzo übernachten und uns dort treffen. „Buen Camino, ihr beiden!"

Trotz der nahen Stadt wird es noch einmal unwegsam. Ich durchquere ein Bächlein und darauf ein kleines, enges, staubiges Tal, bis es plötzlich wieder ebener wird.

Vor mir eine Gruppe von Pilgern, die sich weit auseinandergezogen hat. An der Spitze erkenne ich Beate und Martin, vertieft im Gespräch mit zwei weiteren Pilgern. Gerne würde ich langsam durch die Gruppe nach vorne gehen, Interesse an einem Gespräch mit Martin heucheln und mich wieder mit Beate unterhalten.

Mich kneift aber das Gewissen. So reduziere ich mein Tempo und bleibe am Ende der Gruppe. Schweigend trotte ich dort neben fremden Pilgern über den unebenen Feldweg. Da ich mich auf ein mögliches Antreffen mit Beate konzentriere, ist mir die Ruhe gerade recht.

Beate dreht sich irgendwann kurz um, erkennt mich, sie lächelt und winkt freundlich. Danach unterhält sie sich weiter mit der Pilgerin neben ihr.

Gedankenverloren schaue ich auf den Weg. Abwechselnd blitzt mal der linke, mal der rechte Schuh in mein Blickfeld. Die Atmung geht leicht und regelmäßig, der trockene Sand knirscht unter den Schuhen; von vorne dringt leise eine Unterhaltung an mein Ohr. Die Sonne brennt heiß auf meine linke Schulter, die Luft riecht nach Staub. Meine Phantasie bastelt immer wieder neue Situationen, in denen Beate die romantische Hauptrolle spielt. Sie werden so plastisch, dass sie mich in eine andere Welt mitnehmen.

Zwei Wanderschuhe stehen plötzlich im Weg; sie reißen mich unerwartet aus meinen Gedanken. In den Schuhen stecken die Füße von Beate. Sie ist stehengeblieben und hat sich bis zu mir an das Ende der Gruppe zurückfallen lassen. Keck schauen mich ihre blauen Augen an, sie lächelt, der leichte Wind zupft an ihren gelockten, blonden Haaren.

Es kribbelt im Bauch; ich fühle mich gerade wie ein vierzehn, maximal sechzehn Jahre alter, pubertierender Junge. Irgendwie müsste ich jetzt meine spontane Überforderung überspielen. Was Cooles müsste mir zur Begrüßung einfallen! Ein Spruch, der signalisiert, was für ein netter und weltgewandter Kerl ich bin!

Ein „Moin" platzt aus mir heraus. *Unglaublich weltgewandt, du Idiot!*

„Moin? Es ist quasi Mittag!", kommentiert Beate prompt.

„Moin kann man bei uns immer sagen."

„Ja, ja", sie lächelt und läuft mit mir weiter.

Beate stellt nach einer Weile eine Frage, mit der sie wohl eher auf ihre eigene Situation anspielen will. „Magst du noch pilgern?"

„Wenn ich dich sehe, immer!"

Sie wirft mit einem Lachen kurz den Kopf zurück. „Ha! Das ist ja lieb." Beiläufig streicht sie mir mit ihrer Hand über den Oberarm.

„Natürlich mag ich noch pilgern", erzähle ich weiter, „schau dich mal um, Beate! Mir gefällt das! Diese Landschaft, nette Menschen, tun, was man will, mit wem man will, solange man will. Eine mentale und körperliche Herausforderung, die einen den ganzen Tag beschäftigt. Gott, ja, besser geht's doch nicht!"

Sie grummelt mürrisch: „Du hast den Vorteil, dass du alleine gehen kannst, Simon. Ich muss immer noch auf jemanden Rücksicht nehmen."

„IHR müsst Rücksicht nehmen, oder? Außerdem seit ihr doch gestern getrennt gegangen."

„Ja, kann sein! Aber seit gestern Abend will Martin nicht mehr alleine gehen oder mich nicht alleine gehen lassen. Wie auch immer, den ganzen Tag als Paar durch die Pampas laufen, ständig Rücksicht nehmen müssen; ich finde das superanstrengend!"

Ein wenig wundert mich Beates Stimmungswandel. „Gestern war doch noch alles gut; jetzt hörst du dich an, als würdest du den Camino lieber abbrechen wollen!"

„So schlimm ist es nicht, aber ich würde lieber unabhängiger auf dem Weg sein wollen. So wie du!"

„Versuche Martin doch, zu überreden, dass ihr wieder getrennt lauft, und am Abend trefft ihr euch."

Sie schüttelt mit dem Kopf. „Der möchte jetzt den kompletten Tag mit mir verbringen. Ich kenne ihn, wenn er so ist, dann hat Diskutieren keinen Sinn."

Auf der einen Seite kann ich nicht verstehen, dass Martin sie jetzt dauernd bei sich haben möchte, auf der anderen Seite verstehe ich nicht, womit sie ein Problem hat. Martin läuft locker hundert Meter vor uns. Die Nähe, über die sie sich beklagt, kann ich nicht erkennen. „Ihr habt Stress, oder?"

„Auch, ja. Ist es deswegen hilfreich, ständig zusammen zu sein? Zuhause ist er ja auch nicht den ganzen Tag da."

„Ach, komm Beate, das kann es doch nicht sein. Ich hatte früher ein Home Office. Nur weil ich deswegen den ganzen Tag in der Nähe meiner Frau war, hatte ich bestimmt keinen Stress."

„Bei uns ist das anders. Selbst wenn wir getrennt was unternehmen, bekommen wir Stress …"

Sie berichtet vom Vorabend. Beate und Martin waren zusammen essen. Auf dem Weg zur Herberge hat sich Beate einer Gruppe weiblicher Pilger angeschlossen, um einen ‚Absacker' zu trinken. Der langweilige Martin ist direkt zur Herberge gegangen. Beates ‚Absacker' wurde um einige Gläser Wein erweitert, und sie hatte einen lustigen Abend.

„Heute ist Martin sauer, weil ich Spaß hatte und er nicht. Wo warst du denn letzte Nacht, Simon? Wir hätten ja auch zusammen was machen können."

„Ich habe gestern mit Kate im Hotel gegessen. Und, ehrlich Beate, ich weiß nicht, ob das so eine gute Idee gewesen wäre, wenn wir zusammen den Abend verbracht hätten!" Bei den letzten Worten schaue ich sie vielsagend an. Der unterschwellige Hinweis darauf, dass man sich bis zur aktiven Arterhaltung hätte näher kommen können, kommt bei ihr an und wird wieder mit einem Kichern quittiert.

„Warum nicht? Ich drehe die Dinge um. Am Tag gehe ich mit Martin, und am Abend habe ich frei. Das würde die Situation bestimmt entspannen."

„Ja ja Beate, du hast wirklich klasse Ideen! Hattet ihr gestern nicht schon genug Stress? Kate und ich haben euch auf dem kleinen Hof gesehen."

„Da hat Martin mir nahe gelegt, dass wir jetzt immer zusammen gehen sollten. Weil wir ja schließlich ein Paar wären und so. Danach haben wir uns nur so allgemein unterhalten, weist du. Läuft da eigentlich was zwischen dir und Kate?"

„Nein, wir hatten nur in den kleineren Ortschaften zufällig das gleiche Hotel. Ist ja kein Wunder, wenn es nur ein Hotel im Ort gibt. Kate ist supernett und mehr nicht."

„Auf was für einen Typ Frau stehst du denn?"

„Ich stehe auf große, schlanke, blonde Frauen zwischen dreißig und vierzig mit sportlicher Figur."

Beate kommentiert das heiter: „Gut zu wissen, dass du auf Äußerlichkeiten stehst, Simon." Dabei schaut sie mir mit einer gespielten Miene schmachtender Dankbarkeit in die Augen: „Danke, du Schmeichler!"

An einigen Stellen zeigt der Weg immer größere Löcher. Beate ist mittlerweile lockerer geworden. An einem sehr breiten, aber natürlich flachen Loch auf dem Weg tut sie so, als wenn sie mich hineinschubsen könne. „Fall da nicht rein!", sagt sie und drückt mich mit ihrer Schulter in Richtung Loch.

Ich nehme die Albernheit auf und springe gelenk über das Loch hinweg. Dabei pack ich sie am Oberarm und ziehe sie hinter mir her. „Pass selber auf!"

Sie springt mir nach und kichert wieder.

Wir lösen uns voneinander, lachen und laufen auf dem breiten Weg so dicht nebeneinander, dass sich unsere unbedeckten Oberarme immer wieder berühren.

Die Berührungen elektrisieren, wir sind plötzlich nicht mehr albern. Wortlos schauen wir uns eine Weile in die Augen. Zu lange, um flüchtig zu sein, und zu kurz, um es als aufdringlich zu empfinden. Gern hätte ich ebenso flüchtig ihre Hand berührt. Nur: Mir fehlt der Mut.

Was passiert hier? Sitzt Beate, was ihre Ehe angeht, schon auf gepackten Koffern? Sucht sie ein Abenteuer? Und warum sollte eine Frau wie sie ausgerechnet bei einem locker zehn Jahre älteren, verheirateten Kerl landen wollen?

Und ich? Ich bin fast 20 Jahre verheiratet, habe Kinder und Verantwortung. Die Situation bekommt gerade mehr Nähe, als für meine Beziehung gut sein kann. Träumereien sind schon cool, doch hier geht der Charme einer Fiktion verloren, sollte sie zur Realität werden.

Martin hat sich zu uns zurückfallen lassen. Er steht plötzlich neben uns. Den hatte ich total vergessen!

Die wohlige Vertrautheit des Momentes ist dahin. Obwohl ich mir nichts vorzuwerfen habe, fühle ich mich ertappt.

Beate dagegen ist ausgesprochen cool.

Martin spricht Beate gleich auf den Vorabend an. Er hat von einer weiter vorne laufenden Pilgerin erfahren, dass Beate gestern ihre Windjacke verloren hat und drängt sie, noch einmal genau zu überlegen, ob sie sich evtl. daran erinnern kann, wo die Jacke liegengeblieben ist. Die Jacke war immerhin teuer, man könnte zurückgehen und danach suchen.

Beate will davon nichts wissen. Der Weg zurück wäre viel zu weit, die Jacke sei weg und fertig.

Die Diskussion ist für Martin damit nicht beendet. Es geht in die nächste Runde. Beide werden etwas langsamer; ich habe kein übersteigertes Interesse der Diskussion beizuwohnen, lieber verabschiede ich mich: „Wir sehen uns noch!"

Von Martin kommt ein freundliches „Buen Camino" zurück, von Beate kommt nichts. Sie ignoriert meinen Abschied.

Ponferrada ist eines der kulturellen Highlights, wie fast alle größeren Städte am Camino. Nachdem ich mich ausgeruht habe, besichtige ich die gut erhaltene Burg in deren Hof ein mittelalterliches Fest vorbereitet wird. Es wimmelt von Menschen, die laut diskutierend Buden aufbauen, und von Pilgern, die mittelalterliche Ausstellungsgegenstände besprechen. Hunger und der Wunsch nach Ruhe treiben mich bald in ein Restaurant der Innenstadt, wo ich mir Spagetti bestelle und etwas Wein trinke.

Plötzlich ein Schlag von hinten auf die Schulter. „Na, Simon alles fit im Schritt?", blökt die Stimme von Körber.

„Sicher! Körber! Bin überrascht, dass du schon da bist!"

Ungefragt setzt er sich selbstgefällig an meinen Tisch und ruft dem vorbeiziehenden Kellner seine Bier-Bestellung zu. Körber ist unglaublich fit für die heutigen zweiunddreißig Kilometer. Kein Anzeichen von Erschöpfung. Auch wenn er keinen Rucksack trägt, er ist absolut unsportlich und hat Übergewicht. Der kann eine derart bergige Strecke nicht einfach so abgerissen haben. „Du siehst ja richtig frisch aus, Körber. Mir tut mal wieder alles weh."

„Ich sach ma, ich bin gar nicht so unsportlich, wie ich aussehe", meint er trocken „Unter diesem Speckmantel versteckt sich geballte Kraft", wuchert er zusätzlich.

Er ext sein Bier und bestellt ungeduldig zwei weitere.

„Danke, für mich nicht, ich habe noch Wein."

„Ist auch nicht für dich, die trinke ich selber", korrigiert er das von mir erwartete freundliche Angebot.

Körber mag gerne von sich erzählen, wie schön. Nur schade, dass es mich überhaupt nicht interessiert. Außerdem verschreckt er andere Pilger, die mit kurzem Gruß an uns vorbeigehen.

Körber lästert jedem übergewichtigen oder seltsam aussehenden Pilger hinterher.

Mir reicht es irgendwann. „Hey, nun lass doch mal die Leute in Ruhe! Nur mal so nebenbei bemerkt, schlank bist du auch nicht."

Tatsächlich ist er nicht nur wegen seines Übergewichtes kein Hingucker. Das Körperfett ist auch noch unglücklich an seinem Körper verteilt. Dicker Hals, wuchtige Wampe. Aber dünne Arme und Beine, die behaart sind wie bei einem Bär. Meine Frau hatte mal ein Pferd mit einem Cushing Syndrom, das sah auch so aus. Das arme

Tier mussten wir nach einigen Jahren zum Schlachter bringen.

Körber ranzt zurück: „Willst du sagen, ich bin hässlich?"

Würde ich gerne, aber Körber ist mir körperlich überlegen. „Das habe ich nicht gesagt! Dir ist aber schon bewusst, dass du Übergewicht hast, oder?"

Mit ausgestrecktem Arm deutet er den Weg nach, den seine merkwürdigen Pilger zuvor genommen hatten. „Dat is wohl so, aber doch nicht so wie die, die hier lang gelaufen sind!"

Körber leidet definitiv unter Wahrnehmungsstörungen.

Mir fällt zum ersten Mal sein Ehering auf. Es gab noch keine Schilderung, in der Körber von einer Frau erzählt hätte. „Sorry, dass ich vom Thema ablenke, aber, bist du verheiratet?"

„Ja, seit einigen Jahren, warum?"

„Nix warum. Hattest du nur nicht erzählt. Was macht denn dein holdes Weib allein zu Hause?" *Fast hätte ich hohles, statt holdes Weib gesagt.*

„Weiß ich nich'. Die wird sich wohl schöne Tage machen, dat tut sie ja sonst auch."

„Was macht sie denn, wenn du daheim bist? Geht sie arbeiten?"

„Nö, ich mach dreckig, und sie macht sauber."

Mit Details lässt er mich verhungern. Dann eben nächstes Thema. „Wo ist denn eigentlich Jens? Ihr seid doch die ganzen Tage zusammen gelaufen."

„Schätze, der is noch nich da."

Auch bei dem Thema ist er kurz angebunden. Er erzählt lieber von einer Party auf Malle. Körbers Blabla erreicht nicht einmal mein Kurzzeitgedächtnis. Mein

Blick wandert uninteressiert zuhörend über den schönen Platz, meine Gedanken sind bei Beate.

Es hat sich irgendwann ein Vorwand gefunden, um der langweiligen Unterhaltung zu entfliehen: Ich müsse die Wäsche von der Rezeption holen. Zwar bin ich zurück zu meinem Hotel gewandert, doch habe ich mich dort direkt nach draußen vor die zugehörige Bar gesetzt. Möge Körber einen netten Abend haben, nur möchte ich einfach nicht dabei sein.

Dass der dicke Körber nach der anstrengenden Etappe heute so fit aussieht, frustriert mich. Dass Jens nicht bei ihm ist, wo die sonst doch alles zusammen machen, ist merkwürdig.

Beim Trinken erkenne ich über den Rad meines Weinglases hinweg Beate und Martin, die in meine Richtung schlendern. Sie stellen sich zu mir an den Tisch.

„Habt ihr die Jacke abgehakt?", frage ich unüberlegt und bereue im gleichen Moment die polarisierende Frage. Doch Martin schiebt den Ärger gleich beiseite.

„Lohnt sich nicht, danach zu suchen und auch nicht darüber zu streiten. Wir sind heute genug gelaufen. Einen so großen Teil doppelt zu gehen, hätten wir gar nicht geschafft, da hatte Beate schon recht. Es war auch so anstrengend genug." Die beiden machen auf mich jetzt einen erstaunlich harmonischen Eindruck.

In Bezug auf Körber beruhigt mich, dass Martin ebenfalls über schmerzende Beine klagt. Während der Unterhaltung fällt es mir nicht leicht, die beiden gleich interessiert anzusehen. Am liebsten würde ich Beate durchgehend anstarren, doch konzentriere ich mich darauf, Martin in die Augen zu sehen.

„Kommst du heute zu dem mittelalterlichen Fest auf die Burg?", fragt Martin.

Natürlich willige ich sofort ein: „Klar, wann geht es denn los?"

„Wir werden gegen neunzehn Uhr dort sein."

Der Grundriss der Burg von Ponferrada hat die Form eines unregelmäßigen Mehrecks. Der nördliche Teil stammt aus dem 12. Jahrhundert. Ursprünglich wurde die gesamte Anlage von den Tempelrittern als Festung erbaut. Innerhalb der Burgmauern befinden sich auch Gebäude aus dem 19. und 20. Jahrhundert, die als Tagungsort und Museum dienen.

Über die guterhaltene Zugbrücke, die ein Bogen mit Zinnen überspannt, gelange ich in die Burg. Fackeln hängen an den Wänden und beleuchten stimmungsvoll den Weg zur großen Wiese, die sich im Inneren, der Festungsmauern befindet. Marktstände aus Holzbalken, verkleidet mit grobem Stoff, sind aufgestellt worden. In den Gängen hat man Stroh verteilt, vier große Fahnenmasten mit Wappen fassen den Bereich der Marktstände ein. Auf einem Balkon steht ein Ritter in Rüstung mit Schwert nebst Burgfräulein. Beide betrachten ihre Untertanen auf dem Markt und prosten sich mit ihren Weinpokalen zu. In den Marktständen befinden sich mehr oder minder gut ausstaffierte mittelalterliche Händler und verkaufen ihre Waren. Spielzeug, Geschenk- und Dekorationsartikel, Speisen und Getränke werden von Verkäufern feilgeboten. Kleine Jungen stellen sich im Spiel dem Duell mit Holzschwertern und Schild; Mädchen prüfen Kleidungsstücke, Erwachsene verkosten Gebäck und Getränke. Zur offenen Seite des Platzes unterstreicht ein Trio auf Trommel, Leier und Flöte akustisch die mittelalterliche

Szenerie. Alles in allem eine nette Inszenierung, nur die modernen Touristen trüben das Bild.

An einem Getränkestand lehnen Beate, Martin und Körber mit Jens. Beate winkt mir heiter zu. Die Stimmung könnte kaum besser sein.

Als ich mich dazugeselle, gibt Körber gerade eine Bestellung auf: „Simon, komm her, ich habe gerade Wein bestellt." Den Becher, der bis zum Rand mit Wein gefüllt ist, reicht er mir mit Schwung rüber. Ein Teil des Weines schwappt dabei fast auf meine Hose.

„Hier Simon, und jetzt noch einmal Prost!" Er stößt kräftig mit jedem Tonbecher an. Körber lallt schon ein wenig.

Ich wende mich Martin zu, aus den Augenwinkeln blicke ich Richtung Körber und Jens: „Sind die schon länger da?"

„Die stehen schon eine Weile hier. Wir sind auch erst vor einigen Minuten gekommen."

Körber hebt wieder den Becher: „Prost, ihr gottverdammten Pilger!"

Martins Blick verrät mir, dass er Körber gerade nicht mehr lustig findet.

Jens kullert mit den Augen und redet auf Körber ein: „Ich glaube, jetzt ist es bald gut! Du bist ja schon besoffen."

Körber widerspricht: „Quatsch! Du hast ja keine Ahnung. Jetzt geht's erst richtig los."

Jens schüttelt mit zugekniffenen Lippen den Kopf und schaut zu Martin.

Auf seinen Blick antwortet der: „Lass uns über den Markt gehen! Gibt es hier denn noch was zu entdecken?"

Jens zuckt die Achseln. „Keine Ahnung, wir sind hier am Weinstand hängen geblieben."

Martin frohlockt: „Dann schauen wir mal."

Beate hat er schon an der Hand und zieht sie sanft hinter sich her.

Jens, ich und auch Körber folgen. Letzterer allerdings unter Protest.

Vorbei an Holzspielzeug, Süßwaren und bunten Wachskerzen ziehen wir durch die Gassen der Marktstände. Eines ist allen Ständen gemein. Sie sind, wo es nur geht, mit weißen Fahnen mit rotem Kreuz geschmückt – dem Zeichen der Tempelritter.

Körber hat sich mittlerweile an die Spitze unserer kleinen Prozession gesetzt und bleibt an einem Stand hängen, auf dem sehr kleine, durchsichtige Plastikbecher mit klarer Flüssigkeit verteilt sind. Ein alter Mann mit Holzstock und Zigarette im Mundwinkel sitzt neben einem Bottich. Sein Gesicht ist sonnengegerbt, tiefe Falten durchziehen seine Haut. Er legt gerade ein neues Holzscheit unter den Bottich, unter welchem ein Feuer lodert. Oben läuft ein Rohr aus dem Bottich-Deckel schräg nach unten durch einen weiteren Behälter mit kaltem Wasser. Am Ende des Rohres tropft schnell eine klare Flüssigkeit durch ein Tuch in einen Plastikeimer.

„Der brennt hier Schnaps", begeistert sich Körber. „Ich sach ma, ich geb ´ne Runde aus!"

Im Vergleich nur mäßig begeistert; versammeln wir uns um Körber, und schon gestikuliert er wieder um eine Bestellung, zu verkünden.

Der alte Mann gibt mit einer Handbewegung zu verstehen, dass sich jeder einfach einen Becher aussuchen kann.

Körber schiebt sich an seinem Kumpel Jens vorbei, um hinter den Tisch zu kommen. „Frisch gebrannt, schmeckt dat Zeug bestimmt noch besser!", lallt er.

Mit einer Hand stützt er sich am Tisch ab, weil er schon etwas schwankt, mit der anderen greift er einen leeren Becher. Schwupps hat er den auch schon mit der Flüssigkeit aus dem Plastikeimer gefüllt.

Der alte Mann ist mittlerweile verzückt aufgesprungen, neben Körber getreten und freut sich wie ein kleines Kind. Er ermuntert Körber aufs Heftigste, den frischen Schnaps zu probieren.

Körber ist selig, hebt seinen randvollen Becher und posaunt: „Prost Männer!" Den Inhalt des Bechers kippt er mit einem Schwung in seinen gierigen Rachen.

Im selben Moment beginnt der alte Mann damit, sich auf die Oberschenkel zu schlagen und wie Rumpelstilzchen hinter seinem Tisch auf und ab zu springen. Irgendein spanisches „Ralla ralla" ruft er vor Lachen nach Luft ringend in die Bude auf der anderen Seite des Ganges.

Und auch seine Kollegen freuen sich wie Bolle beim Anblick von Körber.

Dem bleibt mittlerweile die Luft weg. Er zieht ein Gesicht, als hätte man ihm ein Pfund Zitronen zwischen die Zähne gedrückt. Mit dem Zeigefinger fährt er sich die Brust runter und quetscht zwischen den Zähnen hervor: „Ich kann fühlen, wo et ist." Er schluckt: „Oh, Gott, wie dat brennt! Dat brennt total! Was war dat denn?"

Martin, Beate, Jens und ich fallen in den Chor des Gelächters ein, der mittlerweile aus den Buden um uns herum ertönt.

Erst als Körbers Gesicht einen wirklich besorgniserregenden Ausdruck annimmt, beruhigt sich Jens als Erster. Und nachdem Körber hinter dem Tisch hervor gekommen ist und heftig taumelt, springt auch auf uns ein Funke Besorgnis über.

Den lustigen Mann hinter dem Tisch frage ich: „Was war das?"

Der nimmt den Plastikeimer, in den der Schnaps tropfte, und kippt den in den großen ersten Bottich, unter dem sich das Feuer befindet.

Martin meint: „Der kippt den Mist immer wieder in den Brenner, bis nur noch reiner Alkohol über ist."

Körber ist nach kurzer Zeit lattenstramm und sagt keinen Ton mehr. Auf der einen Seite gut, auf der anderen befürchte ich, dass wir den nur mit vereinten Kräften zurück zur Unterkunft bekommen.

Jens packt Körber am Oberarm; wir begleiten die beiden durch den Gang über den kleinen Vorplatz zur Rückseite der Bühne, die man für das musikspielende Mittelalter-Trio aufgebaut hat. Vorsichtig tastend setzt sich Körber in das Gras.

Jens kommentiert die Lage: „Hier hat er etwas Sichtschutz. Falls er mal kotzt."

Und dann geht es auch schon los.

„Boah!", ekelt sich Beate und dreht sich um.

Zwischen das Gedudel der Musik auf dem Platz schiebt sich Körbers rhythmisches Husten, welches sich in den Festungsmauern fängt und verstärkt wird.

Der Flötist vor der Bühne steigt irritiert aus dem Stück aus und findet erst wieder in den Rhythmus der Trommel, als Körbers Husten zu einem gequälten Würgen wird.

Jens hält Körber fürsorglich fest. Martin hat einen Eimer Wasser besorgt, mit dem er Körbers Erbrochenes verschwinden lässt.

„Klasse Abend!", findet Jens. „Packt einer mit an? Ich bring den jetzt weg."

Beate sorgt sich etwas um unsere Reputation. „Und wenn der gleich in der Stadt noch einmal kotzt?"

Jens winkt ab. „Was soll denn da noch kommen? Der hat doch zuletzt nur noch gewürgt."

Körber hat die Augen geschlossen und reagiert bloß mit großer Verzögerung. Nachdem er mit unserer Unterstützung wieder auf die Beine gefunden hat, nimmt ihn Martin links und ich rechts. So schleppen wir ihn für jeden gut sichtbar über den Burghof, die Zugbrücke rüber, quer durch die verkehrsberuhigte Altstadt, in der sich viele Pilger in kleinen Restaurants den Wein schmecken lassen und uns beobachten.

Im Internet schreibe ich Andrea unter anderem: „...Es gibt einige Pilger, die auf dem Weg eine gewisse Bekanntheit erlangen. Wir gehören jetzt dazu!"

Soldaten-Latein

Beim Verlassen des Hotels kommt mir nach einigen hundert Metern ein Pilger entgegen und fragt nach dem Weg. Ich traue meinen Ohren nicht: „Moment, was machst du?"

Der junge Mann, Ende zwanzig, grinst mich an und versteht anscheinend meine Überraschung nicht. „Ich habe meine Pilgerschaft beendet und gehe jetzt zurück nach Hause." Dann wiederholt er ganz selbstverständlich seine Frage: „Weißt du noch, woher du gestern gekommen bist?"

Weiß ich natürlich. Ist bei mir ja noch nicht lange her! „Du musst einfach hier quer über den Platz gehen, am Ende rechts und an der Hauptstraße wieder links."

„Buen Camino", wünscht er mir und zieht los.

Eine Weile schaue ich ihm noch sprachlos nach.

Ponferrada verlässt man über eine breite Ausfallstraße, biegt in ein Wohngebiet ab, bald darauf erwartet den Pilger eine Landschaft mit schönen Weinstöcken an sanften Hügeln. Wenn, wie heute, die Sonne so herrlich auf die Felder scheint, ist man leicht mich sich und der Welt im Reinen.

Eine Stunde nach Ponferrada, auf einem einsamen Feldweg zwischen einem kleinen Wald und Weinstöcken, klingelt mein Handy.

Ein älterer Mann spricht aufgeregt auf der anderen Seite in das Telefon: „Hey Simon, dies ist Arnold. Erinnerst du dich? Ich bin wieder zu Hause, wie geht es dir?"

Völlig überrascht, hocke ich mich auf die Erde. Ein Kloß steckt mir im Hals, so wie vor einigen Tagen, als

Arnold mir den Unterarm drückte, um sich mit feuchten Augen bei mir zu bedanken.

„Arnold …, Arnold …" Ich weiß gar nicht, was ich sagen soll. „Wie geht … – ich meine, ich freue mich, dich …! Mensch Arnold, sag mir bitte erst mal, wie es dir geht!"

„Den Umständen entsprechend. So wie es aussieht, hast du mir wohl das Leben gerettet. Die Ärzte sagten, wenn ich eine oder zwei Stunden später ins Krankenhaus gekommen wäre, hätte ich nicht überlebt. Ich bin dir so dankbar!"

„Übertreib nicht! Das sagen Ärzte immer. Ich freue mich so, dass du es geschafft hast. Wie geht es deinem Bein?"

„Besser, es war eine Thrombose. Zwar habe ich noch Schmerzen, aber alles wird gut werden, Simon. Ich muss mich auch dafür bedanken, dass du deine Telefonnummer im Krankenhaus hinterlassen hast. Ich hätte es mir nie verziehen, wenn ich mich nicht bei dir hätte bedanken können. Meine ganze Familie betet für dich; für deinen Camino, für deine Zukunft und auch für deine Familie."

„Danke Arnold. Das ist sehr nett von euch. Ich weiß gar nicht, was ich sagen soll. Seit wann bist du denn zu Hause?"

„Seit gestern. Die Ärzte haben mich nach drei Tagen nach Hause geschickt. Musste sogar Business-Klasse fliegen wegen der Thrombosegefahr. Wo bist du denn jetzt?"

„Ich bin ein Stück hinter Ponferrada. In sieben Tagen bin ich in Santiago de Compostela."

„Das ist gut so, Simon. Ich werde meinen Camino im nächsten Jahr weitergehen, wenn mich der Herr lässt. Dann möchte ich dich gerne noch einmal treffen. Würde das gehen?"

„Natürlich, ich würde sogar noch einmal für dich nach Spanien kommen."

„Gut, ich werde dich daran erinnern! Kann ich dich in zwei Wochen noch einmal anrufen, damit ich deine Adresse habe?"

„Natürlich, gerne Arnold!"

„Simon, ich wünsche dir einen Buen Camino, komm gut in Santiago an, wir beten für dich. Bis dann."

Ich lege auf, mein Blick geht hinunter ins Tal. Weinfelder, Wälder, Sonne und Freude im Herzen.

In Villafranca del Bierzo treffe ich am Marktplatz auf Tom und Kate. Beim Wein unterhalten wir uns über die letzten Tage.

Kate erzähle ich von meinem Telefonat mit Arnold. Sie ist begeistert und auch gerührt. Immerhin war sie es, die mich ermuntert hat, in den Krankenhäuser nach Arnold suchen zu lassen. Was für eine Happy End!

Gegen achtzehn Uhr überlässt Kate uns dem Abend. Sie möchte im Hotel essen und ist müde.

Tom sitzt mir gegenüber, lehnt sich mit den Ellenbogen auf den Tisch und fragt mich, warum ich den Camino gehe.

„Die vierzehn Tage im letzten Jahr fand ich recht spektakulär. Für mich eine völlig neue Erfahrung, sowohl körperlich wie auch mental. Aber da war für mich auch noch alles neu. Das ist es in diesem Jahr nicht mehr."

„Macht der Camino deswegen nicht mehr so einen Spaß?"

„Doch, ich finde es gut, aber wenn mir morgen was dazwischen kommen würde und ich müsste abbrechen, wäre es kein Drama. Wie bist *du* auf die Idee gekommen, den Camino zu gehen?"

„In meinem Job, gerade im Ausland, lebe ich hinter dicken Mauern oder Stacheldraht. Meine Seele brauchte einfach mal Auslauf."

Als Soldat war Tom, mit einigen Unterbrechungen, zwei Jahre in Afghanistan stationiert und weiß auch von positiven Dingen zu berichten.

„Ich glaube, wir haben in Afghanistan was erreicht. Wir sorgen ja nicht nur für eine gewisse Sicherheit, sondern helfen beim Bau von Schulen und beim Instandsetzen der Infrastruktur. Den Menschen, die wir erreichen konnten, geht es spürbar besser. Und das Wertvollste was man dort bekommen kann, ist Dankbarkeit."

Ich kann spüren, dass ihm die Arbeit wichtig war und weiß, dass dieses Land vor einer ungewissen Zukunft steht. „Die Bundeswehr wird jetzt nach und nach abgezogen. Was wird passieren, wenn ihr das Land verlassen habt?"

„Es wird nicht einfach werden für die Menschen. Einige, die für uns gearbeitet haben, sind schon jetzt in Lebensgefahr. Ich habe mich mit einigen Einheimischen im weitesten Sinne angefreundet und kann nur hoffen, dass Deutschland seiner Verantwortung gerecht wird."

Auch Afrika ist ihm nicht fremd, weil er hier einige Male für humanitäre Aufträge eingesetzt war. Sein Job ist es, bei anstehenden Auslandseinsätzen die Infrastruktur zu erkunden und Kontakte zu Einheimischen herzustellen. Eine Aufgabe zwischen Diplomat und Logistiker, die nicht selten mit Gefahren verbunden ist. Aus Gründen der nationalen Sicherheit dürfen Details hier leider nicht wiedergegeben werden.

Ich war auch beim Bund; als ich zwanzig war, musste man das noch.

„Zum Glück sind meine Erfahrungen aus der Zeit des Kalten Krieges etwas entspannter. Vieles verklärt sich auch nach langer Zeit in ein nettes Abenteuer."

„Gab es Situationen, die für dich prägend waren?", fragt Tom ernst.

„Nö, geprägt hat mich da gar nichts. Aber es gab Situationen, die mich als Funker ziemlich belustigt haben. Ich bin nach der Ausbildung in einer Instandsetzungskompanie gelandet. Funker sind in Friedenszeiten in einer solchen Kompanie total überflüssig. Aber bei Übungen waren wir die Ersten, die am Einsatzort Bereitschaft herstellen mussten.

Mir wurde Funker Olbrich zugeteilt. Ein netter Kerl, aber mit einfachem Gemüt; zu meiner Überraschung hatte er einen Sprachfehler. Zischlaute sprach er als schmatzendes, feuchtes ‚Sch' aus. Der menschliche Durchschnitt benötigt ca. 25 % seiner Energie für das Gehirn. Olbrich konnte einen größeren Teil dieser Energie auf andere Organe verwenden.

Unser Hauptman hieß Jochen Lutz. Auf einer Übung setzte Olbrich per Funk die wichtigste Meldung seines bisherigen Soldatenlebens ab. Damals war ja noch Kalter Krieg, und unserer Truppe näherte sich ein russischer Beobachter in einem Mitsubishi. Olbrich brüllte in das Mikrophon: ‚Hauptmann Lutsch! Hauptmann Lutsch! Von Oschten kommt ein Mischubischu mit Ruschen …'

Dieselbe Meldung setzte er an das Bataillon ab, welches uns nach dreimaligem Nachfragen Funkstille befahl. Und das taten sie seitdem immer, wenn wir zum Einsatz kamen.

Im Sommer waren wir mit unserem Unimog-Funkkoffer auf einer Übung im Raum Hannover. Uns wurde befohlen, auf einem Bauernhof Funkbereitschaft herzustellen.

Ein freundlicher Bauer gab uns seine Zustimmung, dass wir unser Fahrzeug vor der Einfahrt seiner Scheune postierten konnten.

Für unsere Funkbereitschaft waren folgende Schritte notwendig: Stromversorgung sicherstellen. Dafür hatten wir ein lautes Stromerzeugeraggregat, das wir zur Geräuschminderung hinter einen Sandhaufen schleppten.

Erden des Funkkoffers mit einem langen Kabel. Das eine Ende war über eine Zugentlastung mit dem oberen Heckteil des Funkkoffers verbunden. Am Anderen befand sich ein Erdnagel, den wir in die Erde schlugen.

Dann haben wir die stabile 12m Teleskop-Antenne mit einer Handkurbel ausgefahren.

Zuletzt ging die Meldung an das Bataillon, dass ‚die Funkbereitschaft hergestellt' ist.

Die haben uns dann, wie immer, ‚Funkstille' befohlen. Funkstille war für uns gleich Feierabend.

Um dem Soldatenleben etwas Gutes abzugewinnen, hatten wir Gartenstühle dabei. Darauf ließ es sich ganz wunderbar auf einen Krieg warten.

Ein Anranzer vom Kompanie-Chef störte nach einer Weile unseren Müßiggang. Er meinte, unser ungetarnter Funkkoffer wäre schon von der Straße aus zu erkennen! Tarnen macht Arbeit und ist doof, darum habe ich Olli gesagt, dass er mal schauen soll, ob die Scheune leer ist. Dann könne er den Unimog einfach da reinfahren

Fand auch Olli eine super Idee. Olli schob das Scheunentor zur Seite und stellte fest, dass hier tatsächlich genügend Platz für unseren Funkkoffer war.

Olli sprang in den Unimog, stellte den Motor an und fuhr los. Was dann passierte, erschloss sich Ollis permanent reduzierter Aufmerksamkeit mit gewohnter Verzögerung. Ein Drittel des Fahrzeugs war bereits in der Scheune, als das Kabel zwischen Funkkoffer und noch laufendem Stromerzeuger zu kurz wurde. Gezogen vom Unimog, rutschte das Gerät über den Sandhaufen, kippte auf die Seite, und der Motor erstarb mit zwei lauten Fehlzündungen. Laut knirschend rutschte der Stromerzeuger hinter dem Unimog her.

Als etwa drei Viertel des Fahrzeugs erreicht waren, wurde das Erdungskabel zu kurz. Es kam, gebremst durch die Zugentlastung auf Spannung, der Erdnagel blieb vorerst noch an seinem Platz.

Fast hätte Olli den Unimog vollständig in die Scheune gefahren, aber die ausgefahrene Teleskop-Antenne am Heck des Fahrzeugs brachte seine Fahrt bald zum Stehen. Ein mächtiger Querbalken über der Scheunentür stoppte in vier Metern Höhe den Weg der Antenne. Die Räder schoben den Wagen unten weiter. Durch den resultierenden Hebel machte der Unimog „Männchen". Gebälk und Fahrzeug ächzten laut unter der Belastung. Mit aufgerissenen Augen schaute Olli über seinen Lenker geradeaus in eine Balkenlage, auf die sich ein aufgeschrecktes Huhn gerettet hatte. Die Vorderachse des Unimogs stand fast einen halben Meter über der Erde.

Starr vor Schreck, schauten sich Huhn und Olli regungslos in die Augen, bis endlich der Erdnagel nachgab.

Der löste sich aus dem Boden und schleuderte, gezogen von der Zugentlastung, mit lautem Knall in das Heck des Funkkoffers. Die obere Verankerung der Teleskopantenne sah im gleichen Augenblick keinen Sinn mehr, den Kräften standzuhalten. Mit lautem Knirschen riss sie sich, inklusive Hecktür, los. Der Unimog knallte in seine ihm angedachte, horizontale Position zurück.

Olli rührte sich nicht aus seinem Fahrersitz und schaute wie hypnotisiert ins Leere.

Das Huhn war von der Balkenlage auf den Boden gefallen und schiss mit einem „Tok, Tok" einen selten großen Haufen.

Schon bei den Fehlzündungen des Stromerzeugers war ich aufgesprungen und bekam noch gerade mit, wie die Antenne samt der Tür abriss. Von der Seite aus gesehen bildeten Giebel und Teleskopantenne ein aufdringliches Victory ‚V'.

Ich habe gleich erkannt, dass wir ab sofort nicht mehr einsatzfähig waren. Das hat aber auch der herangeeilte Kompaniechef erkannt.

Wenigstens ist er jetzt von der Straße aus nicht mehr als Funkkoffer zu erkennen, dachte ich, wäre ein lustiger Einwurf, um die drohende Eskalation zu verhindern. Warum auch immer, die Situation eskalierte in just diesem Moment."

Tom lacht. „Seit ihr dann zu Fuß nach Hause gelaufen?"

„Hättest du wohl gerne! Die Truppe hat die Tür provisorisch befestigt. Wozu waren wir schließlich in der Instandsetzung?!

Ich sage dir Tom, ich habe lange nicht verstanden, warum die Bundeswehr einen Soldaten mit Sprachfehler als Funker einsetzt. Aber in der Instandsetzung hat Olli vielen Menschen Arbeit gegeben."

Tom erinnert sich: „Damals in Somalia, da musste unser Funker das große Funkgerät alleine in einem Tragegestell schleppen, und der war nicht kräftig. Als er angeschossen wurde, habe ich das zwölf Kiloding übernommen und den Funker bis zu dem sechsunddreißig Kilometer entfernten Sanis geschleppt ..."

Spät, aber nicht zu spät verlassen wir den Marktplatz und gehen zu unserem Hotel. Der Tag war anstrengend genug und der Abend schon fast zu lang.

Georg

Tom, Kate und ich haben uns um acht Uhr an einer Brücke verabredet, wir diskutieren über die heutige Route. Die beiden wollen im Tal dem Camino folgen. Eine einfache Strecke, die an der Bundesstraße verläuft.

Ich möchte aber den Camino Duro gehen. Diese Variante des Caminos geht auf bis zu eintausend Metern einsam über einen Bergrücken. Unsere Hotelwirtin hatte gestern darauf hingewiesen, dass die Bergrettung nicht besonders glücklich darüber sei, dass Pilger auch bei absolut unmöglichem Wetter den Camino Duro gehen. Aber heute soll es sonnig werden.

„Würde mich freuen, wenn wir uns heute Abend wieder treffen. Wo übernachtet ihr denn?"

Tom erwidert: „Ich habe ein einsames Hotel in der Nähe von La Faba."

„Hört sich gut an, kannst du mir die Telefonnummer geben?"

Tom kramt einen DINA4-Bogen heraus und zeigt mir die entsprechende Nummer. Der Wind zerrt immer wieder an dem Stück Papier und erschwert es, die kleine Schrift zu entziffern.

„Hallo, ich würde bei Ihnen gerne ein Zimmer für heute Abend reservieren", teile ich der Dame am Telefon auf Deutsch mit.

„Perdon?", sagt die müde, aber bemüht verführerische Frauenstimme auf der anderen Seite.

Ich packe meine gesamten Spanischkenntnisse in einen Satz: „Me gusta reservar una habitación para una persona." Mein Spanisch ist aber gerade auch nicht hilfreich.

„Sprechen sie Englisch?", fragt die noch immer müde Stimme mit osteuropäischem Akzent.

„Klar! Sogar besser. Ich hätte gerne ein Zimmer für heute Nacht. Haben Sie noch was frei?", versuche ich es jetzt wie gewünscht auf Englisch.

„Für die ganze Nacht?", fragt sie irritiert.

„Ja, für heute."

Sie ist jetzt irgendwie wacher und meint: „Natürlich haben wir das."

„Gut, ich bin gegen fünfzehn, sechzehn Uhr bei Ihnen."

Sie überrascht: „So früh schon?"

„Ja, was kostet das Zimmer?"

„Ich mache Ihnen einen Sonderpreis von 600 EUR. Dafür bekommen Sie alles, was Sie wollen."

„Was!", ich drücke das Handy noch fester an mein Ohr, um besser zu verstehen.

Tom antwortet auf meinen überraschten Blick mit fragenden, hochgezogenen Augenbrauen.

„Haben Sie auch ein Zimmer nur mit Frühstück?", frage ich in der Hoffnung, dass es sich nicht um einen dieser ‚All-In Bunker' handelt. Es dauert eine Weile, dann macht es ‚Klick'.

„Was hast du denn für eine unfreundliche Luxusherberge?", frage ich Tom und erzähle ihm vom Telefonat.

„Das kann nicht sein." Er nimmt mein Handy, um die Telefonnummer mit dem Zettel abzugleichen.

„Im ersten Teil fehlt eine Ziffer, und eine hast du falsch notiert", bemerkt er mit fester Stimme und tippt die korrekte Nummer ein. Jetzt kostet das Zimmer mit Frühstück nur noch dreiundvierzig Euro.

Wir verabschieden uns bis zum Abend; ich biege nach kurzer Strecke in den schmalen Pfad, der auf den Berg führt. Ähnlich steil wie am ersten Tag in den Pyrenäen windet sich dieser bald an der Bergflanke entlang. Sollte mir hier was passieren, kann ich nur hoffen, dass ich noch möglichst lange Handyempfang habe. Ich bin anscheinend der einzige Pilger, der sich für den Weg entschieden hat.

Zunächst auf einem Teer-Weg, vorbei an verfallenen Häusern, dann durch niedrige Wälder erreicht man wieder die hier typischen Farnflächen. Der Berg wird kaum bewirtschaftet, nur tiefgrüner Wuchs von Farn und Sträuchern, dazwischen einige Bäumen. Vereinzelt passiert man Schafweiden, auf denen nur wenige Tiere grasen. Erst oben auf dem Bergrücken erstrecken sich links und rechts Maronen-Wälder, deren Früchte leider noch nicht reif sind. Der Ausblick lohnt die Strapazen.

Im schattigen Maronenwald finde ich Georg auf einer Bank vor einem Baum sitzen. Ein kräftiger, gepflegter Herr mit kurzen Haaren, er ist in den Vierzigern. Wir haben uns in den letzten Tagen schon einige Male unterhalten. Von Georg weiß ich nur, dass er aus NRW kommt und Rettungssanitäter ist. Seit zwei Stunden ist er der erste Mensch, den ich antreffe.

In Anspielung auf die schwierige Strecke grüße ich ihn mit: „Hallo, heute auch Lust auf Schmerzen gehabt?"

Georg lächelt im diffusen Licht des Blätterdaches. Meinen Rucksack lasse ich langsam vom Rücken rutschen und setze mich neben ihn.

Georg macht keinen großen Umstand um seine Person, drängelt sich bei Gesprächen nicht vor. Er strahlt eine ungewöhnliche Ruhe und Vertrautheit aus. Wir genießen gemeinsam den Ausblick in das Tal und auf die grünen Berge in der Ferne, bis ich frage: „Wie lange hast du eigentlich frei bekommen, für den Camino?"

„Ich habe schon lange frei. Schon seit einem Jahr."

Ich drehe mich zu ihm, schaue ihn verständnislos an.

Er sagt weiter: „Ich arbeite gerade nicht. Posttraumatische Belastungsstörung!"

Sofort schießt mir in den Kopf, dass es mit seiner Arbeit zu tun haben muss. Die Verantwortung, der Schichtdienst, menschliches Leid, all das muss man aushalten können. Seine Probleme rühren aber von einem konkreten Erlebnis.

„Ich war 2010 als Sanitäter auf der Loveparade. In gewisser Weise ist dieser Einsatz für mich bis heute nicht beendet." Er lehnt sich zurück in die Bank, blinzelt durch das Blätterdach in die Sonne und erzählt weiter: „Wir waren nicht auf dem Gelände stationiert, sondern außerhalb. Als wir an den Einsatzort kamen, liefen uns schon junge Menschen mit zerfetzter Kleidung entgegen. Viele dreckig und verletzt, zum Teil sogar mit offenen Brüchen. Von einem Moment zum Nächsten findet man sich in einer Art Kriegssituation wieder. Dann zu entscheiden, wem helfe ich, wen lasse ich liegen? Die Gewissheit, dass hier Menschen sterben; im Nachhinein die Frage, wo hätte ich besser reagieren können? Habe ich alles richtig gemacht? Das ließ und lässt mich nachts nicht schlafen."

„Das ist drei Jahre her, und du hast erst vor einem Jahr freigenommen?"

„Die Dämonen kamen erst später. Man sagt sich zuerst, das geht schon ... Aber irgendwann geht es dann doch nicht mehr."

„Sind die Dämonen hier weniger geworden? Ich meine, lassen die dich mittlerweile in Ruhe?"

„Wie alle hier habe ich mit ganz anderen Problemen zu kämpfen." Georg schaut auf seine Beine und lächelt. „Ich habe Schmerzen in den Füßen, erreiche meine physischen Grenzen und gehe trotzdem weiter." Er lacht: „Wir Pilger heißen doch jeden Kilometer, und damit den Schmerz, willkommen!"

Dann wird er wieder ernster: „Die Dämonen aber werden wohl ein Teil von mir bleiben."

Wir schweigen einen Moment, bis Georg das Thema wechselt. „Lass uns über etwas anderes reden! Wie weit gehst du heute?"

„Ich gehe bis La Faba, da treffe ich zwei Pilger, mit denen ich schon ein paar Tage gelaufen bin. Und du?"

„Las Herrerías, treffe dort eine Frau, die ich kennengelernt habe."

„Hui, die Liebe auf dem Camino gefunden?"

„Vielleicht", schmunzelt er.

Wir unterhalten uns noch eine Weile über den anstehenden Abstieg. Auf die Frage, ob wir zusammen gehen wollen, sagt Georg lächelnd: „Gehe ruhig vor! Es ist herrlich hier oben, ich bleibe noch eine Weile und ärgere meine Dämonen."

Den Rucksack schwinge ich mir auf den Rücken und sage zum Abschied: „Ich hoffe, wir sehen uns bald wieder. Buen Camino!"

Nachdem ich den Wald verlassen habe, folge ich kurze Zeit einer Teerstraße, danach geht es über einen menschenleeren Sandweg hinunter in das Tal. Auf halbem Weg mache ich noch einmal an einer Böschung Pause.

Ich lege mich auf den Rücken ins Gras und schließe die Augen. Über mir der blaue Himmel, vor mir ein Maronenbaum, um mich herum das Zirpen von Grashüpfern.

Martin und Beate hatte ich gestern nicht gefragt, wo die heute übernachten. Mich treibt schon um, wo die heute hin wollen; ich hoffe, dass ich Beate vielleicht weiter unten auf dem Weg treffen werde.

Nach dem letzten steilen Abstieg durch einen dunklen Wald ist der Camino Duro geschafft und Trabadelo erreicht. Hier treffen die einfache und die schwierige Variante des Camino aufeinander.

Der steile Anstieg und die letzten Kilometer bergab haben Kraft gekostet. Hüfte und Beine schmerzen, das Gehen fällt schwer, und der Rucksack drückt auf die Hüftknochen. Die erste Hälfte bis La Faba ist geschafft, die zweite liegt noch vor mir.

Hinter einem Wäldchen drückt zunehmend die Blase. Ich muss unbedingt austreten. Links eine abschüssige Weide mit Kühen und Schafen, rechts eine Wand aus Felsen. Zwar ist hier kein idealer Ort zum Austreten, aber wer weiß, ob es nach der nächsten Kurve besser wird. Zurück zum Wäldchen will ich nicht gehen. Mein Tagesmarsch ist lang genug, ich will jeden überflüssigen Schritt vermeiden.

Um nicht mitten auf den Weg zu pullern, steige ich über den Weidezaun. Unweit von mir stehen drei Kühe mit Glocken um den Hals und beobachten mich. Jugendlicher Übermut muss es gewesen sein, der mich dazu angetrieben hat, breitbeinig und mit angelegtem Rucksack den Stacheldrahtzaun zu übersteigen. Das erste Bein habe ich schon rüber geworfen, da merke ich, wie sich ein Stachel in der Hose verfängt. Einen Moment lang hänge ich fest.

Mit zunehmender Ungeduld ziehe ich das zweite Bein nach hinten über den Zaun, in der Hoffnung, dass sich der Stacheldraht aus der Hose löst. Langsam und stetig ansteigend, zerrt der Zaun an dem stabilen Outdoor-Stoff. Ein ‚Flupp' beendet den Widerstand. Ich verliere das Gleichgewicht, falle hin und rutsche auf dem Hintern durch das feuchten Gras ein Stück den Hang hinunter. Drei Kühe nehmen Reißaus. Ihre Kuhglocken bimmeln, was das Zeug hält.

Ein frischer Kuhfladen und eine noch nicht bekannte Anzahl von Schafsdreck kleben an meiner Hose. Hemd und Socken sind ebenfalls in Mitleidenschaft gezogen. Genauer betrachtet, stelle ich sogar fest, dass die fühlbare Feuchte am Oberschenkel nicht vom Schweiß, sondern von Blut kommt. Wenigstens ist es mir gelungen, mit einer geschickten Bewegung den Rucksack vor Kuhdung zu schützen.

Jammern hilft nicht, nur Schimpfen. Ich rapple mich auf und gehe wieder ein Stück den Hang hoch. Meinen mittlerweile abgelegten Rucksack stelle ich schon mal auf die andere Seite des Zauns, um dann wie geplant an einem Busch auszutreten. Der Rückzug zur Straße gelingt mir unfallfrei.

Hätte ich jetzt Gesellschaft gehabt, sie hätte mich wohl verlassen. Ich stinke! Zumindest finde ich, dass ich übel rieche. Gröbere Stücke Kuhdung kann ich mit Blättern von meiner Hose entfernen. Es bleiben schmierige Flecken; beim Gehen reibt die ekelige Feuchte an meiner Haut. Es hilft nichts, ich muss weiter und schauen, dass ich eine Waschgelegenheit finde. Die drei gefühlt grinsenden Kühe mit ihren Bimmel-Glocken lasse ich hinter mir.

In Rutelán, ca. 5 km vor meinem heutigen Ziel, sitzen locker fünfzehn Pilger vor einer Raststätte.

„Hallo Simon, Hosen voll?!", ruft Martin von einem Tisch.

Ich winke ab und drehe ihm kurz und kommentarlos mein Hinterteil zu.

Die neben ihm sitzende Beate und weitere Pilger finden mein Unglück erwartungsgemäß lustig.

Auf dem Vorplatz des Restaurants lege ich meinen Rucksack auf einen großen Haufen von Rucksäcken in den dunklen Schatten. Danach schleiche ich mich auf die Toilette.

Die Begutachtung meiner Hose ergibt, dass ein Teil des Kots schon verkrustet ist, genauso wie die kleine Wunde am Oberschenkel. Es stinkt nur noch. Viel kann ich an der Situation nicht ändern und lass die dreckige Hose an. Meine lange Ersatzhose, die ich noch im Rucksack habe, mache ich höchstens auch noch dreckig. Außerdem liegt die irgendwo in den Untiefen des Rucksacks verborgen.

Beate und Martin sitzen draußen mit einem weiteren Pilger an einem Tisch.

Auf dem Weg zu ihnen schlägt mir Beates aufgeregte Stimme entgegen. „… wir hatten das so vereinbart, und dann bleibt es auch dabei!"

Martin: „Überleg doch, Beate, wir haben heute kaum Strecke gemacht. Wir sind doch noch beide fit! Wenn wir bis La Faba oder weiter laufen, verkürzen wir die Strecke für morgen. Die Berge werden noch Kraft genug kosten."

Der junge Pilger, der mit den beiden am Tisch sitzt, schaut mich betreten an, kneift die Lippen zusammen und zieht die Augenbrauen hoch.

Beate: „Tu was du willst, ich gehe bis Las Herrerías."

Die Diskussion ist einseitig beendet. Beate steht auf, geht zur schattigen Ecke mit den Rucksäcken, greift sich ihren und legt sich den noch im Gehen an. Sie erkennt mich aus den Augenwinkeln und grüßt nur knapp mit der Hand. Ihr Blick ist traurig bis böse, wie bei einem kleinen Kind.

Mittlerweile stehe ich bei Martin am Tisch, der seinen Platz verlässt, um Beate zu folgen.

„Willst du auch schon weg?", frage ich ihn.

„Tut mir leid Simon, aber so lasse ich die nicht laufen. Das mit deiner Hose musst du mir in den nächsten Tagen unbedingt erzählen."

Und dann ist auch Martin mit seinem Rucksack verschwunden. Nicht einmal mehr eine Woche und Beate und Martin werden den Heimweg nach Hamburg antreten. Über fünf Wochen gemeinsame Zeit auf dem Camino liegt dann hinter ihnen. Wenn die sich noch vertragen wollen, wird es langsam Zeit.

„Was war da denn los?", frage ich den jungen Pilger, der mit den beiden am Tisch saß.

„Er wollte heute unbedingt soweit laufen, wie es geht, damit sie sich auf der Etappe mit dem O Cebreiro etwas mehr Zeit lassen können. Er hat ja nicht unrecht, dass wird bestimmt anstrengend über die Berge. Sie wollte aber unbedingt in Las Herrerías bleiben. Verstehe einer diese Paare, gut, dass ich alleine bin!" Er trinkt einen Schluck aus seinem Glas: „Ich werde heute auf jeden Fall soweit gehen, wie ich kann, und du?"

„Habe ein Hotel in La Faba gebucht."

„Oh, ein Hotel!", sagt er grinsend, und es hört sich sehr gekünstelt an.

Meine Antwort ist entsprechend gekünstelt, als müsste man den Zeigefinger dabei heben „Ja! ein Hotel! Ich bin halt ein Genusspilger."

„Haha, Genusspilger? Das habe ich auch noch nicht gehört!" Er leert sein Glas „So, ich will dann auch mal weiter. Viel Spaß im Hotel. Buen Camino!"

Ich hole mir vom Tresen ein Wasser und einen Müsliriegel. Die Bedienung blickt auf meine Hose und rümpft schadenfroh die Nase. Mit einem Glas jongliere ich wieder nach draußen und setze mich an einen schattigen Platz. Ein Gartenstuhl beherbergt meinen wehleidigen Körper.

Pilger passieren den Vorplatz des Restaurants. Einige verlassen ihn, Neue kommen. Langsam rutsche ich immer weiter auf dem Stuhl nach vorne, lehne den Kopf gegen die Wand hinter mir und nicke kurz weg.

Polizei

Ein Glas zerspringt auf der Erde. Aufgeschreckt schaue ich auf die Uhr. Wenn ich mich beeile, kann ich mich heute auch in La Faba noch ein wenig in die Sonne setzen und lesen. An einem Tisch hocken noch zwei Pilger, drei Rucksäcke liegen dort im Schatten, wo vorhin ein großer Haufen war. Während meines kurzen Nickerchens haben die meisten Pilger die Bar bereits verlassen.

Nach einer Pause wieder in den gewohnten Tritt zu kommen, ist gar nicht so einfach. Hüfte und Beine sind steif; es dauert eine Weile, bis der Schmerz weg ist. Stretching hilft da nur bedingt.

Durch ein bewaldetes Tal folge ich der Teerstraße, auf der kaum ein Fahrzeug fährt. Über leichte Serpentinen windet sich der Camino langsam bergan. Mein Rucksack drückt ungewohnt an der Schulter, was ich mit einer kleinen Einstellung an den Tragegurten korrigieren kann.

Völlig gedankenverloren habe ich vor Las Herrerías den Abzweig in den Ort verpasst und bin die Hauptstraße geradeaus weiter gelaufen. Den Fehler bemerke ich blöderweise erst, nachdem ich an dem Ort längst vorbei bin.

Mist! Ich will doch heute keinen Umweg gehen! Die Hüfte schmerzt schon genug. Zum Glück finde ich auf der Karte meines Reiseführers eine Abzweigung zwischen dem verpassten Ort und meinem Ziel La Faba.

Mein Hotel liegt sehr einsam. Den Eingang erreiche ich über eine Terrasse auf der Rückseite. Das schöne Naturstein-Gebäude wurde neben der Terrasse um einen

Wintergarten erweitert, in dem sich das Restaurant befindet. Auf der Terrasse stehen kleine runde Tische mit Sonnenschirmen. Über die Terrasse hinweg blicke ich auf ein flaches Tal mit Kuh-Wiese und dahinter auf einen Hang mit Bäumen. Auf der Wiese stehen mal wieder Kühe und glotzen mich an. Die Landschaft erinnert an Bayern oder Österreich.

Mit großen Schritten stapfe ich zum Hoteleingang. Die Rezeption ist zwei Meter von dem Eingang entfernt und mit einer freundlichen Dame besetzt, die mich anspricht, als ich den Türrahmen erreiche und stehenbleibe.

„Was ist passiert?", fragt sie.

Ich erkläre ihr kurz meinen spektakulären Stunt.

Sie setzt ein mitleidiges Lächeln auf und schlägt vor: „Es ist besser, Sie ziehen die Schuhe und Strümpfe an der Tür aus, damit hier nicht alles dreckig wird. Wollen Sie Ihre Wäsche waschen lassen? Kostet zehn Euro."

„Das wäre ja super!", finde ich. Mit einer Handwäsche hätte ich die Flecken garantiert nicht rausbekommen.

„Dann komme ich mit Ihnen nach oben zum Zimmer, und Sie geben mir die Wäsche. Der Fahrer von der Reinigung müsste bald da sein, wenn Sie sich beeilen, kann ich dem die Wäsche noch mitgeben. Morgen zum Frühstück haben Sie dann alles wieder sauber."

Auf dem Weg nach oben drückt sie mir einen Plastikbeutel in die Hand, auf dem meine Zimmernummer steht. Sie folgt mir mit deutlichem Abstand bis vor die Zimmertür, wo sie wartet. Meinen Rucksack stelle ich ans Bett und entledige mich schnell meiner Hose, Hemd, Unterwäsche und gebe den Beutel nach draußen.

„Können Sie meine Socken auch noch mit waschen lassen? Die stecken unten in den Schuhen."

„Mach ich!" Sie entschwindet die Treppe hinunter.

Im Bad steht hoteleigenes Shampoo, in der Dusche hängt ein Seifenspender. Ich kann sofort duschen, ohne auszupacken. Ausgiebig seife ich meinen geschundenen Körper ein und brause mich am Ende kalt ab. Die Wunde am Oberschenkel brennt etwas. Nach dem Abtrocknen, werfe ich mich nackt aufs Bett, um vor den Essen noch etwas zu ruhen. *Ah, das tut so gut!*

Nach einer Weile hält vor meinem Fenster ein Auto, der Fahrer steigt aus und unterhält sich mit der Dame von der Rezeption. Es wird gelacht, und Dinge werden in den Wagen geworfen. Anscheinend wird gerade die Wäsche abgeholt.

Nach einer halben Stunde rebelliert mein Magen. Hunger! Im Kopf gehe ich die mögliche Kleiderordnung durch. Kurze Hose fällt ja schon mal aus.

Noch leicht schlaftrunken, hebe ich den Rucksack auf das Bett, öffne ihn, greife rein und schmeiße routiniert die Klamotten, die ich zu fassen bekomme, auf meine Schlafstätte.

Meine Sachen waren alle in Beuteln sortiert. Ein Beutel für die Schuhe, einer für Wäsche, einer für zivile Klamotten usw. Aber auf dem Bett liegt nicht ein einziger Beutel. Da liegen lose verstreut Frauenklamotten!

Mein Blick fällt auf den Spiegel vom Kleiderschrank. Fassungslos stehe ich nackt am Bett. Sekunden vergehen, und ich begreife widerwillig, was passiert ist. Bei genauem Hinsehen erkenne ich, dass dieser Rucksack nicht mir gehört. Der hier hat andere Schmutzstellen als meiner. Das muss am Restaurant in der dunklen Ecke passiert sein, wo ich nach dem Sturz auf der Toilette war. Als Täter kommt Beate infrage. So sauer wie die war, wird die nicht darauf geachtet haben, was sie sich da auf den Rücken klemmte.

Was ich noch am Leib trug, ist jetzt in der Wäsche. Alternativ liegen vor mir ein gelbes Shirt, dreckige Wandersocken, ein BH und ein schwarzer Panty-Schlüpfer mit Spitze und Glitzer-Steinchen mittig vorne.
Das kann doch jetzt nicht wirklich wahr sein! Ich will das nicht! Nein, wirklich, ich will das hier nicht!

Leicht betäubt, sinke ich auf das Bett und denke über meine Optionen nach. Ich könnte an der Rezeption nachfragen, ob die Ersatzklamotten für mich haben. Könnte ja sein, dass die Dame von der Rezeption einen Sohn oder einen Mann mit ähnlicher Körpergröße wie ich hat. Die Rezeption um Hilfe zu bitten, scheint mir sowieso eine gute Idee zu sein.

Vergebens suche ich auf dem Zimmer nach einem Telefon, um die Rezeption anzurufen. Dann muss ich wohl höchstpersönlich runter. Ich greife mir ein Badehandtuch, schwinge es mir um die Hüfte und tippele barfuß die Treppe zur Rezeption runter.

Keiner da! „Halloo …, Hallooooo!"

Keine Antwort.

Durch ein Fenster hinter der Rezeption kann ich in den geschlossenen Innenhof des Hotels sehen. Eine Hausdame, wohl um die achtzig, hängt Bettwäsche auf.

Ich rutsche an der Rezeption vorbei, gehe durch das Büro und öffne die Tür zum Hof. Einen Schritt mache ich noch, dann knallt durch den Wind hinter mir die Tür ins Schloss. Ich will die Tür noch schnell aufhalten, doch dabei rutscht mir unglücklicherweise das Handtuch aus den Händen und fällt auf den Boden. Nur für einen Moment stehe ich im Adamsgewand im Türrahmen. Zwar ist das Missgeschick schnell wieder behoben und alle primären Geschlechtsteile verdeckt, aber die ältere Hausdame zetert und schmeißt mit Wäscheklammern nach mir. Sie beschimpft mich auf das Übelste: „Ralla ralla ..., Policia, ...ralla ralla."

Bloß weg hier, ab nach oben auf mein Zimmer und hoffen, dass die Dame von der Rezeption bald wieder da ist.

Ein Wagen ist vorgefahren; ich höre, wie die alte Hausdame aufgeregt mit jemandem spricht. Wenig später klopft es an meiner Zimmertür. Das Handtuch hänge ich mir wieder um die Hüften, öffne die Tür und kann es nicht fassen. Vor mir steht ein älterer Polizist, der schon bald in Rente gehen dürfte. Er drängt sich sanft in mein Zimmer, die Hausdame schlüpft ungefragt hinterher.

„Everything okay?", fragt der Polizist mit sehr deutlichem spanischen Akzent.

„What do you want?", will ich wissen.

„Coming to car. Everything okay, Señor.", meint er knapp. Dabei zeigt er auf die Zimmertür. Seine Gesten sind klar, man möchte mich mitnehmen.

Beim Anblick der Damenklamotten auf meinem Bett dreht die Hausdame noch einmal richtig auf. Sie brüllt wieder was mit „Ralla ralla ... infierno ...", da müsse ich wohl hin. Infierno kenne ich aus meinem Pilgerführer: Das heißt „Hölle".

„Da muss ich nicht mehr hin, da bin ich schon!", brülle ich verhalten zurück.

Mit „Silencio, everything okay, Señor!", beendet der total unaufgeregte Polizist meinen kurz aufwallenden Widerstand. Er scheint die Aufregung der Hausdame wohl auch nicht so recht zu verstehen und macht den Eindruck, als wolle er nur seinen Dienst erledigen.

Nackt kann ich das Zimmer nicht verlassen, gebe ich dem im Grunde freundlichen Polizisten mit Gesten zu verstehen. Der nimmt das schwarze Panty-Damenschlüpfer-Dings von meinem Bett und fuchtelt mir damit grinsend vor der Nase rum und sagt: „Everything okay, Señor."

Die begreifen nix hier, was heißt denn ‚vertauscht' auf Spanisch, verdammt?!

„Den Schlübber soll ich anziehen?!" Die müssen glauben, dass ich hier als Transvestit unterwegs bin. Aber es macht keinen Sinn, sich zu weigern, der Herr Polizist wird langsam ungeduldig.

Grimmig greife ich mir den schwarzen Spitzenschlübber, die Hausdame geht raus, ich dreh mich um und zieh das Ding an. Das Teil passt zu meiner Überraschung auch noch halbwegs, was natürlich wiederum hervorragend in die Vorstellungswelt meiner neuen spanischen Freunde passt. Auch eine kurze braune Hose und das gelbe Shirt passen. Nur hat das Shirt vorne lustige Ausbuchtungen, die schwer an meiner Eitelkeit nagen.

Der Polizist ist zufrieden, sammelt das Portemonnaie mit meinen Dokumenten vom Bett: „Everything okay Señor, comming to car."

Ich folge ohne weitere Diskussion mit gesenktem Haupt.

Vor der Tür stehen meine Wanderschuhe. Ich schlüpfe mit nackten Füßen hinein und folge in den Polizeiwagen. *Mir ist jetzt sowieso alles egal.*

Auf dem Rücksitz des kleinen Polizeifahrzeugs der Policia Local sehe ich die Landschaft vorbeiziehen, die ich jetzt gar nicht mehr so klasse finde, wie noch vorhin.

Warum gerate ich armer Tropf eigentlich immer an Beates Eigentum?

Die Polizeiwache befindet sich in Villafranca del Bierzo. Dort setzt man mich in ein Büro mit großem Tisch und gibt mir zu verstehen, dass ich warten soll.

Meine emotionale Rettung heißt Marcelino. Ein Banker, den man aus seinem Büro geholt hat. Er betritt, in Begleitung eines Zivil-Polizisten und einer Dame mit Schreibblock, meinen unangenehmen Wartebereich.

Marcelino ist kurzfristig als Dolmetscher angeheuert worden. *Endlich jemand, der mich versteht!*

Beim Anblick der Ausbuchtungen an meinem Shirt fragt Marcelino: „Sind Sie irgendwo hängen geblieben?"

„Äh, nee mit dem Shirt nicht, aber ..."

Er unterbricht mich und erklärt mir erst einmal, dass der Herr Zivil-Polizist für mich zuständig sei; die Dame mit dem Block werde meine Aussage protokollieren. Die Anschuldigung lautet auf sittenwidriges Verhalten. Auf dem Camino bestimmt ein schweres Vergehen! Alle drei setzen sich zu mir an den Tisch.

Marcelino beginnt: „Frau Luengo aus dem Hotel hat Anzeige gegen Sie erstattet. Mir ist schon klar, dass die Situation etwas übertrieben erscheint, aber die Polizei ist verpflichtet, das zu bearbeiten Wir nehmen hier nur Ihre Aussage auf, danach können Sie sicher gleich gehen. Also, Sie haben das Recht ..."

Gedemütigt unterbreche ich Marcelinos Hinweise.

„Señor! Dürfte ich mal kurz erklären, wie es dazu gekommen ist? Hier scheint es ein außerordentliches Missverständnis zu geben."

Ich darf mich erklären. Ausführlich sogar. Ich beginne meine Geschichte mit dem natürlich absolut fahrlässigen Übersteigen des Zauns an der Kuhweide.

Marcelino übersetzt den Polizisten gelassen meine Worte. Die Dame kritzelt in Steno mit.

Meine Erzählung erreicht die Situation im Restaurant, wo ich auf Beate und Martin traf und mich beunruhigt etwas, dass der Zivilbeamte inmitten meiner Ausführungen verschwindet. Doch er kommt nach wenigen Sekunden mit zwei Kollegen zurück. Anscheinend hat er die Tragweite des Geschehens bereits erfasst und braucht belastbare Zeugen, die meine Unschuld bestätigen werden. Die drei Polizisten stellen sich hinter mich.

In meinem Sichtfeld verbleiben mir gegenüber Marcelino und die Protokoll-Dame zwei Stühle links.

Bei der Beschreibung, wie ich den Rucksack entleere und die Damenklamotten entdecke, schaut Marcelino nur noch auf seinen Schoß, sodass ich sein Gesicht nicht mehr erkennen kann. Manchmal muss er husten oder so.

Als ich den unglücklichen Vorfall mit der Hausdame beschreibe, fällt der Protokoll-Dame eine Träne auf ihren Notizblock.

Hinter mir werden die Polizisten unruhiger, weil ich als Nächstes gestehe, dass ich einen Damenschlüpfer anziehen musste.

Die Protokolldame schreibt nicht mehr mit. Sie schaut nur auf ihren Block und wischt sich eine weitere Träne aus dem Gesicht!

Für eine Weile ist es ganz ruhig, bis Marcelino vor Lachen platzt.

Auch die Protokoll-Dame lacht laut und verlässt das Büro.

Hinter mir brüllen die Polizisten irgendein „Ralla ralla …" mit pfeifendem Gelächter.

„Bin ich jetzt frei?", will ich unsicher von Marcelino wissen.

Marcelino wechselt wenige Worte mit dem Zivilpolizisten: „Ja, Herr Richardson, Sie können gehen."

„Bitte fragen Sie doch mal, ob der Herr Polizist mich zurück in mein Hotel fahren kann. Der sollte dort auch klarstellen, wie es zu der Situation kam! Sonst habe ich Bedenken, dass ich für heute keine Herberge mehr habe. Mir ist wirklich nicht danach, die Nacht als Obdachloser in Frauenklamotten im Wald zu verbringen."

Wieder übersetzt Marcelino; man gibt mir zu verstehen, dass man mir, soweit es geht, helfen wird.

„Sie müssen aber noch warten, bis Inspektor Luengo zurück ist. Den kennen sie ja schon."

„Luengo? So heißt doch auch die alte Dame aus dem Hotel. Sind die verwandt?"

„Inspektor Luengo ist der Sohn von Frau Betina Luengo."

„Dann ist mir klar, warum der so schnell da war", murmele ich Marcelino hinterher, der das Büro verlässt.

Hin und wieder dringt noch Gelächter von draußen zu mir. Nach einem besonders langen und lauten Gelächter und viel Spanischen „Ralla ralla ..." steht Inspektor Luengo an meinem Verhörtisch.

„Everything okay Señor, coming to car", er bedeutet mir freundlich, dass er mich jetzt zurück zum Hotel fahren will.

Da im Stehen meine hübsche, weibische Wander-Kleidung in ganzer Pracht zu sehen ist, feixt sich mein Streifenpolizist wieder eins.

Vor meinem Hotel steht die Dame, die ich von der Rezeption kenne. Neben ihr wartet die alte Hausdame, Señora Luengo.

Nach einer Erklärung durch den Polizisten entspannen sich die Gesichter bis hin zu einer mitleidigen Schadenfreude. Die ältere Hausdame winkt im Gespräch immer wieder ab.

Nachdem die Situation grundlegend erklärt und befriedet ist, sagt die Dame von der Rezeption: „Kommen Sie mit rein! Wir haben das Zimmer noch nicht wieder betreten. Frau Luengo meinte, wir sollten warten, bis die Spurensicherung da war. Das wird ja wohl nicht mehr nötig sein. Tut mir leid, dass sie die Polizei gerufen hat." Sie legt mir ihren Arm auf den Rücken und schiebt mich sanft vor.

Endlich komme ich dazu, die Frage zu stellen, die ich schon vor zwei Stunden bezüglich der Ersatzklamotten hätte stellen wollen. Aber man ist hier nicht im Besitz von Männer-Klamotten, die man entbehren könnte, und einen Laden gibt es hier auch nicht.

„Und was mache ich jetzt?", grübele ich.

„Die Sachen, die Sie anhaben, sehen doch so schlecht nicht aus. Bis morgen wird das wohl reichen. Hier sieht Sie doch fast keiner", meint sie. „Und wenn schon, Männern wird es kaum auffallen, dass sie eine Frauenhose anhaben. Nur das Shirt sollten Sie tauschen."

Ehrlich gesagt, sind mir Shirt und Hose mittlerweile fast egal. Aber der olle Damenschlüpfer kneift an Stellen, wo er nicht sollte.

Auf meinem Zimmer durchwühle ich den Rucksack und finde noch ein Picket-Shirt, das mir leidlich passt und nur kleine „Ausbuchtungen" hat. Es kneift etwas in den Achseln, aber die Länge ist okay. Eine bequeme Alternative zum Panty Schlübber kann ich nicht finden.

Vor dem Spiegel der Kleiderschranktür drehe ich mich ein paar Mal hin und her. Die kurze Hose sitzt oben recht gut. Doch sind die Hosenbeine ungewohnt kurz und enden deutlich oberhalb der behaarten Knie. Von hinten zieht die Hosennaht einen deutlichen Strich durch mein Gesäß (Arsch frisst Hose). Das Panty Schlübberteil bleibt mein Geheimnis. Es handelt sich hier um eine Pilger-Ausnamesituation. Damit muss ich einfach mal klarkommen.

Hunger und die Sehnsucht, meinen Verstand zu betäuben, treiben mich nach unten auf die Terrasse des Hotels.

Die Dame an der Rezeption gibt mir im Vorbeigehen schon mal ein gutes Gefühl: „Na also Herr Richardson, so geht's doch." Und natürlich vergisst sie nicht, auf ihren Umsatz zu achten, und bemerkt noch: „Zum Essen gehen Sie gerne auf die Terrasse. Ich lasse Ihnen gleich die Karte bringen."

Obwohl von der Rezeption aufgemuntert, fühle ich mich unwohl. Auf der Terrasse rutsche ich schnell in einen Korbsessel und schwöre, dass ich hier bleibe, bis es dunkel wird.

Der Restaurantbetreiber empfiehlt mir Fisch. Fünf Minuten später kommt der zugehörige Wein. Ein halbes Glas davon nehme ich auf ex zu mir. Dazu bestelle ich mir Orujo de Hierbas, eine galicische Liquor Spezialität, „aber grande, por favor[5]".

Von meinem sonnigen Terrassen-Platz aus kann ich direkt auf die Weide sehen, auf der noch immer die beiden Kühe stehen und mich hypnotisch anglotzen. Irgendwie mag ich diese Tiere gerade nicht.

---

[5] „Aber bitte einen Großen!"

Der Fisch ist lecker, so wie der Wein, der in einer Karaffe gereicht wurde. Eigentlich ist es noch zu früh, aber ich ordere zum Nachtisch einen Gin Tonic, „aber grande, por favor", und noch einen Wein. Mit erweitertem Bewusstsein widme ich mich meinem E-Book und lese im Sonnenuntergang meditativ immer wieder die gleiche Stelle, ohne sie zu verstehen.

„Hallo Simon", höre ich einen Gruß von hinten.
Tom setzt sich zu mir.
„Hallo, ich habe euch noch gar nicht gesehen, wann seit ihr denn gekommen?"
„So gegen fünf."
Hätte ich Tom früher angetroffen, hätte er mir evtl. mit Bekleidung aushelfen können. Jetzt ist es zu spät. Beates Sachen sind schon gebraucht und müssen von mir gewaschen werden. Zusätzlich Geliehene von Tom will ich nicht auch noch waschen. Ohnehin hat der Wein seine Dienste getan; ich finde das hier alles gar nicht mehr so schlimm.
„Kate kommt auch gleich. Wir hatten uns zum Essen verabredet. Willst du auch was?"
„Ich habe schon gegessen. Evtl. geht noch eine Kleinigkeit, aber sicher kein komplettes Pilgermenü."
Kate kommt wenige Minuten später; wir gehen zusammen in das noch leere Restaurant. „Hast du eine neue Hose?", fragt Kate auf dem Weg.
„Die trage ich schon seit Tagen. Meine Lieblingshose. Ist nur etwas heiß gewaschen", ist meine nicht so wirklich ernst gemeinte Antwort, und sie bemerkt es.
Am Tisch erzähle ich von meinem glorreichen Tag. Tom und Kate finden die Geschichte ganz hervorragend. Für einen geselligen Abend genau das Richtige. Den Rest

meines Weins verteile ich unter uns dreien, dann bestellen wir Neuen, diesmal in einer Flasche. Kate und Tom bekommen ihr Essen, ich neuen Wein und Wasser. Mütterlich steckt mir Kate ab und an etwas von ihrem Essen in den Mund.

Körber betritt überraschend das Restaurant, gefolgt von Jens. *Wann sind die denn hier angekommen?* Beide lächeln freundlich und setzen sich mit einem ungewohnt distanzierten „Hallo" einige Tische entfernt von uns. Gerade bei Körber fällt das auf! Ich bin es gewohnt, dass er schon beim Betreten des Restaurants wenigstens eine laute Begrüßung durch den Raum schmettert. Doch heute sagt er nichts, nur ein freundliches Hallo.

Ich bin auch froh, dass Körber nicht zu uns an den Tisch gekommen ist. Will gar nicht wissen, was für blöde Sprüche ihm zu meinem Missgeschick eingefallen wären. Aber dann hätte ich auch noch welche zu seiner Schnapsprobe in Ponferrada gehabt.

Als Snack werden uns irgendwann deutsche Gummibärchen auf den Tisch gestellt. Das habe ich in Spanien auch noch nicht erlebt. Die sonst üblichen Oliven oder Nüsse wären mir lieber gewesen.

Irgendwann ist meine Blase zum Platzen gefüllt; ich muss dringend was dagegen unternehmen. Lange habe ich versucht, das aufzuhalten, aber es geht nicht mehr. Kaum dass ich aufgestanden bin, machen sich Tom und Kate lustig über mich, denn ein ordentlicher Schwips macht mir, motorisch gesehen, den Weg zur Toilette nicht einfach. *Aber das ist mir gerade so was von egal!*

Am Urinal muss ich die Hose vorne vollständig öffnen da diese ungewohnt geschnitten ist. Ich drücke das „Panty-Teil" vorne runter und lass es laufen. Endlich! Dann wieder rein mit dem Kram. Dabei verfangen sich einige Haare an dem Glitzersteinchen des Panty Schlübbers. Meine Geduld und Feinmotorik sind am Ende. Ein Ruck soll entweder das Steinchen vom Stoff oder die Haare vom Körper trennen. Es ist nicht der Stein, der sich löst.

Stinksauer stapfe ich zurück an meinen Tisch und rufe den Kellner, dass er mir noch einen ordentlichen Gin Tonic bringt. Der Wein ist auch leer, also auch noch eine Flasche davon bitte.

„Was ist denn mir dir los?", staunt Kate.

„Keine Fragen bitte!" Beim letzten Satz fiel mir auf, dass ich schon ordentlich lalle. Damit das hier nicht noch peinlicher wird, trinke ich zügig meinen Gin und frage in die Runde ob es okay ist, wenn ich mich mit der halbvollen Flasche Wein auf mein Zimmer zurückziehe.

„Nimm die mit. Anscheinend brauchst du sie dringender als wir.", meint Tom

So eiere ich in meinen Weiberklamotten und dem Weinbuddel in der Hand auf mein Zimmer, wo ich mich bis auf das Panty Schlübber-Ding ausziehe.

Für den Wein brauche ich kein Glas mehr. Beim Ansetzen der Flasche fällt mein Blick in den Spiegel. Ich muss feststellen, so ein Panty-Teil steht mir irgendwie. Ob es dazu auch noch einen passenden BH gibt?

Mitten in der Nacht werde ich noch einmal wach und bemerke im Halbschlaf, dass ich in meiner rechten Hand ein weiches Gummibärchen halte. Das gute Stück Heimat stecke ich mir in den Mund. Aber nach zweimaligem Kauen schmeckt das Teil total widerlich. Irgendwie bitter; ich spucke es schlaff neben mein Bett.

O Cebreiro

Das Handy klingelt. Widerwillig öffne ich die Augen. Sehr vorsichtig hebe ich den hämmernden Kopf. Es dauert vier weitere Klingeltöne, bis ich unsicher tastend das Handy gefunden und abgenommen habe.

Das Display zeigt 09:38, den Namen „Andrea" und das Bild meiner Frau. *Sicher will sie wissen, warum ich gestern meine Wasserstandsmeldung bei ihr versäumt habe.*

Mein Kleiderschrankspiegel zeigt einen nach vorne gekrümmten Pilger, der schlapp auf der Bettkante sitzt. Der rechte Ellenbogen stützt sich auf das Knie, und mit der Hand stützt er den Kopf. Mit der Linken drückt er ein Handy an sein Ohr. Verschwitztes Rest-Haar umgibt sein Haupt, die Augen sind nur halb geöffnet. Die rechte Wange ziert ein Abdruck, welcher zum spitzenbesetzten Träger des BHs passt, der noch auf dem Kopfkissen liegt. Am Panty Schlübber glitzert ein Steinchen, geschmückt mit einzelnen Haaren.

Mein gesenkter Blick entdeckt einen angekauten Wachs-Ohrenstöpsel auf dem Boden. In der Nacht hatte ich ihn noch für ein Gummibärchen gehalten. Mir ist leicht übel.

„Guten Morgen, Andrea", hauche ich mit tiefer, matter Stimme in das Telefon.

„Guten Morgen, Simon. Na, geht's wieder?"

„So lala. Tut mir leid, dass ich mich gestern nicht gemeldet habe."

„Warum? Wir haben doch telefoniert."

Ich bin überrascht: „Ja?"

„Deswegen rufe ich an. Ich habe mir Sorgen gemacht."

„Wieso?"

„Ich würde mal sagen, du warst knallvoll und hast mir wirres Zeug erzählt."

„Aha, was denn?"

„Du würdest jetzt entweder nackt oder in Frauenklamotten rumlaufen. Man hätte dich sogar vorübergehend verhaftet. Der Tag wäre die reinste Hölle gewesen. Das hörte sich nach einer Mischung aus überzogener Verzweiflung und einer Menge Selbstmitleid an."

Langsam fällt mir alles wieder ein: „Gott, ja!", stöhne ich mit leiser Verzweiflung in das Telefon. „Das mit der Hölle ist etwas übertrieben. Aber des Teufels Frau arbeitet hier im Hotel."

Andrea muss lachen: „Das hört sich nicht gut an. Möchtest du nach Hause kommen?"

„Wenn Beamen erfunden wäre, säße ich schon bei dir im Garten. Ich kann hier aber erst weg, wenn ich meinen Rucksack wieder habe."

„Wurde der geklaut?"

„Aha! Das Beste weißt du wohl noch gar nicht: Beate hat meinen Rucksack mit ihrem vertauscht. Die läuft jetzt mit meinem rum, und ich habe ihren."

„Simon!", klingt es warnend aus dem Telefon. „Simon! Wer ist Beate?"

„Kennste nicht."

„Mach keinen Mist!"

„Entspann dich! Beate ist hier mit ihrem Mann, und sie hat den gleichen Rucksack wie ich. Gestern hat sie mit Martin eine Gaststätte etwas übereilt verlassen. Ich bin mir ziemlich sicher, dass SIE den falschen Rucksack mitgenommen hat."

„Was hast du denn jetzt vor?"

„Duschen."

„Blödmann! Sag schon, wie kommst du wieder an deinen Rucksack?"

„Der kann so weit nicht sein. Wir laufen ja alle im ähnlichen Tempo."

„Und wenn nicht?"

„Dann muss ich sehen, dass ich schnellstens in einen größeren Ort komme, in dem man Klamotten kaufen kann. Ich habe aber noch Hoffnung, dass ich meinen Rucksack wiederfinde".

„Ach deswegen meintest du gestern Abend, dass du nackt oder in Frauenklamotten rumlaufen willst. Hast du denn nichts eigenes mehr?"

„Doch, doch, etwas habe ich ja noch. Nur muss ich was zum Wechseln haben. Wir sollten später noch einmal telefonieren, wenn ich Martin und Beate finden will, wird es Zeit, dass ich mich auf den Weg mache."

„Na gut, dann wünsch ich dir viel Erfolg bei deiner Suche!"

„Ich melde mich, wenn ich was Neues habe."

Mit einem Handtuch um die Hüften stiefele ich matt die Treppe runter, um mir meine Wäsche an der Rezeption abzuholen. Lächelnd steht da die Dame und wünscht mir einen guten Morgen. „Ich wollte die Sachen auf Ihr Zimmer bringen, aber da hat keiner geöffnet."

„Ich war noch nicht richtig wach, aber vielen Dank." Die Dame reicht mir einen Beutel mit meinen sauberen, wohl riechenden Sachen über die kleine Rezeption. *Jubel, meine Sachen sind da!*

Auf dem Weg zu meinem Zimmer überlege ich, was die wohl für ein Gesicht gemacht hätte, wenn ich ihr in dem Panty-Ding und mit BH die Tür geöffnet hätte.

Es ist herrlich, wieder die eigenen Sachen anziehen zu können. Beates Schlüpfer stecke ich in ein Extrafach im Rucksack.

Nach dem Packen hole ich mir Frühstück „to go" aus dem Frühstücksraum. Feste Nahrung im gewohnten Umfang funktioniert noch nicht. An der Rezeption begleiche ich meine Schuld; die Dame wünscht mir alles Gute: „Ich hoffe, Sie bekommen Ihren Rucksack wieder."

„Das will ich doch hoffen! Für den Fall, dass hier ein Pärchen wegen eines vertauschen Rucksacks nachfragt, gebe ich Ihnen noch meine Handynummer! Heute Abend bin ich in Triacastela."

Die Nummer schreibe ich auf einen kleinen Zettel und reiche ihn über die Rezeption.

„Ich rufe Sie an, wenn ich was höre", verspricht sie und wünscht mir einen „Buen Camino!".

Beate und Martin waren sich gestern nicht einig gewesen, wie weit sie gehen sollten. Wenn die fünf Kilometer hinter mir übernachtet haben, müssten sie mittlerweile ein Stück vor mir sein. Sind sie gestern weitergegangen, hole ich die heute nicht mehr ein. Bei meinem Glück wird es egal sein, was ich tue, es ist garantiert falsch.

Ich werde möglichst jeden Pilger, den ich treffe nach Beate und Martin befragen.

Die Ersten lassen nicht lange auf sich warten. Sie kennen die beiden, ich drücke ihnen meine Handynummer in die Hand, für den Fall, dass sie die Gesuchten sehen.

Mit Schmerzen im Kopf, müde und frustriert, laufe ich im Schatten den Camino. Das Fernweh, welches mich noch vor Tagen hierher getrieben hat, ist mittlerweile in Heimweh umgeschlagen.

Bis zum 1.306m hohen Gipfel des O Cebreiro geht es teilweise steil bergan. Der einsame und schmale Trampelpfad schlängelt sich an der Bergflanke entlang, durch Büsche und über Weiden immer weiter hinauf. Mein Schädel schmerzt mit zunehmender Anstrengung und Höhe. An dem Grenzstein zu Galizien gönne ich mir eine kurze Pause und bitte einen fremden Pilger, von mir ein Foto zu machen. Die letzte Provinz-Grenze ist überschritten. Hier wird mir plastisch klar, dass Santiago de Compostela nicht mehr weit ist, und es fühlt sich gut an.

Geschätzte fünfzehn Minuten später ist der Bergrücken des O Cebreiro erreicht, wo man sich unversehens in einem kleinen, sehr kommerziellen Nest wiederfindet. Eine Art galizisches Museumsdorf erwartet den Pilger. Es ist voller Touristen; überall werden Andenken angeboten. Die gut erhaltenen und restaurierten Natursteinhäuser geben ein wunderschönes Bild.

In der kleinen Kapelle lasse ich mir mein Credencial abstempeln und hinterlasse ein ordentliches Trinkgeld in der Hoffnung, dass man meine Gebete bevorzugt behandeln wird.

Heiliger Jakobus, wenn du mich mit deinem Weg versöhnen willst, dann schicke mir Beate mit meinem Rucksack vorbei.

Hinter dem Dorf fällt mir eine grasbewachsene Fläche mit Bänken auf, die dem erschöpften Pilger einen Ruheplatz anbietet. Der Camino geht rechts unterhalb der Grasfläche entlang. Ein weiterer Weg verläuft links und mündet in einen Wald am Gipfel. Das Gipfelkreuz thront über den Bäumen. Es ist nicht nur optisch, sondern auch strategisch ein idealer Ort, um sich auszuruhen und Pilger zu beobachten, die den Ort verlassen.

Ich bin alleine auf dem Rastplatz. Mein Rucksack steht neben der Bank, auf der ich jetzt sitze, den Rücken habe ich an die Tischplatte gelehnt und blicke mit ausgestreckten Beinen der Sonne entgegen. Mein Atem hat sich beruhigt, der Kopfscherz hat nachgelassen; eine meditative Ruhe kehrt ein.

Auf beiden Seiten des Bergrückens blickt man in die grünen Täler. Vereinzelnd finden sich Häuser in den bewaldeten Bergflanken und im Tal kleine Dörfer. Der Himmel ist hellblau, nur wenige Schönwetter-Wolken, die dunkle Punkte auf die grüne Landschaft zeichnen. Ich spüre den sanften Wind und schließe die Augen.

Musik aus den kleinen Ohrhörern meines Handys unterstreicht den Moment. Als Erstes wählt der Zufallsgenerator ein Stück von *Brahms, Piano Concerto No. 2 ... mit Hélène Grimmaud am Klavier*. Ein tragendes Lied, das vor meinem geistigen Auge die Berge noch größer, die Sonne noch heller, die Wälder noch grüner erscheinen lässt. Es nimmt mich mit auf eine Reise über den Camino der letzten Tage. Es gibt nur mich, die Musik und den weichen Wind, der mir stetig über das Gesicht streicht.

Nach achtzehn Minuten bin ich tiefenentspannt und das Stück zu Ende. Der Zufallsgenerator entscheidet, etwas aus den aktuellen Charts zu spielen: Family of the Year mit dem Titel „Hero".

Let me go – I don't wanna be your hero – I don't wanna be a big man – Just wanna fight like everyone else ...[6]

Das Lied erzählt vom Wunsch oder gar der Sehnsucht, einfach zu sein; sein eigenes Durchschnittsleben zu leben,

---

[6] „Lass mich gehen – ich möchte nicht dein Held sein – ich möchte kein wichtiger Mann sein – ich möchte sein wie jeder andere ..."

ohne irgendwem etwas beweisen zu müssen. Es reflektiert meine Situation. Alles, was ich gerade besitze, trage ich am Körper. Oder es befindet sich in einem Rucksack, den ich hoffentlich bald wiederfinde, aber in diesem Moment brauche ich nichts weiter. Was könnte passender sein? *Es ist zum Niederknien.*

Meine Augen wandern über die Bergkämme. Ich versuche, den Camino in der Ferne zu erahnen; denke an die Menschen, die ich kennengelernt habe, und an meine kleinen Abenteuer. Mir fällt Arnold ein, dem es hoffentlich gelingen wird, im nächsten Jahr seinen Camino zu beenden. Und die bezaubernde Beate, die hoffentlich in der Nähe ist.

Vor mir sollte jetzt das brausende Orchester stehen, welches mir ein akustisches Bad in Brahms gewährt. Und Family oft the Year sollte Hero spielen, mich mit ihrer Lyrik umarmen. Über die Berge und durch die Täler müsste der Klang rollen. Und meine Frau Andrea sollte jetzt bei mir sein, mit mir in die Ferne blicken und dieses unglaubliche Schauspiel erleben. Ihre Hand möchte ich spüren, ihr durch das Haar streichen und sie fest im Arm halten.

Andrea! Die mich mit verhaltenem Protest diesen Weg gehen ließ. Die mir vor wenigen Tagen an der Tür mit einem gezwungenen Lächeln alles Gute wünschte. Nicht, weil sie mir es nicht gönnte, sondern weil sie wusste, dass sie mich vermissen würde. Meine Frau, die ich in meiner Phantasie in den letzten Tagen mehrfach mit Beate betrogen habe.

Gerade noch war mein etabliertes Leben so weit weg von hier. Doch mir wird bewusst, dass ich bald dahin zurück will; weil ich dort zufrieden bin; weil dort die Menschen sind, die ich liebe. Der Camino wird schon in einigen Tagen eine schöne Erinnerung sein; das große Ganze wartet auf mich zu Hause.

Könnte ich Emotionen in Flaschen abfüllen, ich hielte jetzt einen sehr kostbaren Jahrgang in den Händen.

Wiedersehen

Jens kommt den Hang herauf, ohne Körber. Meine Ruhe ist dahin, doch es ist gut so. In der letzten halben Stunde habe ich zurückgefunden zu dem, was mir im Leben wichtig ist. Meine morgendliche Wehmut ist umgeschlagen in Zuversicht und Tatendran. Trotz Kopfschmerzen und einem Körper, der unter Alkohol und Fußmarsch gelitten hat.

Meine Pause war ohnehin lang genug; ich muss bald aufbrechen, wenn ich heute noch in Triacastela ankommen und nebenbei meinen Rucksack finden will.

Jens grüßt mich mit einem lauten „Hallo Simon!". Aus dem stillen Weggefährten von Körber ist mittlerweile ein gesprächiger Kerl geworden; er ist bestens zufrieden.

„Hallo Jens, was machen die Beine?"

„War anstrengend hier rauf. Aber es ist wirklich schön, hat sich gelohnt. Bist du schon lange da?"

„Schon eine halbe Stunde, denke ich. Habe noch etwas Kopfschmerzen von gestern."

„Was hast du denn gestern gefeiert? Habe dich beim Essen gesehen."

„Es gab nichts zu feiern, eher was zum Vergessen. Hast du Beate und Martin gesehen?"

„Die haben mich heute Morgen auf ihrem Weg nach Triacastela überholt und hatten es recht eilig. Die haben mich auch gefragt, wo du bist."

„Ein Glück! Bis Tricastela will ich auch ..."

Jens erkläre ich, warum ich die beiden suche. Sehr mitfühlend bedauert er mich und findet die Situation schrecklich. Apropos schrecklich ...

„Wo hast du denn Körber gelassen?", frage ich ihn.

„Der wird schon in Triacastela sein." Dabei lächelt er geheimnisvoll.

„Das kann nicht sein, da muss der ja geflogen sein."

„Geflogen nicht, aber gefahren." Offenbart mir Jens „Körber hat sich ein Taxi genommen. Die Berge sind ihm zu anstrengend."

Es überrascht mich nicht wirklich: „Kann es sein, dass er schon öfter ein Taxi genommen hat? Neulich in Ponferrada war der so fit, dass ich es nicht glauben konnte."

„Hat er. Er wird es nicht zugeben, aber sei sicher, dass er das hat."

Ich kann nicht verstehen, dass Körber so ein Geheimnis daraus macht. Ist doch okay, wenn man mal nicht mehr kann.

Jens ist der einzige, der Körber versteht. Keiner sonst kommt mit ihm so klar. „Ihr habt euch ja gut angefreundet, Körber und du", stelle ich fest.

„Das stimmt, aber ich hatte auch meinen Stress mit ihm. Gestern Abend habe ich ihm meine Meinung gesagt. Habe doch keinen Bock, dem ständig hinterherzulaufen und den Hampelmann zu spielen. Körber kann ein netter Mensch sein, wenn man weiß, wie er tickt. Nur hat er ein übersteigertes Geltungsbedürfnis. Manchmal begreift er auch gar nicht, was er da tut, oder er begreift es erst sehr spät …"

Ich frage mich, warum Jens sich eine solche Mühe mit einem Menschen macht, der allem Anschein nach so ziemlich jeden verachtet?

Er erzählt weiter: „In einer Gruppe kann Körber schon anstrengend sein, aber ist man mit ihm alleine, ist er echt ein guter Kumpel. Du musst es nur ausprobieren."

Will ich aber nicht, denke ich mir und will stattdessen lieber mehr über Jens wissen. „Wie war denn das eigentlich mit deiner Frau? Warum habt ihr euch getrennt?"

Jens' Heiterkeit ist verflogen. Er schaut über die Wiese zwei Pilgern nach: „Wir haben uns nach drei Jahren getrennt. Die letzten Monate waren für mich nicht zu ertragen gewesen."

Seine Frau Gundula hatte er schon nach wenigen Monaten geheiratet. Sie war in jeder Weise erfahren und kam aus einer langjährigen Beziehung. Jens dagegen war noch nie in einer längeren Partnerschaft gewesen, aber er hatte Sehnsucht danach.

„Na ja", sinniert er, „dann gab es bei uns ein Problem mit häuslicher Gewalt."

Ich falle fast von der Bank! Entschuldigung, aber Jens ist ein Schwächling. Überrascht reiße ich die Augen auf und schau ihn an „Was!? Das hätte ich dir gar nicht zugetraut!"

„Doch! Wir haben es nicht in den Griff bekommen. Vor drei Monaten ist es voll eskaliert."

Mit mitfühlender Stimme kann ich ahnen, was kommt „Da hat sie dich dann verlassen, richtig?"

Jens mit fester Stimme: „Nein! Ich sie! Ich bin direkt aus dem Krankenhaus zu meinem Bruder gezogen."

„!?"

Jens, der devote Typ, war mit einer Domina zusammen?

Ja, diese Seite von Gundula kennenzulernen, war für Jens eine Offenbarung. Er mochte den Schmerz zunächst. Später jedoch wurde Gundula so brutal, dass Jens es nicht mehr aushalten konnte. Das wiederum machte sie fürchterlich sauer und stachelte sie nur noch mehr an.

An einem Wochenende stellte er in der Küche fest, dass Gundula ihm körperlich deutlich überlegen war. Das Ende seiner geraden Nase war auch das Ende seiner Beziehung.

„Wenn 140 kg Lebendgewicht auf dich zurollen, hast du keine Chance!"

Genug gehört. Wir packen unsere Sachen und brechen auf Richtung Triacastela. Es sind noch über zwanzig Kilometer durch Wälder und vorbei an Kuhweiden. Ein ständiges Auf und Ab bis zum Alto de Poio. Danach folgt der lange Abstieg auf breiten Straßen und teilweise engen Trampelpfaden.

Einige Kilometer vor unserem Tagessziel machen wir Rast an einer kleinen Bar. Nach einer Apfelschorle und einem Müslirigel komme ich kaum mehr aus dem Stuhl. Mein Körper leidet nach wie vor unter einer schlimmen Form von Restalkohol. „Jens", ächze ich leidend, „ich gehe nicht weiter, ich bestelle mir ein Taxi."

„So schlimm?"

„Ja! Wenn du mitfahren willst, würde es mich freuen, aber ich laufe nicht weiter."

Jens mag nicht mit dem Taxi fahren. Er nimmt seinen Rucksack und verabschiedet sich „Wir sehen uns in Tricastella. Buen Camino, Simon."

Ich erinnere ihn noch schnell daran, dass er auf dem Weg nach Beate und Martin Ausschau hält, dann ist er verschwunden.

Eine stark übergewichtige Frau quält sich aus dem Sitz des dunklen Fünfer-BMW-Taxis und hilft mir, den Rucksack in den Kofferraum zu verfrachten.

Ich lasse mich in den Beifahrersitz fallen; sie quetscht sich zurück auf den Fahrersitz zwischen Lenker und Rückenlehne.

Die geteerte Straße ist stark abschüssig, nach und nach beschleunigt der Wagen; die Fahrerin macht keine Anstalten, mal auf die Bremse zu treten. Wir rasen durch die engen Kurven der Serpentinen. Die Fliehkraft wirft mich mal links, mal rechts in die Seitenwangen der Rückenlehne.

Bei den abrupten Lenkbewegungen meiner Fahrerin scheuert der untere Teil des Lenkrades immer wieder über ihr buntes Blümchen-Oberteil aus Kunstfaser und zieht es dabei Stück für Stück höher, bis irgendwann ein Teil, und ich muss es jetzt mal so brutal schreiben, ihrer Fettschürze freiliegt.

Nach vorne schau ich schon lange nicht mehr, nach links mittlerweile auch nicht, nur noch aus dem rechten Seitenfenster. Dabei suche ich gewohnt erfolglos die Gegend nach Beate und Martin ab.

Nach fünfzehn Minuten bin ich froh, mein Hostal heil erreicht zu haben. Den vertauschen Rucksack lege ich auf mein Zimmer und suche nach dem Duschen im Ort nach Beate und Martin.

In einem Restaurant finde ich Körber, der einen Teller Fleisch isst. „Hallo Körber, auch schon da?" *Ja, ja, blöde, rhetorische Frage, ich weiß.*

„Habe heute wieder so richtig Gas gegeben.", meint er.

Ich weiß, dass er hat Gas geben lassen und nicht selber Gas gegeben hat, will aber Jens nicht in Schwierigkeiten bringen, daher halte ich meinen Mund zu dem Thema.

„Hast du Beate und Martin gesehen?"

„Nö. Ist das wichtig?"

„Ja, sogar sehr. Wenn du die sehen solltest, dann sag denen bitte, dass ich später hier im Restaurant bin, okay?"
„Is' gut. Mach ich."

Die Fundamente der Kirche von Tricastella reichen bis in das 12. Jahrhundert. Ein alter ziemlich ungepflegter Friedhof umfasst das Gebäude. Es ist kurz vor achtzehn Uhr, ein Zettel an der Kirchentür weist darauf hin, dass die Pilgermesse um 18:00 Uhr, also in zehn Minuten, beginnt.

Pilgermessen sollen manchmal recht unterhaltsam sein; da ich nichts weiter zu tun habe, betrete ich durch die große Eingangstür die kleine Kirche. Drinnen sitzen verstreut ca. dreißig Pilger. Der Pastor steht bereits am Altar und wirkt auf Spanisch und offensichtlich mit viel Humor auf die Pilger ein, damit sie sich doch bitte weiter nach vorne in die ersten Bänke setzen.

Nach einer kleinen Pause gibt es anscheinend weiteren Diskussionsbedarf, denn schon wieder redet der Pastor humorvoll auf einzelne Pilger ein.

Andere Gläubige unterstützen ihn dabei.

Nach und nach geben sich vier Pilger geschlagen und nehmen auf den Bänken Platz, die neben dem Altar aufgestellt sind.

Der Pastor und seine Unterstützer lachen vor Schadenfreude, die Geschlagenen lachen aber ebenfalls.

Es wird schon wieder laut. Aus dem spanischen „Ralla ralla" verstehe ich „Aleman", also „Deutscher".

Ein freundlicher Herr neben mir zeigt mit dem Finger auf mich.

Das Gelächter geht wieder los, und unversehens sitze auch ich neben dem Altar.

Zunächst unwissend, was ich hier soll, wird mir zum Zeitpunkt der Lesung ein Zettel mit deutschem Text in die Hand gedrückt. Es ist die Geschichte der Emmaus Brüder. Ich trete an das Mikrophon und lese den Text vor, den ich schon oft gehört habe, der mir aber nie so nahe war:

„*... Brannte uns nicht das Herz in der Brust, als er (Jesus) unterwegs mit uns redete und uns den Sinn der Schrift erschloss?" (Lk 24,32)* ...

Meine Nachbarin liest den Text auf Englisch, dann kommt Italienisch, Spanisch, zuletzt Französisch.

Ich habe für meine Lieben gebetet und dafür, dass der liebe Gott mir bitte bitte meinen Rucksack wiedergibt.

Am Ende der Messe lese ich den Pilgersegen auf Deutsch vor, danach erfolgt der Segen in den verbleibenden Sprachen. Wir Lektoren nehmen uns alle in den Arm und gehen dann unserer Wege.

Schön war's; außerdem bin ich beim Verlassen der Kirche irgendwie zuversichtlich, dass ich noch heute meine getragene Wäsche gegen frische aus meinem Besitz tauschen kann, also meinen Rucksack wiederbekomme.

Durch die belebte Straße schlendere ich zu dem Restaurant runter, in dem ich Körber vorhin antraf. Meine Gebete scheinen dem lieben Gott per Express zugestellt worden zu sein. Am Tisch, gegenüber von Körber, sitzt jetzt Martin. Beate steht hinter ihrem Mann mit „meinem" Rucksack auf dem Rücken.

Sie erkennt mich auch als Erste, als ich den Vorplatz des Restaurants betrete. Ihr Gesicht wird zunächst rot, dann fängt sie verschämt an, unter Tränen zu schluchzen.

Mit ehrlicher Freude und etwas Ironie in der Stimme nehme ich sie fest in die Arme: „Ihr könnt euch nicht vorstellen, wie ich mich freue, euch zu sehen! Mensch Beate, seit Burgos muss ich ständig nach dir suchen."

Leise schluchzend bedauert sie: „Wirklich Simon, es tut mir so leid."

Meine Arme haben sie und besonders „meinen" Rucksack fest umschlungen.

Auch sie drückt sich an mich, ihre flache Hand fährt mir heimlich über den Rücken. Den Kopf legt sie an meine Schulter, dann dreht sie ihn und küsst flüchtig meinen Hals, bevor wir uns mit einem langen Blickkontakt voneinander trennen.

Ihr schönes Gesicht ist hochrot und voller Tränen.

Martin begrüßt mich mit einem frohen „Hallo" und lächelt mich an.

Beate fängt sich langsam. „Tut mir wirklich leid, dass ich deinen Rucksack mitgenommen habe!", wiederholt sie und schaut mich weiter mit ihren tränenvollen, mittlerweile aber lachenden Augen an. „Ich hab's echt nicht gesehen, weißt Du."

„Du warst wohl etwas zu aufgewühlt in dem Moment. Aber ich muss gestehen, ich habe es auch erst spät gemerkt."

Beate stellt den Rucksack ab, wir setzen uns zu Körber und Martin an den Tisch.

„Wann hast du denn kapiert, dass du den falschen Rucksack hast?", fragt mich Martin.

Den Dreien nehme ich das Versprechen ab, nicht gleich jedem zu verraten, was ich in den letzten 24 Stunden erlebt habe, und erzähle meine Geschichte.

Am Ende wischt sich Beate Tränen vom Lachen aus dem Gesicht: „Dann hast du meinen Schlüpfer getragen!"

„Und ein Poloshirt. Aber ich werde alles waschen oder dir was Neues kaufen."

Beate lacht laut und meint amüsiert: „Den Schlüpfer kannst du ersatzlos behalten. Nimm ihn gerne als Erinnerungsstück!"

„Super", unke ich, „da wird sich Andrea sicher freuen, wenn ich ihr den Panty-Schlübber einer fremden Frau zum Waschen gebe."

Beate hat ihren Irrtum erst in Las Herrerías bemerkt. Dort waren die beiden essen und immer noch unschlüssig, ob sie weiter bis La Faba gehen sollten. Als Beate sich Taschentücher aus dem Rucksack nehmen wollte, hat sie beim Griff in eine Außentasche des Rucksacks ein Schweizer Messer hervorgeholt, auf dem der Name Simon eingraviert war.

Zwischen dem Ort der Verwechslung und Las Herrerías liegen lediglich ein oder anderthalb Kilometer.

Martin erklärt: „Wir hatten Hoffnung, dass wir dich noch an der Gaststätte antreffen, und sind zurückgegangen. Aber die Raststätte war leer, als wir angekommen sind. Du hättest uns doch eigentlich entgegenkommen müssen."

„Ich bin an Las Herrerías vorbeigelaufen, weil ich die Abzweigung verpasst habe. Wo habt ihr denn übernachtet?"

„In der Bar, wo der Rucksack vertauscht wurde. Wir hatten Angst keinen oder nur einen schlechten Platz in einer Herberge von Las Herrerías zu bekommen, und du hättest ja auch die Verwechslung bemerken und zurückkommen können. Der Gastwirt hat uns ein Zimmer hergerichtet. Die Zweisamkeit tat uns ohnehin mal ganz gut."

„Ich finde, das muss gefeiert werden!", wobei ich mich nach einer Bedienung umschaue. Aus dem Augenwinkel erkenne ich dabei Kate und Tom, die das Restaurant passieren. Mit einer Hand winke ich ihnen auffällig zu und rufe: „Hallo, schaut, wen ich gefunden habe!" Wobei ich mit einer ausladenden Handbewegung Beate und Martin präsentiere.

„Glückwunsch!", brüllt Tom rüber und wiederholt meine Idee, als müsste es so sein: „Das muss doch gefeiert werden!"

Er zieht einen Tisch heran und lässt sich auf den Stuhl plumpsen. Kate setzt sich gegenüber.

Die beiden haben sich erst kurz vor Triacastela wiedergetroffen. Kate hat ein Zimmer in einem Hostal im kleinen Ortszentrum gebucht, Tom ist im gleichen Hostal wie ich eingecheckt. Beide sind schon fertig für das Abendessen und haben ordentlich Hunger.

„Klasse, ich habe auch Hunger!", sage ich.

Und Beate schlägt vor: „Lass uns erst meine Sachen holen, Simon, dann kann ich mich umziehen, und wir essen zusammen."

Sie dreht sich zu Martin, ohne meine Antwort abzuwarten, und bitte ihn: „Wartest du hier auf mich? Ich bringe den Rucksack mit Simon in die Herberge und ziehe mich um. Dauert nicht lange."

Martin will gerne warten.

Ich stehe sofort auf, schwinge mir meinen Rucksack auf den Rücken und verlasse zusammen mit Beate den Außenplatz des Restaurants.

Bis zu meinem Hostal sind es knapp fünf Minuten.

Beate geht so dicht neben mir, wie schon mal zuvor. Immer wieder berühren sich unsere Schultern, und wir schauen uns weiß Gott unschuldig in die Augen.

„Habt ihr euch wieder vertragen?", frage ich sie.

„Ach, das war nicht so schlimm, Simon. Wir streiten hin und wieder. Ist doch normal, oder?"

„Ja, klar", bestätige ich und denke mir: *Nein ist es nicht, und schon mal gar nicht in der Öffentlichkeit.*

„Martin kann so pingelig und unflexibel sein, und er besteht dann auf seinem Recht. Na ja, Schwamm drüber! Simon, ich bin so froh, dass ich dich wiedergetroffen habe. Ich hatte schon Angst, dass wir den Camino durch mein Verschulden hätten abbrechen müssen."

Und es ist ihr noch immer sichtlich unangenehm, dass auch ich solche Umstände hatte.

Der Eingang zum Hostal ist schmal; eine ebenso schmale Treppe führt in den ersten Stock hinauf, in dem sich mein Zimmer befindet.

Beate wartet nicht vor der Tür, sondern folgt mir auf das Zimmer, bis wir gemeinsam an meinem Bett stehen.

Jetzt hier mit Beate auf engen Raum alleine zu sein, ist das, was ich mir noch vor kurzer Zeit in meiner Phantasie gewünscht hätte. Es ist spannend, doch macht es mir mehr Angst, als ich gedacht hätte.

Kaum, dass ich meinen Rucksack abgestellt habe, berührt sie sanft meinen Rücken. „Ach Simon, es ist so schön, dich wiederzusehen."

Dem Zauber dieser Frau bin ich schlagartig erlegen und ziehe sie dicht zu mir. Meine Arme umschlingen ihre Hüften; ich drücke sie fest gegen meinen Körper. Wir schauen uns in die Augen. Ihre Hand wandert zärtlich über meinen Rücken bis in den Nacken. Plötzlich schiebt sie mein Shirt am Rücken hoch, streichelt meine nackte Haut. Nach Sekunden spüre ich ihre warmen Lippen auf den Meinen, dann kneift sie mir auch noch in den Po. In meinen Kopf höre ich Jens sein „Oh Gottogottogottogott!" murmeln.

Leidenschaft und Verstand ringen in mir um die Herrschaft über die Situation. Vor wenigen Stunden wünschte ich, mir oben auf dem O Cebreiro mit meiner Frau zusammen ein Lied von „family oft the year" zu hören. Fünf Minuten Fußmarsch von hier entfernt wartet Martin, der hofft, dass er die Frau wiederbekommt, die er erst vor wenigen Jahren geheiratet hat. Martin, der uns womöglich hierher gefolgt ist und vor dem Hostal lauert.

Neben der diffusen Angst tritt mir mein Gewissen vor das Schienbein. Ich löse mich aus der Umarmung, halte sie für einen Moment an den Schultern, schaue ihr in die Augen. „Wir hätten uns vor vielen Jahren kennenlernen sollen, Beate. Tut mir leid. Es ist besser, wir gehen zurück."

Jedes weitere Wort wäre nur lächerlich oder verletzend gewesen.

Wir schweigen einen Moment, dann lässt sie ihre Arme von meinen Hüften gleiten, nimmt ihren Rucksack und sagt: „Ja, du hast sicher recht. Es ist wohl besser, wenn ich gehe."

Sie nimmt etwas unglücklich ihren Rucksack und verlässt mein Zimmer.

„Beate!", rufe ich ihr hinterher. „Beate, warte!"

Sie hat sich eilig umgedreht und steht mit glänzenden Augen im Türrahmen „Ja, Simon! Soll ich doch noch bleiben?"

„Nein, es ist nur so, der Schlüpfer ist noch im Rucksack. Du hast gesagt, ich darf den behalten."

In frischen Sachen bin ich zurück zum Restaurant gelaufen. Beate ist noch nicht da, aber Jens ist dazu gestoßen. Er sitzt bei Körber am Kopfende und grüßt lächelnd mit „Gute Fahrt gehabt?".

„Die hatte ich, Jens. Danke der Nachfrage." Ich muss natürlich den Restlichen erklären, dass ich die letzten Kilometer mit dem Taxi gefahren bin. Ist mir egal, ich stehe dazu.

Ich setze mich zwischen Tom und Martin und damit weit weg von Körber.

Beate wird später garantiert am Kopfende bei ihrem Mann Platz nehmen, und ich bin grad unschlüssig, ob mir die Nähe gut tut.

Martin frohlockt: „Ich habe für uns eine Flasche Wein bestellt."

„Gute Idee!", lobe ich, obwohl ich gerade keinen Alkohol mehr sehen kann. „Beate wird auch gleich kommen. Sie ist mir ihrem Rucksack zur Herberge marschiert."

In frischen Klamotten und in bester Stimmung setzt Beate sich Minuten später auf den Platz am Kopfende, direkt neben mich.

„So, da bin ich in neuer Frische", sagt sie zu Martin und legt ihre Hand auf die ihres Mannes; beide lächeln sich an. Beate sucht sonst nur selten so intensiv die Nähe zu ihrem Mann.

„Ahhh!", stöhnt Beate, wie von einer schweren Last erlöst, „endlich wieder frische Klamotten! Ich will jetzt einen Wein. Wir haben was zu feiern."

Zusammen kauen wir noch einmal den Rucksacktausch durch, lachen viel und bestellen Essen zum Wein. Beate ignoriert mich soweit es ihr möglich ist; mich kränkt es ein wenig.

Gegen 21.30 Uhr kann ich ihre blendende Stimmung nicht mehr so gut ertragen; aber viel schlimmer ist, dass ich sterbensmüde bin und nur noch ins Bett will.

„So, ich verlasse euch", sage ich beim Aufstehen.

Körber tönt von seiner Seite: „Dann mal bis morgen, ich sach ma, da machen wir wieder ein Rennen durch die Berge, näh."

Dieser Heuchler! Der lässt sich hier heimlich mit dem Taxi durch die Gegend fahren und tut so, als wäre er der Spitzensportler unter den Pilgern.

Ich schaue ihn fordernd an: „Lass uns doch morgen alle zusammen gehen."

„Ich bin dabei!", jubelt Tom spontan.

Auch die andern wollen mit.

Nur Körber ist jetzt nicht mehr so vorlaut, sagt aber wie die Restlichen zu.

„Klasse, dann treffen wir uns alle um halb acht am Ortsausgang an der Hauptstraße", schlage ich vor.

Und ich lege noch einen nach: „Damit Körber uns nicht davonläuft, bin ich dafür, dass er ausnahmsweise auch mit Rucksack geht. Wie sieht's aus, Körber? Schaffst du das?"

Körber ist damit erst einmal nicht einverstanden, lässt sich aber nach einer Diskussion mit Jens auf den Deal ein.

„Super. Dann bis morgen um halb acht. Tschüss!"

Im Hostal falle ich nach der Abendtoilette auf meine Bettstatt, drücke mir die Ohrstöpsel in die Ohren und sinke in einen tiefen Schlaf.

Andrea schrieb ich zuvor im Internet.

„Habe meinen Rucksack wieder. Yippeee!! Beate und Martin habe ich hier in Triacastella gefunden. Alles wieder gut! Nur noch wenige Tage, ich freue mich auf mein Ziel Santiago!

Liebe Grüße, auch an meine Jungs. Euer Simon."

Radfahrer

Temperaturen um 16°C machen den morgendlichen Start auf die heutige Etappe sehr angenehm. Doch hätten wir lieber Sonne, statt grauen Himmel über uns. Eine geschlossene Wolkendecke liegt tief über dem Ort; die Luftfeuchtigkeit ist hoch. Aber wir sind in Galizien, da können wir froh sein, dass es nicht regnet.

Gedrungene Häuser, zum Teil alte Putzbauten mit deutlichem Investitionsstau, säumen unseren Weg durch den Ort. Dazwischen fast verfallene Häuser aus Schiefergestein, die von Bauzäunen geschützt, um ihre Statik ringen.

„Ob Körber wohl da ist?", frage ich Tom.

„Ich glaube das erst, wenn ich ihn sehe. Dem fehlt die richtige Motivation. Kannst dich ja um Körber kümmern, damit der auf dem Marsch nicht schlapp macht."

„Weg, Tom! Weg, nicht Marsch! Außerdem kümmert sich um den schon der Jens. Ich kann mich höchstens um den armen Jens kümmern."

Als wir um eine Hausecke biegen, stehen da tatsächlich Jens und Körber an der Straße.

Körber erkennt uns und raunzt ein vorlautes „Dann wollen wir mal sehen, ob ihr das schafft!".

Als ob es da bei uns Zweifel gäbe.

Selbstsicher entgegne ich freundlich lächelnd: „Guten Morgen, Herr Obersportler. Wir sind bislang noch immer angekommen. Sind aber gespannt, wie weit du kommst!"

Körber tut die Sache ab. Er schafft die Strecke natürlich mit links.

Beate und Martin treffen ein und haben Kate im Schlepptau, die schon von Weitem mit einem lauten „Good Morning!" grüßt.

Martin setzt sich mit einem launigen „guten Morgen" mit den beiden Frauen an die Spitze der Gruppe.

Beate hat mich keines Blickes gewürdigt.

Es geht die Hauptstraße rauf, bis wir in einen kleineren Weg einbiegen.

Jens, Körber und ich bilde mit dem Soldaten Tom die Nachhut.

„Wie lange habt ihr denn gestern noch gemacht?", frage ich Tom neugierig.

„Ich bin kurz nach dir gegangen. War schon vor dem Essen ziemlich müde."

„Da habe ich ja wohl nichts verpasst."

„Gestern haben sich zwei Freunde gefunden: Kate und Beate haben sich lange unterhalten und zeitweilig den ganzen Tisch dazu. Die Beate ist ja echt nett."

„Jo, die hat `ne geile Hardware, nur das Betriebssystem ist nicht fehlerfrei", diagnostiziere ich schonungslos.

Tom lacht: „Ja, die hat schon was, ist aber nicht mein Typ."

Ich füge hinzu: „Man weiß manchmal nicht, wie man bei ihr dran ist. Mal ist sie einem unglaublich zugetan, im nächsten Moment hat man das Gefühl, dass sie einen ignoriert. Ich werde aus der Frau nicht schlau."

Kate, Martin und Beate vergrößern langsam, aber stetig den Abstand zu uns. Ich möchte wetten, dass Kate wieder ihren flinken Krankenschwester-Gang drauf hat.

Martin gibt das Tempo nach einer Weile auf, lässt seine Frau mit Kate ziehen und sich selbst zu uns zurückfallen. Bei uns angekommen, meint er: „Kate rennt uns ja allen davon, wenn man sie nicht ständig bremst."

Darauf Tom: „Die hat Kondition. Wahrscheinlich ist die im Training, weil australische Krankenhäuser so weitläufig sind wie das ganze Land."

Jens und Körber halten nach einer Weile nicht mal unser Tempo durch und fallen hinter uns zurück.

Tom dreht sich zu Körber um: „Na, alles gut?"

„Alles bestens, bei dir auch?", erkundigt er sich mit wahrscheinlich ungewollt grimmiger Miene.

„Klar!", gibt Tom freundlich zurück. Dann dreht er den Kopf wieder nach vorne und schaut mich mit krauser Stirn an. Dabei flüstert er: „Der ist ja jetzt schon am Schwitzen wie ein Stier. Der wird doch kaum die 22 km schaffen."

Womit Tom wohl recht haben dürfte. „Ich glaube, das ist der erste Tag, an dem er mit Rucksack läuft. Bislang hat er ja immer so getan, als wären die Etappen für ihn kein Problem …"

An einem abschüssigen Stück des Weges überholen uns Radfahrer mit ihren modernen Trekkingrädern.

„Buen Camino!", rufen sie; schon sind sie vorbei.

„Ich will auch so ein Ding!", ruft Körber von hinten.

Und Tom antwortet: „Hättest du dir vor zwei Wochen einfallen lassen sollen. Jetzt ist es wohl etwas zu spät."

Es wird wärmer, der Camino nimmt seinen Weg durch die grüne, hügelige Natur. Wir passieren dichte Wälder, die Schatten spenden, und kleinste Ortschaften mit Brunnen und einer Hand voll Häusern. Dort, wo Bäume die Sicht nicht versperren, schauen wir immer mal wieder in nebelverhangene Täler.

Beate und Kate sind weit vorne, halten ihr Tempo; oft genug sind sie aus unserem Blickfeld verschwunden.

An Martin gewandt, frage ich eigentlich mehr aus Spaß: „Hast du eine Herberge mit Beate vereinbart, in der ihr euch trefft? Wenn die so weiterlaufen, werden die lange vor uns in Sarria sein. Oder habt ihr ein Hotel gebucht?"

„Die beiden werden hoffentlich vor Sarria auf uns warten! Wir hatten für heute nichts geplant. Beate hat aber ein Nothandy im Rucksack. Ich werde bestimmt nicht in Sarria die vielen Pilgerherbergen abklappern. Was ist denn mit dir, hast du wieder ein Hotel?"

„Ja, ich habe eins im Internet gebucht."

Tom fragt nach dem Namen des Hotels und weiß, dass Kate dort auch einchecken wird. Er selbst ist in einem anderen.

Jens und Körber habe ich das letzte Mal in einem kleinen Ort gesehen. Jetzt sind sie weg. Das lässt uns natürlich rätseln, ob Körber sich wieder ein Taxi organisiert hat.

An den abschüssigen Stellen müssen wir immer wieder aufpassen, dass uns die Fahrrad-Pilger nicht über den Haufen fahren. Meistens hört man auf dem unwegsamen Gelände zunächst das Klappern der Räder und dann die „Buen Caminoooo!!!"-Rufe der Fahrer kurz bevor sie uns passieren.

Beate und Kate sind schon lange nicht mehr zu sehen; auch auf die Gefahr hin, dass sich der Abstand zu ihnen noch weiter vergrößert, müssen wir mal eine Pause einlegen.

Gegen Mittag sitzen Tom, Martin und ich irgendwo im dichten Wald in einer kleinen Pilgerbar, wo wir uns Getränke und Kleinigkeiten zum Essen bestellen.

Bevor wir wieder aufbrechen, kommt Jens alleine aus dem Wald getreten. Ich stoße Tom an: „Guck mal, wer da kommt. Und ohne Körber!"

Tom flüstert „Hatte ich mir doch gedacht. Körber schafft das nicht."

Wir sagen erst einmal nichts und sind gespannt, was Jens uns zu Körbers Verbleib erzählen wird. Unsere drei

Augenpaare haben Jens auf seinem Weg zu uns an den Tisch fixiert.

Er stellt grinsend seinen Rucksack ab und setzt sich mit den genäselten Worten: „Körber kommt nach!"

„Ja, das soll wohl sein! Haha!", trompetet Tom.

Jens holt eine Wasserflasche aus einem Rucksack, nimmt einen großen Schluck und näselt: „Der will sich ein Rad kaufen und uns einholen."

Tom prustet los. „Nicht wirklich, oder? Der kauft sich doch nicht für teuer Geld ein Fahrrad?"

Mir erscheint die Idee gar nicht so schlecht zu sein, und ich bemerke: „Seit gestern geht der Camino überwiegend bergab. Da ist ein Rad doch nicht schlecht."

Tom gibt zu bedenken: „Und wie bekommt er das Rad wieder nach Hause?"

Jens: „Wenn man Körber glauben darf, kümmert den das nicht. Der hat Geld genug. Ich kann mir vorstellen, dass er das Ding irgendwo in Santiago entsorgt, wenn er es nicht wieder verkaufen kann."

Tom überlegt: „Wo bekommt der denn ein Rad her? Hier gibt es doch nirgends einen Laden. Hier gibt's ja noch nicht einmal einen richtigen Ort."

Jens ist tiefenentspannt und grinst ununterbrochen. „Hat ja keiner gesagt, dass er ein neues Rad kaufen will. Der hat zwei Kinder angesprochen, die ein Rad hatten. Mit Händen und Füßen hat er denen klar gemacht, dass er auch so ein Rad will und ist mit denen in der kleine Siedlung verschwunden. Ich bin weiter, der ist doch bekloppt, der bricht sich alle Knochen auf den Feldwegen hier."

Martin mischt sich ein: „Jetzt ist es offiziell, Körber ist bekloppt." Dann beendet er abrupt die Diskussion zum Thema „Körber", steht auf und will weiter: „Kommt mit, oder bleibt hier! Ich geh auf jeden Fall los. Sonst finde ich Beate heute nicht mehr wieder."

Die Rucksäcke werden geschultert, die Wanderstöcke gegriffen; mit festem Schritt geht es auf den Weg.
Uns umgibt wieder dichter Laubwald.
Jens und Martin laufen vorweg, Tom geht neben mir. An einer stark abschüssigen Stelle hören wir von hinten mal wieder das Klappern eines Fahrrades begleitet von „Bän kaminoooo!!!".
Bei einem weiteren „Bän kaminoooo!!!" dreht Jens sich um und fragt: „Ist das Körber?"
Der Radfahrer ist noch nicht zu sehen. Nur das immer lauter werdende Klappern seines Gefährts dringt durch den Wald voraus. Wir befinden uns gerade in einem der äußerst unebenen und tiefen Hohlwege. Gerade breit genug, damit drei Pilger nebeneinander gehen können. Links und rechts Wände aus Sand, aus denen Baumwurzeln ragen. Wir bleiben stehen und schauen gespannt den Hang hinauf.
Dann schießt Körber mit einem breiten Trottelgrinsen in die schmale Abfahrt. Der viel zu kleine Drahtesel, der seine besten Zeiten lange hinter sich hat, nimmt unter Körbers Gewicht dramatisch Fahrt auf. Sein nur locker auf den Rücken geschnallter Rucksack tanzt unkontrolliert hin und her. Durch ein Schlagloch katapultiert der obere Teil des Rucksacks in Körbers Nacken; mal droht er, ihn seitlich vom Rad zu reißen. Ungeachtet der Gefahr, lässt Körber laufen und rauscht mit hoher Geschwindigkeit heran.
Tom drückt sich an die Wand und warnt zur Sicherheit alle, die evtl. die herannahende Gefahr nicht erken-

nen mit einem soldatisch gebrüllten „ACHTUNG RADFAHRER!".

Aber die gesamte Gruppe hat die Gefahr bereits bemerkt und drückt sich links und rechts an die Sand-Wand oder versucht Schutz an einer Baumwurzel zu finden.

Jens brüllt ein genäseltes „Oh nööö!" drückt sich hinter eine Baumwurzel und verliert sich in einem „Oh Gottogottogottogott!".

Martin brüllt: „Mann Körber, zieh die Bremse!"

Doch vergebens. Ein vorlautes „Bän kaminoooo" knallt uns wieder um die Ohren. Fahrer und Rad schrammen knapp an einer Wurzel vorbei und sind jäh im unteren Teil des Hohlweges verschwunden.

Auch ohne sich prophetische Fähigkeiten anmaßen zu wollen, befindet sich Körber möglicherweise auf direktem Weg zu einer veritablen Nahtoterfahrung.

Das spektakuläre Klappern seines Rades reißt nicht ab. Ich sehe vor meinem geistigen Auge die Tiere des Waldes in Panik flüchten. Gleich den Pilgern, die weiter unten laufen müssen. Mit einem Schlag ist es mit dem Klappern vorbei. Ein Ast bricht, eine Frau quiekt, und der Wald ist wieder befriedet.

Jens reißt die Augen weit auf; seine Stimme überschlägt sich fast: „Da ist was passiert!" Gleichzeitig rennt er los.

Martin stürzt ihm hinterher, dem unebenen, steil abschüssigen Hohlweg folgend. Der nicht unbedingt sportliche Martin tut das kontrolliert mit konstanter Geschwindigkeit.

Jens hingegen nicht! Er wird stetig schneller. Das hohe Gewicht seines Rucksacks beschleunigt seine Galoppade. Schon nach fünfzehn Metern überholt der Oberköper den wild dahingaloppierenden unteren Teil. Jens erkennt augenblicklich seine ausweglose Lage und ruft noch ein erneutes „Oh Gottogottogottogott!", während er mit seinen Armen dahinrudert und dann endlich stürzt. Eine eher ungewollte Drehung seines Oberkörpers verhindert noch gerade, dass er mit dem Gesicht voran aufschlägt. Er knallt seitlich auf den Boden und rutscht fünf Meter den abschüssigen Weg runter.

Tom ist sofort bei Jens; kniet sich neben ihn und fragt: „Bist du verletzt?"

Jens bewegt seine Gliedmaßen und stellt nach oberflächlicher Prüfung fest: „Die Hüfte tut mir weh, und ich glaube, ich habe mir eine Rippe geprellt."

Danach tastet er seine große Nase ab und freut sich, dass sie keinen Schaden davongetragen hat.

Tom hilft Jens auf die Beine, indem er ihn an seinem Rucksack hochzieht und wie einen Gartenzwerg zurück auf den Weg stellt.

Martin und ich haben zwischenzeitlich die beiden überholt und finden Körber nach der Rechtskurve unterhalb des Weges in einem dichtbewachsenen Abhang.

Ein älteres Pilgerpaar glotzt ungläubig den Hang hinunter.

Der rote Reflektor des Rades blinkt keck im diffusen Sonnenlicht.

Körber selbst ist kaum zu sehen. Nur sein Stöhnen ist hörbar und das Rascheln im Laub, welches seine erfolglosen Befreiungsversuche verursachen.

Das Pilgerpärchen macht keine Anstalten, Körber zu helfen, sondern fragt uns trocken: „Kennt ihr den?"

„Nur entfernt, ist euch was passiert?", frage ich.

„Uns zum Glück nicht, aber ich hoffe dem da ..." Der Mann zeigt mit der Rechten den Hang hinunter: „Der kann da meinetwegen verrecken!" *Harte Worte für einen Pilger.*

Die Pilger-Dame hatte mit einem Sprung den fast unvermeidlichen Zusammenstoß noch gerade verhindern können. Es folgen Flüche auf Englisch.

Mit „... seht zu, wie ihr den daraus bekommt!" und „Buen Camino" gehen die beiden laut diskutierend weiter.

Körber stöhnt im Unterholz, wir lassen uns Zeit mit der Personenrettung.

Ich genehmige mir erst mal einen ordentlichen Schluck aus meiner Wasserflasche, bevor ich meinen Rucksack abstelle.

Selbst Jens macht keine hektischen Anstalten, um zu helfen.

Körber verhält sich in seiner misslichen Lage auffallend ruhig.

Als weitere Pilger näher kommen, rutsche ich mit dem kräftigen Tom den Hang runter, um mir den Schaden anzusehen.

Körber liegt auf dem Bauch, mit dem Kopf nach unten im Hang. Der Rucksack drückt ihn auf den Boden; die Beine haben sich im Rahmen seines Fahrrades verfangen. Er dreht sich etwas auf die Seite und blickt uns an. „Worauf wartet ihr? Packt doch endlich mal an!", grunzt er, als wir ihn endlich erreicht haben. Aus seinem Gesicht sprechen Wut und verletzter Stolz.

„Ich gehe gleich wieder. Sieh zu, wie du hier alleine rauskommst!", raunzt Tom zurück.

Augenblicklich gibt sich Körber handzahm. „Ist ja gut ... Könnt ihr das Rad anheben? Dann bekomme ich die Beine frei."

Tom hebt das Rad an, Körber rutscht noch etwas nach unten und kann sich so drehen, dass er mit den Füßen Halt im Hang findet.

„So eine Scheiße, verdammt!", schimpft Körber.

Von oben ruft Jens: „Ist ihm was passiert?"

„Der wird wieder. Schimpfen kann er noch", rufe ich zurück.

Tom schaut mit ernster Miene auf Körber und schickt ihn nach oben: „Mach, dass du hoch kommst! Ich hole mit Simon das Rad."

Das lässt sich Körber nicht zweimal sagen und kämpft sich durch den Bewuchs aufwärts. Tom und ich schieben und ziehen den Drahtesel zurück auf den Weg.

Das Vorderrad hat eine Acht. Am Tretlager ist der Rahmen angerissen.

Martin meint schonungslos: „Das Ding ist hin."

Körber selbst ist, abgesehen von leichten Prellungen, nichts passiert. Es ist schon fast mit Händen zu greifen, dass Körber den Drahtesel gleich wieder den Hang runter werfen will.

Doch Jens ahnt, was kommen könnte, und tritt präventiv zu Körber. „Das Rad schmeißt du hier nicht in den Wald, das nimmst du mit! Oder du läufst von jetzt an alleine!"

Schlichtend ergänzt Tom: „Wir helfen dir auch beim Schieben."

Körber blickt betreten auf sein Rad, hebt es dann am Lenker so weit hoch, dass das demolierte Vorderrad nicht mehr den Boden berührt und schleppt es neben sich her. Ohne aufzublicken, sagt er nach einigen Metern: „Danke, Jungs!"

Tom erwidert mit tiefer Stimme: „Damals in Somalia bin ich mal angeschossen worden und musste mit einem kaputten Rad sechsunddreißig Kilometer zu den Sanis fahren …"

An dieser Stelle habe ich mich gefragt, ob Tom heimlich trinkt.

Abwechselnd übernehmen Jens, Tom und ich das Rad. Martin ist weniger hilfsbereit, denn er ist sauer, dass er dank Körber jetzt noch langsamer vorankommt.

An einer kleinen Hofstelle werden wir das demolierte Rad endlich los. Tom fragt einen Bauern, ob er Interesse an dem Altmetall hätte; der nimmt das Rad dankbar entgegen.

Die Stimmung in unserer kleinen Pilgergruppe ist gedrückt.

Martin ist unruhig, weil Beate nicht auf ihn gewartet hat.

Körber schleppt sich nur mühsam weiter.

Jens schmerzen noch immer die Rippen von seinem Sturz, aber er klagt nicht.

Ich bin froh, als wir unser Tagesziel in Sichtweite bekommen.

Martin hatte einige Male versucht Beate auf dem Handy zu erreichen, welches sie für solche Notfälle dabei hat. Aber Beate geht nicht ran. Martin versteht die Welt nicht mehr. Hat er wieder was falsch gemacht?

„Heute Morgen war sie doch noch zufrieden. Oder hatte irgendwer einen anderen Eindruck?", fragt er, ohne eine Antwort zu erwarten.

Kate müsste wissen, was los ist, und die soll ja im gleichen Hotel wie ich übernachten.

Als Tom, Martin und ich in meinem Hotel an der Rezeption nachfragen, weiß man nur, dass Kate das Zimmer gebucht hat. Eingecheckt hat sie noch nicht.

Martin steht mit fragendem Gesicht neben mir: „Die müssten doch schon lange da sein."

„Oder wir haben die überholt."

„Kann ich mir nicht denken. Höchstens, wenn die sich verlaufen haben."

Evtl. kann Tom helfen, fällt mir ein, denn der hat den längsten Kontakt zu Kate gehabt. „Hast du nicht die Telefonnummer von Kate?"

Tom hebt die Schultern, zieht die Stirn kraus. „Habe ich leider nicht. Die hat eine australische Telefonnummer. Da wollte ich nicht anrufen und sie auch nicht wirklich angerufen werden. Ist zu teuer."

Martin will nicht untätig bleiben. Er gibt uns den Namen seiner Herberge: „… Ruft mich an wenn ihr was hört. Ich gehe in den Ort und klappere die Herbergen ab. Wir sehen uns später, oder morgen auf dem Weg."

Tom folgt ihm unaufgefordert: „Warte, ich helfe dir!" Und beide verschwinden durch die gläserne Drehtür.

Auch ich werde später die Augen aufhalten, wenn ich in den Ort gehe.

Jens und Körber waren etwas zurückgefallen und treffen erst jetzt an der Rezeption ein, an der ich noch stehe, um Papierkram zu erledigen. Schon an der Tür überredet Körber Jens, dass man sich ja ein Doppelzimmer teilen könnte. Alles andere wäre doch Geld aus dem Fenster zu werfen. Jens willigt ein, als Körber ihn einlädt.

Folgt man in Sarria dem Camino, gelangt man am höchsten Punkt des Ortes an eine verfallene Burg. Aus deren Nähe kann man über den gesamten Ort blicken.

Ein Stück unterhalb finde ich eine rustikale Bar, bestelle Essen und lese ein Buch auf meinem Handy.

Über den Text hinweg schaue ich mir ab und an die Menschen an, die vorbeilaufen. Die meisten sind Pilger, die nach einem anstrengenden Tag den Ort nach Sehenswürdigkeiten erkunden.

Einer der Passanten ist der Rettungssanitäter Georg, den ich das letzte Mal im Maronenwäldchen des Camino Duro gesehen hatte. Er ist in Begleitung einer Gruppe von einer Frau und zwei Männern. Er grüßt mich und stellt sich zu mir an den Tisch. Seine Begleiter warten an einem Brunnen.

Nach etwas Smalltalk nicke ich mit dem Kopf in Richtung seiner wartenden Begleiter und frage ihn: „Ist das deine Freundin, die du nach dem Camino Duro treffen wolltest?"

„Nee", meint er, „die sitzt mit ihrer Freundin vor einer Herberge."

„Ist ja spannend! Da hast du wohl das große Glück gefunden?"

„Na, da habe ich noch Zweifel. Ich habe sie gerad das erste Mal nach La Faba wiedergesehen."

„Warum das? Ihr wolltet euch doch nach dem Camino Duro treffen?"

„Sie war aber nicht da. Habe vorhin kurz mit ihr gesprochen. Die hatte es nicht geschafft, weil sie sich einen Fuß umgeknickt hat."

„Aua! Das ist ja doof. Kann sie denn wieder laufen?"

„Kein Problem, soweit ich sehen konnte.

Sie will noch was mit ihrer Freundin vor der Herberge ausdiskutieren. Später machen wir dann was zusammen."

„Dann verbringt ihr ja wenigstens mal eine Nacht unter einem Dach!".

Worauf Georg lächelnd antwortet: „Ich hänge das nicht mehr so hoch auf. In ein paar Tagen sind wir alle wieder zu Hause. Dann holt uns der Alltag ein. Schade eigentlich!"

Georg empfiehlt sich mit einem guten Abend und geht seinen Pilgerfreunden hinterher, die schon in einer Seitenstraße verschwunden waren.

Ich bleibe vor dem Restaurant in der Sonne sitzen, bis diese untergegangen ist.

Am Abend schreibe ich Andrea: „Hallo, bin heute fast von einem Radfahrer überfahren worden. Habe eine nette Gruppe gefunden. Es macht wieder Spaß! Gruß Simon."

Einsamer Martin

Nebel umgibt mein Hotel, ein kühler, feuchter Wind weht; ich habe gut geschlafen und bin bester Stimmung. Zu meiner guten Stimmung trägt ohne Zweifel auch mehr und mehr die Gewissheit bei, bald in Santiago de Compostala anzukommen.

An der höchsten Stelle von Sarria bleibe ich stehen und blicke hinunter auf den Ort. Die Sonne scheint aus einem blauen Himmel, der Ortskern im Tal liegt unter einer geschlossenen Wolkendecke, aus der drei hohe Gebäude ragen.

Ich stehe da und bewundere dieses Naturschauspiel, bis sich ein Pilger direkt vor mich stellt und mir die Sicht versperrt. Und immer mehr Pilger rücken an. Es herrscht regelrechtes Gedränge, und es wird ungemütlich.

An einem großen Friedhof, der ein gutes Stück vor dem Ortsausgang liegt, spuckt ein Bus Unmengen von Pilgern aus. Etwas dahinter besuche ich eine Kirche in der ich mir zuerst eigenhändig einen Stempel in mein Credencial drücke. Obwohl es vor der Kirche laut ist, ist es hier drinnen sehr ruhig. Kaum ein Geräusch vom Getümmel draußen schafft es in das Kirchenschiff. Es ist angenehm.

Nur noch vier Tage, dann bin ich in Summe achthundert Kilometer in Wanderschuhen gelaufen. Mein großes Ziel ist erreicht. Zugegeben, ich habe etwas geschummelt, bin in zwei Etappen unterwegs gewesen und habe Léon übersprungen. Aber trotzdem, ich bin stolz auf mich und wünsche mir einen grandiosen Abschluss.

Wie wird es wohl sein, wenn ich an der Kathedrale in Santiago de Compostela ankomme? Einige berichten, es wäre ein sehr ergreifender Moment. Für andere war es ein emotionsloser Abschluss einer Wanderung.

Mir liegt mehr an der ergreifenden Variante. Als Belohnung für die Anstrengungen der insgesamt über fünf Wochen dauernden Tour.

Zurück auf dem Weg komme ich außerhalb von Sarria an eine Stelle, wo es so eng wird, dass nur zwei Personen nebeneinander gehen können. Eine Karawane von Pilgern reiht sich hintereinander ein. Dabei fällt mir auf, dass viele einen erstaunlich kleinen Rucksack dabei haben. Das müssen ‚Hobbits' sein. So werden die Pilger genannt, die nur die letzten einhundert Kilometer des Camino gehen. Das ist die Mindeststrecke, die man pilgern muss, um in Santiago eine Compostela zu bekommen. Sie ist eine Art Beglaubigungsschreiben dafür, dass man den Camino regelkonform absolviert hat.

Die Geräuschkulisse eines italienischen Marktplatzes wabert um mich herum. Um den „Spirit" des Camino ist es geschehen. Mein Tag beginnt mit einer Art Volkslauf. Wie ätzend! Der Pulk reißt im Tagesverlauf etwas auseinander, doch bleibt es für mich zu voll.

Meine Stimmung hebt sich erst ein Stück vor Portomarin. Die Sonne brennt, und die Anzahl der Pilger ist wieder überschaubar.

Der Ort Protomarin wurde vor Jahren umgesiedelt, um für einen Stausee Platz zu machen. Die Einwohner wurden an eine Stelle oberhalb des heutigen Sees am gegenüberliegenden Hang umgesiedelt. Nur die zwei Kirchen wurden Stein für Stein abgetragen und am neuen Standort wieder aufgebaut.

Man nähert sich dem Tal, in dem er sich früher befand, und erkennt von Weitem eine moderne, große Brücke.

Der See hat Niedrigwasser, so kann man weit unterhalb der neuen Beton-Brücke im Tal die alte Brücke mit ihren schönen Rundbögen, erkennen. Lange bleibt mein Blick an ihr hängen. Wie nach langer Dienstzeit weggeworfen, lugt ein Teil von ihr aus den Fluten, als wolle sie sagen: „Schaut her, was man mir angetan hat!"

Über die große neue Brücke verläuft mein Weg zur anderen Seite des Stausees.

Auf deren Hälfte lehnt Martin, auf die Ellenbogen gestützt, an der Brüstung und blickt gedankenversunken in den tief unter ihm liegenden See.

Er dreht sich nur kurz zu mir: „Hallo Simon!" Das war's, er blickt mir nicht mal richtig in die Augen, sondern starrt weiter ins Wasser. Seine Finger spielen mit einem Gegenstand.

„Alles klar?"

Martin seufzt, nachdem er eine Weile hat verstreichen lassen: „Tjo, die gute Beate ..."

„Wieder Stress gehabt?"

Er dreht sich langsam zu mir um, schaut mich an und erzählt mit seiner ruhigen Stimme von seinem gestrigen Abend. „Beates Gemütsregungen sind innerhalb eines Tages so vielfältig wie Pilger auf dem Camino."

War sie ihm vor zwei Tagen in Triakastela noch sehr zugewandt, ist sie ihm mit Kate gestern weggelaufen. In Sarria hatte er sich in seine Herberge eingebucht und Beate erst nach zwei Stunden zusammen mit Kate vor einer anderen Herberge gefunden.

„Ich habe mir gedacht, du läufst schon irgendwann hier vorbei", hat Beate gemeint und gelächelt.

Schnell gab ein Wort das andere, und es kam zum Streit. An das Handy hat sie auch nicht gedacht. Das steckte im Rucksack, und der stand im Schlafsaal.

„Was denkt die sich!", schimpft Martin, „ich mache mir doch Sorgen!"

„War Kate die ganze Zeit bei ihr?"

„War sie!" Ist wohl irgend so ein Frauending. Keine Ahnung! Ich hab da keinen Bock mehr drauf und bin gleich zurück in meine Herberge gegangen."

Ohnehin hatte Martin kein Verlangen nach weiteren Beateeskapaden.

„Ich habe die beiden einfach sitzen lassen und bin weg. Irgendwie tut es mir aber auch leid." Er macht eine Pause.

Pilger passieren die Brücke, einige grüßen mit einem „Hallo". Unten am Ufer schiebt jemand ein Paddelboot aus Holz in das Wasser, stößt sich vom Ufer ab und spring hinein.

„Wenn der Zufall es will, wird Beate hier vorbeikommen. Wenn nicht, dann ist es auch gut."

„Hast du denn noch einmal versucht, sie auf dem Handy zu erreichen?"

„Ja, aber da geht sie nicht dran."

Langsam treibt das Ruderboot unter uns in die Mitte des Sees. Der Typ, der darin sitzt, stellt gerade fest, dass er zwar Ruder hat, aber die Bootswand keine Halter, in denen er die Paddel zum Rudern befestigen kann.

Ein warmer Windstoß bläst durch meine Kleidung.

Der gleiche Wind treibt das Boot weiter in die Mitte des Sees.

Martin tut mir leid. Dieser Mann hat eine Engelsgeduld, und Beate macht mit ihm, was sie will. Sie scheint davon auszugehen, dass man ihr alles verzeiht, nur weil sie so blendend aussieht.

Martin spielt weiter mit einem Gegenstand in den Händen; ich erkenne jetzt endlich, mit was er da spielt.

„Ist das dein Ehering?"

„Ja." Er hält ihn zwischen Daumen und Zeigefinger und rollt ihn hin und her.

„Mensch Martin, pass auf, der fällt dir gleich noch weg!"

Er rollt den Ring weiter und stöhnt nur ein: „Mhmm, Mhmm."

Mir ist das hier nicht geheuer. Ich will mit ihm von der Brücke runter. Ich habe nämlich nicht nur um den Ring Angst. „Komm Martin, lass uns rauf nach Portomarin gehen. Wir setzen uns irgendwo in die Sonne und trinken was."

Martin starrt auf seinen Ring und rollt ihn weiter hin und her.

Auf dem See steht der Typ mittlerweile wackelig im Ruderboot und versucht, an Land zu kommen. Mit ausladenden Bewegungen sticht er immer wieder das schwere Holzpaddel ins Wasser und zieht es zurück. Das Boot dreht auf der Stelle, und der Wind treibt ihn stetig weiter zur Mitte.

„Ja, lass uns raufgehen!" Martin drückt sich dabei den Ring zurück auf den Finger und schaut noch einen Moment auf den hilflosen Typen im Boot. Plötzlich formt er mit den Händen einen Trichter vor dem Mund und brüllt nach unten: „Hey, Körber, alles klar bei dir?"

Verwirrt starrt Körber zu uns rauf, brüllt zurück: „Alles im Griff, Männer!" Er setzt sich ruhig hin. Selbstsicher winkt er uns zu und mimt den Freizeitkapitän beim Sonnenbad.

Martin dreht sich zu mir, zwinkert mit einem Auge und sagt lässig: „Lass uns los, ich mag nicht zusehen, wie Körber da unten absäuft."

Er schultert seinen Rucksack und folgt mir wortlos über die Brücke. Am Ende der Brücke drehen wir uns noch einmal zu Körber um, der sich jetzt entnervt seinen Schimpftiraden hingibt und mit dem Paddel wütend auf das Wasser schlägt.

Philosophisch meint Martin: „Was für eine tragische Figur er doch ist!"

„Das hast du sehr gut gesagt, Martin." Kommentiere ich, und wir beide tuen ungeheuer betroffen.

Neben der Kirche von Protomarin finden wir eine kleine Bar mit Aluminium-Tischen und Stühlen im Halbschatten.

Meine Erlebnisse, und besonders die Gefühle, die ich vor Tagen noch für Beate hatte, machen mich vor Martin zu einem Heuchler. Aber aus der Nummer komme ich jetzt nicht mehr raus. Martin ist mir mittlerweile weit mehr ans Herz gewachsen als Beate.

Eine rundliche Bedienung bringt uns, freundlich lächelnd, unsere Getränke.

Martin erhebt sein Glas und prostet mir zu: „Ich glaube, ich habe einen Freund gefunden."

Mir bleibt nichts anderes übrig, als die Gedanken an Beate zu überspielen, mich brav zu bedanken und zurückzuprosten.

Manchmal braucht es nicht viele Worte. Wir schauen uns die Pilger an, die den Ort durchstreifen. Wir blinzeln in die Sonne, trinken langsam unseren Eistee.

Ich habe mir gedacht, dass es eine gute Idee sei, darauf zu warten, bis Martin wieder anfängt, von sich zu erzählen. Evtl. braucht er einen Zuhörer, aber mein Glas ist mittlerweile leer, und Martin hat bislang nichts gesagt.

„Soll ich Tom eine SMS schicken? Vielleicht weiß der, wo Beate ist", frage ich ihn, nachdem mir die Pause zu lang geworden ist.

„Nee. Ist nett, aber ich glaube nicht, dass ich was falsch gemacht habe und hinter Beate herlaufen müsste. Und ich muss mich auch nicht für irgendwas rechtfertigen. Wenn Beate was an mir liegt, dann kann sie sich bei mir melden. Die Nummer hat sie ja."

Er nimmt noch einen kräftigen Schluck aus seinem Glas: „Ich glaube, ich gehe heute nicht mehr weiter. Bleibst du auch hier?".

Mich freut, dass er die Option in Betracht zieht. „Ja. Ich habe mir schon heute Morgen ein Hotel hier gebucht, das muss weiter oben liegen."

Es ist mal wieder der letzte Ort vor einer längeren Strecke ohne Hotels, darum hatte ich schon am Morgen entschieden, in Portomarin zu bleiben.

„Ist da noch was frei?"

„Kann ich nicht wissen. Lass uns gleich zahlen, dann gehen wir rauf und fragen nach."

Das Hotel hat auch für Martin ein Zimmer frei. Ein Doppelzimmer zur Alleinbenutzung. Sollte Beate wider Erwarten auftauchen, hätte sie schon mal eine Unterkunft.

Martin muss ich bewundern. Bei dem was Beate ihm zumutet, bleibt er doch verhältnismäßig gelassen. Ich wäre bestimmt nicht leidensfähig genug, um das durchzustehen.

Vor meiner Zimmertür verabreden wir uns um sechzehn Uhr in dem Restaurant, in dem wir vorhin was getrunken hatten.

Es folgt Pilgeralltag: Auspacken, Socken waschen, etwas fernsehen. So richtig müde bin ich nicht. Weder war die heutige Etappe schwierig noch war sie lang. Was soll dann also das Herumliegen hier auf dem Bett, wenn draußen die Sonne scheint!

Raus aus dem Bett und runter in den Ort! Die Kirche und einige Geschäfte schaue ich mir unkonzentriert an, dann schlendere ich an den vereinbarten Treffpunkt. Keine zehn Minuten später taucht Martin auf. Was die Freizeitgestaltung angeht, scheinen wir ähnlich zu ticken.

Martin hatte mir schon gesagt, dass er bei Airbus arbeitet. Für mich als Technik affiner Mensch hört sich das nach einem spannenden Job an. „Wie bist du eigentlich zu Airbus gekommen?", frage ich.

„Du wirst lachen, aber da bin ich fast mein ganzes Leben. Erst als Praktikant im Büro. Dann habe ich während der Studienzeit ein Projekt mit Airbus gemacht, und später habe ich einen Festvertrag bekommen. Seit 16 Jahren bin ich in verschiedenen Positionen und Abteilungen in der Firma ..."

Während des Studiums war er sogar als angehender Ingenieur an der Entwicklung des A380 beteiligt. Da wollte er allerdings noch Informatiker werden, erzählt er.

„Man hatte mich sogar mit der Programmierung einer Funktion betraut, die Kabellängen unter Berücksichtigung von Umwelteinflüssen, wie z. B. die Umgebungstemperatur, berücksichtigt. Natürlich auch unter Berücksichtigung des metrischen Längensystems und des britischen Zoll..."

Die Funktion wurde in eine große Programmlogik übernommen, geriet in Vergessenheit und war Basis für viele weitere Berechnungen von Kabellängen.

Sein Chef meinte nach langer Zeit, da wäre wohl ein Fehler drin gewesen und hätte zu Problemen geführt. Martin konnte aber bleiben, weil keiner der Vorgesetzten zugeben wollte, dass man einem Praktikanten wie ihm eine so wichtige Berechnung anvertraut hatte.

„Man hat mir das Versprechen abgenommen, dass ich mit keinem darüber spreche." Dann wurde das Problem nach England abgeschoben, wo ein leitender Mitarbeiter etwas früher in Rente gehen durfte.

„So gesehen, ist es für alle gut ausgegangen. Nicht lange danach habe ich auf BWL umgesattelt und bin bei Airbus geblieben."

Martin kramt aus seiner Hosentasche sein Handy heraus und legt es auf den Tisch. Eines dieser Art habe ich noch nicht gesehen. Das Display ist typisch, doch befindet sich darunter ein kleiner glänzender Balken. Links und rechts daneben zwei Tasten.

„Ist das dein geheimnisvolles Handy?"

Er hüstelt angemessen wichtig, nimmt das Handy und hält es mir lächelnd hin. „Kannst ja mal versuchen, zu telefonieren."

„Nee, brauche ich nicht. Beate hat mir schon gesagt, dass man dafür deinen Fingerabdruck braucht."

Martin ist überrascht: „Wann das denn?"

„Kurz vor Rabanal de Camino sind wir die letzten Kilometer zusammen gegangen, und da hat sie mir von dem Telefon mit Scanner erzählt."

„Und was hat sie sonst noch gesagt?"

Jetzt wird's komisch. Martin ist mit einem mal ziemlich ernst; ich bereue, dass ich nicht auf dumm gemacht habe. „Sie hat mir das Gleiche erzählt, wie du mir in Astorga, wenn du dich erinnerst."

„Und was hat sie zu meinem Job gesagt?", fragt er sehr ernst nach.

So langsam bin ich verärgert dass Martin hier die Stimmung schmeißt; das darf er jetzt auch gerne wissen. „Was soll das Martin? Sie hat mir nichts anderes erzählt als du! Sie scheint ja auch gar nicht zu wissen, was du da in deiner Firma treibst!"

„Entschuldige, Simon. Ich reagiere wohl über bei dem Thema." Dann legt er sein Handy wieder auf den Tisch und lehnt sich zurück in den Stuhl.

So bleiben wir einige Zeit wortlos sitzen, in der ich rätsele, warum er plötzlich so empfindlich ist.

Martin bricht das Schweigen „Ich arbeite in einem sehr stark gesicherten Bereich im Unternehmen und muss aufpassen, wem ich was sage."

Um die Wichtigkeit seiner Worte zu unterstreichen, wartet er wieder eine Weile, bevor er fortfährt. „Ende letzten Jahres habe ich jemandem vertraut, bei dem ich besser vorsichtiger gewesen wäre. Das hat mich fast den Job gekostet."

Wieder macht er eine kurze Pause. „Dass ich hier bin, hat mit diesem Vorfall zu tun. In der Firma weiß offiziell keiner, wo ich bin."

Klasse! Jetzt bin ich auch nicht schlauer als vorher. Höchstens neugieriger. „Ja, kommt da jetzt noch was? Oder willst du mich dumm sterben lassen?"

„Besser ich lasse dich dumm sterben. Ich habe schon zu viel gesagt!"

Boa! Ist der jetzt plötzlich wichtig. In Astorga war er der langweilige Bürovorsteher; jetzt kommt er hier fast mit einer Geheimagenten-Nummer. Vergeblich warte ich noch eine Weile in der Hoffnung, dass er mir etwas mehr erzählt. Dann werde ich wohl dumm sterben müssen.

Die längste Strecke

Es ist zwanzig nach sechs, Martin und ich stehen vor dem Hotel. Der Himmel ist wolkenlos, ein kühler Wind weht durch die Straße, wir haben uns Pullover übergezogen.

Kein Muskel schmerzt, die Gelenke fühlen sich gut an. Wie jeden Morgen in den letzten Tagen, ist mein Rucksack an eine Wand gelehnt; ich beginne mit Dehnungsübungen. Martin stellt sich auf die Straße und macht von mir ein Foto.

„Siehst wie ein Profi aus ...", meint er, „... gehst bestimmt als Erster durchs Ziel."

Da wir gestern acht Kilometer geschwänzt haben und uns heute laut Plan ca. dreißig Kilometer erwarten, steht uns die bisher längste Etappe von über achtunddreißig Kilometer bis Mélide bevor.

„Los geht's!", jubelt Martin und legt ein ordentliches Tempo vor. Am Ortsrand, zum Staubecken hin, überqueren wir eine lange Fußgängerbrücke. Direkt dahinter, in einem Wald, stapfen wir einen steilen Hang hinauf. So langsam vergeht mir die Freude an den Bergen. Dachte ich doch, dass wir die hinter uns hätten. Ein Pilger mit Fahrrad überholt uns zunächst und muss am oberen Teil des Hangs absteigen und sein Gefährt schieben.

Wer sagt denn, dass die absolut flache Meseta doof ist? Ist Quatsch; ich fand sie irgendwie besser.

Der Anstieg dauert mit Unterbrechung eine halbe Stunde, anschließend trotten wir neben einer lauten Bundesstraße weiter; vorbei an einer verfallenen Ziegelfabrik und einer stinkenden Gänsefarm.

Nee, wirklich, Meseta war besser.

Gegen neun Uhr pausieren wir in Hospital da Cruz. Der kleine Ort wäre das Ziel unserer gestrigen Etappe gewesen. Wir müssen davon ausgehen, dass Beate vor uns ist und nicht gewartet hat. Wenn wir uns beeilen, haben wir eine Chance, sie einzuholen. Es müsste schon ein großer Zufall sein, wenn Martin seine Beate in Mélide antreffen sollte. Der Ort ist schlicht zu groß.

Martin ist schon längst nicht mehr so locker wie beim Start heute Morgen. Er sagt kaum noch etwas und ist völlig darauf fokussiert, vorwärts zu kommen. Gestern war es ihm noch fast egal, was mit Beate passiert; heute Morgen will er sie nun doch wieder einfangen.

„Ich sollte sie eigentlich laufen lassen …", schnauft Martin plötzlich unter seinen schnellen Schritten, „… immer laufe ich ihr hinterher."

„Die könnte dich wirklich mal anrufen", finde ich.

„Hat sie evtl. versucht, ich hab aber gestern mein Handy abgestellt."

„Was sollte das denn?"

„Eine Lektion! Könnte ja sein, dass zur Abwechslung auch sie sich mal Sorgen macht."

„Ich melde euch beide in Hamburg bei einem Heilerziehungspädagogen an. Laufen wir in diesem Affen-Tempo, nur weil du gestern Beate eins auswischen wolltest?"

Martin bleibt abrupt stehen, blickt mich an und sagt mit bestimmtem Ton: „Ja!"

Sofort läuft er weiter. „Du musst ja nicht mit mir laufen, geh doch einfach dein Tempo weiter!"

Nee Freundchen, so schnell gebe ich nicht auf!

„Wenn die gestern versucht hat, dich zu erreichen, dann tut sie es doch heute bestimmt auch wieder."

„Oder sie hat verstanden, dass ich absichtlich das Handy ausgemacht habe und ist sauer. Was sonst hat sie daran gehindert, mich heute anzurufen?"

„Dann ruf du sie doch noch mal an!"

„Das habe ich schon, sie geht wieder nicht dran."

Beate nimmt keine Rücksicht, und Martin macht sich zum Kasper. Nach einigen Metern bleibt er wieder stehen, schaut mich an und fragt: „Habe ich einen Fehler gemacht?"

„Wenn du ihr am nächsten Tag wieder hinterherläufst, ja, du Holzkopf! Entscheide mal, wohin deine Reise gehen soll!"

Tom schicke ich eine SMS mit der Frage, ob wenigstens er Beate oder Kate angetroffen habe. Von ihm kommt nach kurzer Zeit ein knappes ‚Nein'.

Martin stapft unvermindert weiter.

Mein Körper meldet als Voralarm Schmerzen im Knie. Wenn ich in Mélide als Pilger ankommen will, werde ich das Tempo reduzieren müssen. „Tut mir leid, Martin, ich kann das Tempo nicht mehr halten."

„Dann geh du langsam weiter", sagt er, endlich auch mit Verständnis in der Stimme, „ich will nach Mélide und wissen, was los ist."

Wir tauschen unsere Telefonnummern und vereinbaren, uns gegenseitig anzurufen, wenn es was Neues von Beate gibt. Dann zieht er weiter; ich pausiere auf einem Stein am Wegesrand.

Kleine, zum Teil malerische Orte erwarten mich auf meinem weiteren Weg bis zum weniger schönen Ort Palas de Rei. Vor einer Art Trucker-Restaurant am Ortsausgang setze ich mich erschöpft auf Plastikgestühl. Man sollte davon ausgehen, dass man nach fast drei Wochen Wandern Kondition bekommen hätte. Doch mir scheint, als wenn es jeden Tag schlechter werden würde. Durch den langen Spurt vom Vormittag schmerzen mir die Hüftgelenke und Oberschenkel.

Bis Mélide sollten es noch fünfzehn Kilometer sein. Wenn die Schmerzen nicht nachlassen, sehe ich mich bald in einem Taxi sitzen. Meinem erstarkten Pilger-Ehrgeiz kommt das nicht entgegen.

Eine halbe Stunde ist rum, das Essen ist bezahlt, ich löse meinen schweren Körper aus dem Plastikstuhl, um Stretching zu machen. Eine beim Essen eingenommene Schmerztablette zeigt glücklicherweise Wirkung, sodass mir mein tauber Unterkörper wieder soweit dienlich ist, dass ich nicht mehr laufen muss wie ein Roboter.

Hinter der Bundesstraße verläuft der Camino zum Glück einsam durch den Wald und zunächst fällt das Gehen auf dem weichen Boden leicht.

Doch es ist wie verhext, sind die Schmerzen an einer Stelle endlich verschwunden, werden sie an anderer Stelle stärker. Diesmal in der Hüfte, aber ans Aufgeben mag ich heute nicht denken.

Den Schmerz kann ich nur durch Schonhaltung eindämmen. Auch wenn mein Gang von Weitem aussieht, als wäre ich aus einem Heim entflohen, lasse ich mich nicht unterkriegen. *Das wäre doch gelacht!*

Noch über zehn Kilometer, der Himmel wird bedeckter, die Landschaft zeigt nichts Neues. Nur die kleinen pittoresken Dörfer bieten von Zeit zu Zeit Abwechslung für die Augen.

Mein Handy macht piep, piep. Eine SMS von Tom.

„Bin in Mélide, habe Kate und Beate bei mir."

Ich schreibe zurück: „Beate sollte Martin eine SMS schicken. Er ist nicht mehr bei mir. Er macht sich Sorgen!"

Danach macht es bei mir wieder piep, piep: „Schon erledigt, treffen uns mit Martin."

Ich bin neugierig wie ein Tratsch-Weib, doch gleichzeitig auch froh, dass ich bei dem Aufeinandertreffen von Beate und Martin nicht dabei bin.

Zwei oder drei Kilometer vor Mélide brennt mir die Hüfte; im Knie steckt ein unsichtbares Messer. Meine Motorik hat sich zum ‚Quasimodo-Gang' gesteigert. Das Knie beuge ich kaum mehr, mein Oberkörper, inklusive neun Kilo Rucksack, schwingt bei jedem Schritt bedrohlich hin und her. Mit letzter Kraft finde ich ein freies Hostal in einer Seitenstraße der Stadt. *Heiliger Jakob, bin ich froh, ein Zimmer bekommen zu haben!*

An der Rezeption sagt man mir, dass der Ort fast ausgebucht sei. Das ist dann auch wohl die Rechtfertigung für das Missverhältnis zwischen Zimmerqualität und Zimmerpreis.

Umgezogen und geduscht liege ich auf der roten Tagesdecke, die mein Bett vor Verschmutzung schützt. Martin hat mich vor einigen Minuten angerufen, um mir mitzuteilen, dass er Beate gefunden habe. Seine Stimme klang sachlich nett, kein komischer Unterton, der auf Stress hätte schließen lassen können.

Beate und er wollen sich später mit Kate und Tom zum Essen treffen; ob ich Lust hätte, mitzukommen, hat er noch gefragt.

Hatte ich aber nicht! Ich lag schon mit einem Klumpen Schmerz, so groß wie mein Unterkörper, auf dem Bett und wollte nie wieder aufstehen.

Das „Nie wieder" habe ich nach einer Stunde gestrichen, eine Schmerztablette eingeworfen, bin in eine kleine Bar neben dem Hostal und habe Makkaroni mit angeblicher Bolognese-Sauce gegessen. Ohne Wein, aber mit einem Hefeweizen, wegen der Elektrolyte.

Mein Camino-Reiseführer weist Mélide als Stadt der Pulpo Restaurants aus. Das sind gekochte und klein geschnittene Fangarme von Tintenfischen. Die Bedienung hatte ich auf eine Probe angesprochen, worauf sie mir als Nachtisch einige dieser Fleischteile auf einem kleinen Teller servierte.

Ich esse ja fast alles, aber bei Tintenfisch (nicht panierte Ringe) muss ich passen. Zwei Stück habe ich gegessen, eher aus Anstand. Es bleibt für mich dabei, im Zweifel lieber Pasta mit roter „Irgendwassauce".

Um 20 Uhr lag ich nachtfein, in T-Shirt und Schlübber, auf dem Bett, las mein Buch und bin ungewollt eingeschlafen. Um 23 Uhr bin ich wieder wach geworden, habe noch einen Schluck aus der Wasserflasche gesaugt, die Ohren verstöpselt und meinen geschundenen Körper zugedeckt.

Nach einem traumlosen Schlaf wache ich um halb sieben wieder auf. Gestern hätte ich wetten können, dass ich heute kaum aus dem Bett kommen würde. Muskelcholera und Gelenkseuche hatte ich erwartet. Ist aber nix. Ich spring aus dem Bett, als hätte ich den gestrigen Tag im entspannten SPA-Bereich eines Luxushotels verbracht.

Durch die Fenster dringen merkwürdige Geräusche aus dem überdachten Innenhof in mein Zimmer. Es ist der starke Regen, der auf die gläserne Überdachung prasselt. Hatte ich doch schon die Befürchtung, dass ich meine Regenhose völlig umsonst gekauft hätte. Für Galizien ist der Kauf einer solchen Hose unbedingt notwendig.

Es ist kurz nach sieben, ich stehe in der besagten Regenhose, Regenjacke und mit einer Art Kondom über meinem Rucksack vor dem Hotel, um meine vorletzte Etappe des Camino anzutreten. Das diesige Wetter und der starke Regen können meiner guten Laune nichts anhaben. Allein schon, weil Mistwetter für mich als Wanderer eine neue Erfahrung ist.

Und es läuft sich in den Regenklamotten problemloser, als ich dachte. Nirgends dringt Wasser ein, die Schuhe halten dicht. Die frohe Erwartung, bald in Santiago de Compostela anzukommen, überstahlt zurzeit ohnehin jede andere Emotion.

Die halbdunklen Straßen von Mélide sind fast menschenleer. Auf die Mütze meiner Regenjacke prasselt laut der Regen, es dämpft die Geräusche der Stadt. Ich bin ganz bei mir und fühle mich, als säße ich alleine an einem regnerischen Tag in einem Zelt.

Auf der Straße spiegeln sich Lichter der Straßenlaternen und der Fahrzeuge, die mich passieren.

Der geteerte Weg mündet am Stadtrand in einen kleinen, abschüssigen Matschpfad. Dann ist es wieder ein permanentes Auf und Ab. Mal durch Wälder, mal durch kleine Dörfer, Wiesen und verzauberte Brücken aus Findlingen über kleine Bäche.

Der Regen lässt langsam nach, die Temperaturen steigen an, die gute Laune vom Vormittag hat sich gehalten.

Dort, wo ich das erste Mal in meinem Leben einen Eukalyptuswald sehe und vor allem rieche, entdecke ich vier Pilger, die auf einem umgestürzten Baum eine Pause machen. Einer von ihnen ist Georg der Sanitäter, der mich seinen Bekanntschaften vorstellt.

Die beiden männlichen Begleiter, die geschätzt Mitte zwanzig sein dürften, kommen aus Deutschland und Kalifornien. Eine junge Frau, im gleichen Alter, stammt aus Dänemark. Meine erste Vermutung, die junge Frau sei die neue Freundin von Georg, stellt sich wieder als falsch heraus. *Die wäre auch wohl zu jung gewesen.*

Kaum dass ich mich dazu- und vorgestellt habe, erzählt mir die junge Dänin ihre dezent romantische Camino-Geschichte.

Sie hat die beiden jungen Männer am ersten Tag in SJPDP kennengelernt. Sie sind zusammen gepilgert, Tag für Tag, bis sie von Burgos zurück nach Dänemark musste. Doch aus lauter Sehnsucht nach ihren neuen Freunden und danach, den Camino zu beenden, hat sie nach einer Woche ein Ticket zurück auf den Camino gebucht. In León haben sie sich wiedergetroffen und natürlich auch tüchtig gefeiert.

„Ja, in León gibt es einen tollen Club, in dem man klasse feiern kann!", kokettiere ich mit meiner weniger romantischen Erinnerung an den Abend mit Körber und Jens.

Georg ist wie immer ruhig und gelassen. Mit gesenktem Haupt sitzt er da und stützt sich leicht nach vorne gelehnt, auf einem hölzernen Wanderstab ab.

Einen Moment hängen wir alle unseren Gedanken nach; horchen in den lautlosen Wald hinein. Georg fragt unvermittelt ob, wir nicht zusammen weitergehen wollen. Ich schon, aber die drei jungen Pilger lassen wir hinter uns.

Der Wald gibt uns über eine längere Strecke kühlen Schatten, dann wechselt es zwischen Ortschaften und offenen Pfaden entlang einer Straße. Georg hat bislang nichts zu den letzten Tagen gesagt.

„Wie sieht es denn mit deiner weiblichen Bekanntschaft aus?"

„Schlecht!", antwortet er.

Ich bin überrascht: „Warum das?"

„Weil die liebe Dame mit ihrem Ehemann auf dem Camino ist!" Sein Tonfall ist sehr abfällig.

„Wie? War das jetzt ein Missverständnis? Oder was?"

„Weiß ich nicht. Ist mir auch egal. Die Dame ist für mich gestorben."

Ich bin gerade ziemlich von den Socken, schien doch alles so nett anzufangen: „Hat sie dir das in Sarria gebeichtet?"

„Wir hatten uns für Las Herrerías verabredet, aber da haben wir uns nicht getroffen. Ich glaube, das hatte ich dir schon erzählt oder?"

„Ja, ich kann mich erinnern. Sie war mit dem Fuß umgeknickt."

„Wie auch immer. Nachdem ich dich neulich in Sarria getroffen habe, bin ich bald zurück zu meiner Herberge. Dort saß sie noch immer mit ihrer Freundin, und ein Mann stand dabei." Georg macht eine Frauenstimme nach: „‚Darf ich vorstellen, das ist mein Mann', hat sie gesagt. Habe mir nichts anmerken lassen, aber kannst dir ja denken, wie sich das anfühlt. Und dann tut die auch noch so, als wäre nichts und ignoriert mich fast. Gut austeilen kann sie übrigens auch. In der Herberge war nicht zu überhören, wie sie sich draußen mit ihrem Mann gefetzt hat…. "

Georg stockt plötzlich in seiner Erzählung. Von hinten höre ich Schritte und bin überrascht, Martin und Beate zu sehen.

„Hey, schön euch zu sehen." Grüße ich *Und besonders zusammen.*

„Hallo Simon", grüßt Martin heiter. Er bleibt auf meiner Höhe stehen, Beate hält zögerlich etwas später an und sagt mal wieder gar nichts.

An Georg gewandt, stelle ich das Paar vor: „Das sind Martin und Beate. Wir haben schon einige Abende zusammen verbracht."

„Hallo", sagt Martin, „ich glaube, wir haben uns schon mal irgendwo gesehen."

Georg knapp: „Kann sein."

Beate: „Lass uns weiter gehen, Martin. Ich muss mal."

Martin: „Ja, aber ...."

Beate packt ihn beim Arm und zieht ihn hinter sich her.

Als sie außer Hörweite sind, meint Georg: „Nette Freunde hast du!", ohne dass ich gerade seine Ironie in der Stimme bemerke.

„Danke, war aber irgendwie komisch jetzt, oder?"

„Jap!", sagt Georg knapp, „ich weiß auch, warum."

Fragend sehe ich ihn an.

„Das war sie."

„Wer?"

„Meine besagte Liebschaft."

„Nee näh!? Die Beate war das?"

„Jap!"

„Beate wird mir immer fremder. Ich war gestern mit ihrem Martin unterwegs. Der hat schon so seine Sorgen mit ihr."

„Oh, guter Hinweis! Es muss nicht noch mehr Porzellan zerschlagen werden. Sag's ihrem Mann bitte nicht!"

Die gute Beate; dann war Georg der Grund, warum sie unbedingt nach Las Herrerías wollte, wo sie ihn dann doch nicht angetroffen hat, weil sie zurück zur Raststätte musste. Das war der Grund für ihren Stress mit Martin und auch für den hektischen Aufbruch, bei dem sie den Rucksack verwechselte.

Und was war mit mir? Hatte sie etwa in den letzten Tagen noch einem dritten oder vierten Kerl schöne Augen gemacht? Meine Eitelkeit ist deutlich angekratzt; mein Bild von Beate gerät gerade völlig unter die Räder.

„Bist du dir sicher, dass ihr so eine Art Verhältnis hattet? Ich meine, kann ja auch sein, dass du es nur falsch verstanden hast."

„So muss ich das wohl sehen. Wobei es aus meiner Sicht keinen großen Spielraum für Interpretationen gibt. Ich meine, wie soll ich sagen, Blicke können täuschen, aber Küsse auch?"

Teufel auch, dieser Satansbraten!

„Tut mir ehrlich leid für dich, Georg, ich kann das nachfühlen." Und wie ich das kann!

„Nicht so schlimm, in zwei Tagen sind wir sowieso zu Hause, und ich sagte ja schon mal, dass ich nicht an Urlaubsbekanntschaften glaube."

Kilometersteine mit der verbleibenden Entfernung bis Santiago de Compostela säumen alle fünfhundert Meter den Weg. Pilger haben auf Einigen kleine Steinchen als Andenken abgelegt. Andere wurden sogar in eine Art Gedenkstätte verwandelt. Sie sind mit Wanderschuhen, einem Strohhut oder einer beachtlichen Anzahl kleiner Zettel verziert.

Manchmal sind es auch nur besondere Bäume und dann sogar kleine Gebetshäuschen, an denen Pilger Steinchen oder Nachrichten abgelegt haben. Auf den letzten einhundert Kilometern sieht man diese, sagen wir mal, Gedenkstätten immer häufiger.

An einem kleinen Häuschen mit Altar machen wir Halt und gehen hinein. Der Raum ist gerade so groß, dass vier Pilger darin Platz hätten. Kerzen geben ein schummriges Licht; eine sakrale Stille erfüllt den kleinen Raum.

Die Zahl der handgeschriebenen Botschaften ist beeindruckend. Wahllos wandern die Blätter durch unsere Finger, werden von uns kurz angelesen und wieder abgelegt. Sie erzählen von bewegenden Geschichten, von Krankheit, Trennung, Tod, aber auch Freude oder Gedanken zum Camino.

Georg nimmt einen Notizzettel und liest leise vor,

„Meine Augen sind tränenleer, so leer wie dein Platz an meinem Tisch. Zwölf Jahre gabst du mir Liebe und mit deiner Lebenslust Kraft, wenn sie mir fehlte. Mit müden Augen schautest du mich an und fragtest ‚warum?'. Meine Antwort waren Tränen.

Das Schlimmste ist mir schon passiert. Ich habe keine Angst mehr, vor gar nichts! Der Schmerz wird mir bis zum letzten Tage bleiben. Hier warst du wieder bei mir, und du wirst es immer sein ..."

Langsam legt Georg den Zettel zurück, dreht sich zum Gehen um, Tränen rinnen ihm bereits über die Wangen, und er sagt noch: „*... deine Mama.*"

Lachen steckt an, Weinen auch. Zwei Männer stehen auf dem Camino, rotzen in ihre Tücher, bis aus dem Weinen ein verschämtes Lachen wird.

Hostal von Jesus

Georg und ich haben uns in der Nähe von A Rúa getrennt. Er wollte sein Glück in den nächsten Herbergen versuchen, und ich musste den Camino verlassen, um zu meinem Hostal zu kommen.

Im Internet versuche ich, ein Hostal oder ein Hotel in der Nähe des Camino zu finden. Georg wusste, dass selbst die Herbergen auf den letzten Kilometern vor Compostela manchmal ausgebucht sind.

Das einzige verfügbare Hostal liegt zwei Kilometer abseits des Camino. Aus den geplanten etwas über dreiunddreißig Kilometern werden somit über fünfunddreißig.

„Morgen ist in der Kathedrale um zwölf Uhr die Messe, dann will ich da sein", sagte Georg beim Abschied, und ich wollte versuchen, es auch zu schaffen.

Auf der kleinen Karte meines Reiseführers ist der Micro-Ort O Pino, in dem sich mein Hostal befindet, nicht eingezeichnet. So frage ich eine Dame, die mit einem Handfeger vor dem Tor ihres großen Hauses steht, nach dem Weg. Ich nix Spanisch und die Frau nix Deutsch oder Englisch. Aber den Namen meines Hotels versteht sie. Gewohnt hilfsbereit bringt mir die Camino-Anwohnerin einen Stuhl nach draußen vor das Tor, bittet mich, Platz zu nehmen und zu warten. Sie geht ins Haus zurück, kommt nach einigen Minuten wieder und gibt mir zu verstehen, dass ich abgeholt werde.

So sitze ich da, habe mittlerweile ein Fleece-Shirt übergezogen und harre unter trüben Wolken der Dinge, die da kommen wollen.

Dann steht er plötzlich vor mir: Jesus!

Sehr weltlich kommt er in einem verrosteten Seat-Kastenwagen daher, stellt sich als Nämlicher vor und gibt sich als Sohn der Betreiberin meines heutigen Hostal aus.

Meinen Rucksack steckt er wortlos lächelnd in den großen Transportkasten. Danach bittet er mich, auf dem Beifahrersitz Platz zu nehmen. Auf eine Bemerkung von mir antwortet er in Englisch, dass seine Mutter ihn einfach nur Jesus genannt hätte; das wäre in Spanien auch gar nicht so unüblich.

Sein Hostal empfängt mich als liebevoll restauriertes Bauernhaus aus dem achtzehnten Jahrhundert. Es steht einsam mit zwei weiteren Gebäuden am Rand eines Waldes.

Zwei Frauen und drei Männer sind bereits eingecheckt. Von den verbliebenen drei Zimmern kann ich mir eines aussuchen. Meine Wahl fällt auf ein Zimmer mit kleinem Balkon und alter Holztreppe zum Innenhof, der von Gebäuden und einer hohen Mauer umschlossen ist.

Ich sitze auf einem gemütlichen, hölzernen Gartenstuhl im Hof. Ein Eistee, Erdnüsse und Oliven wurden mir an meinen Platz gebracht.

Auf dem kleinen, mit üppigen Blumen verzierten Balkon hängt meine handgewaschene Wäsche. Aus den beiden T-Shirts tropft Wasser auf die Eichenbohlen des Balkons und weiter durch die Ritzen in ein Beet, welches den Innenhof einfasst. Bei einem Buch, genieße die Ruhe des historischen Natursteingebäudes.

Es ist mein letzter Abend, und obwohl das verwunschene Hotel für diesen Anlass nicht besser sein könnte, vermisse ich die Gesellschaft meiner Weggefährten der letzten Tage.

Der graue Tag wandelt sich langsam in einen kühlen Abend. Meinen Pullover habe ich wieder übergezogen, lese den mittelalterlichen Roman und fühle mich, als würde ich in seiner Kulisse sitzen.

Plötzlich knallt die alte, hölzerne Tür auf, durch die man vom Innenhof zur Straße gelangt.

„Gucken wir uns die Bruchbude mal an", dröhnt eine Männerstimme.

Es ist Körber! Ihm folgt Jens, im Schlepptau Jesus.

Ich meine, in der Mimik von Jesus einen etwas angespannten Eindruck zu erkennen.

Körber entdeckt mich, entspannt lesend in meinem Stuhl. „Nee, wär is dat dann!"

Jens grüßt mit einem freundlich genäselten „Hallo".

Ich tue meine ungespielte Überraschung mit „das glaube ich ja nicht" kund.

Da habe ich also meine Gesellschaft: Körber droht damit, dass er sich gleich zu mir gesellen wolle und geht mit Jens in das Hotel, um einzuchecken.

Keine fünfzehn Minuten später sitzen beide bei mir, und Körber frisst mir meine Oliven weg.

„Mann habe ich Hunger!", grunzt er, und nach einigen Griffen in die kleine Schale sind die Oliven sowie später auch die Erdnüsse unter lauten Mahlgeräuschen seiner Zähne verschwunden.

Körber wurde das Hostal über die Agentur gebucht. Wie schon in den letzten Tagen, nächtigt er mit Jens in einem Zimmer.

Jens hat eine gute Nachricht: „Körber ist seit Triakastela nicht mehr mit dem Taxi gefahren."

Körber protestiert: „Nu tu man nich so, als wenn ich ständig mit dem Taxi gefahren wäre. Und wenn schon! Immerhin hab' ich von uns allen dat größte Gewicht zu schleppen, und dann hab ich Bluthochdruck! Da muss man wohl sagen, dat ich mir einiges abverlangt hab die letzten vierzehn Tage."

Später erzählt Körber mir von den schönen Gebäuden, der Natur und dass ihm das kühlere Wetter hier gut tue.

Nach unserem ersten gemeinsamen Abend in der Nähe von Léon lag mir nicht viel an Unterhaltungen mit Körber, weil mir das wichtige Getue auf die Nerven ging. Da wir nur in größeren Abständen Kontakt hatten, fällt mir auf, dass Körber sich verändert hat. Er ist nicht mehr der polternde Reinländer, den ich auf der Terrasse an der lauten Durchgangsstraße kennenlernte. Das zwanghafte Alphamännchen scheint mir entspannter geworden zu sein. Er trägt nicht mehr so sehr auf, hört auch mal zu. Von seiner gnadenlosen Selbstüberschätzung zu Rad, Wasser und beim Alkohol sehe ich mal ab. Er hat wohl mitbekommen, dass er hier keinem was beweisen muss.

Eine halbe Stunde dauert es, bis wieder die Holztür zur Straße aufgeht. Ich freue mich, ein reflexartiges „Moin" entfährt mir, denn Tom betritt den Innenhof!

„Ah, das ist ja super, dass ihr auch hier seid. Sehen wir uns gleich beim Abendessen?", frohlockt er.

„Sicher, wo sollten wir auch sonst hin, hast du dich umgesehen?"

Tom lacht, nickt und verlässt mit Jesus den Innenhof Richtung Hotelzimmer.

Als ich in das kleine Esszimmer komme, sitzt Tom bereits am Tisch und winkt mich zu sich. Es ist für vier Personen eingedeckt.

„Ich habe mir gedacht, dass wir alle an einem Tisch sitzen und habe noch zwei weitere Gedecke für Jens und Körber bringen lassen. Das ist doch für dich okay, oder?"

„Natürlich!", bestätige ich und greife mir den Stuhl neben ihm. Ich will sofort das Neueste von unserem streitenden Paar aus Hamburg wissen: „Ich bin zum Platzen gespannt, was du mir über Beate und Martin erzählst! Habe sie heute kurz zusammen auf dem Weg gesehen."

Tom lächelt und wirft seine Stirn in Falten. „Ich weiß nicht, ob wir so viel Zeit haben", orakelt er geheimnisvoll. „Und außerdem weiß ich nicht, ob ich alles erzählen darf. Kate hat mir eigentlich das Versprechen abgenommen, dass ich es für mich behalte."

„So ein Quatsch, wir sehen uns doch nie wieder! Oder sind das wieder Geschichten, die die nationale Sicherheit betreffen?"

Tom grinst, und ich setze nach: „Na leg schon los!"

„Gut, fangen wir mal mit dem Unverfänglichen an. Beate und Martin haben sich wieder vertragen! Ich habe gestern am Ortseingang von Mélide Kate und Beate getroffen. Beate hat von meinem Handy aus eine Nachricht an Martin geschickt, der dann etwas später dazu gekommen ist. Nach der Begrüßung hat er Beate ein gutes Stück zur Seite genommen und in einer Seitenstraße so richtig ‚rund gemacht'. Der muss ihr wirklich den Kopf gewaschen haben. Nicht, dass ich alles verstanden hätte, dafür standen sie zu weit weg, aber Martin hat ordentlich Dampf abgelassen."

„Und Beate?"

„Hat geweint. Die wusste wohl, was kommt, und sie wusste auch, dass Martin im Grunde recht hat."

„Warum um Himmels Willen ist sie dann vor Martin weggelaufen?"

„Das war eigentlich gar nicht so gewollt. Sie ist halt mit Kate immer weiter, und die beiden haben sich am Anfang einen Spaß daraus gemacht, der Gruppe wegzulaufen. Das ist als kleiner Streich angefangen und hat sich in Sarria zu einem Ehestreit entwickelt. Da hat nämlich Martin die beiden Flüchtlingen wiedergefunden und war natürlich stinksauer."

„Warum ist Beate denn nicht an das Handy gegangen? Martin hat vor Sarria versucht, sie anzurufen."

„Das Handy war im Rucksack, und Beate saß mit Kate vor der Herberge. Sie hat es einfach nicht gehört. Nach dem Streit sind die beiden ziemlich unglücklich auseinander gegangen und haben sich auch am nächsten Tag noch nicht vertragen."

„Weiß ich! Ich war an dem Tag in Portomarin bei Martin. Der hat sich bei mir etwas ausgeweint; er hat auch wiederholt versucht, Beate anzurufen, die wieder nicht an das Telefon gegangen ist, worauf er natürlich ziemlich enttäuscht war."

Tom nickt. „Was er nicht wissen konnte, ist, dass man in der Herberge Beates Handy aus dem Rucksack geklaut hat. Martin hat das natürlich erst am nächsten Tag in Mélide mitbekommen. Beate konnte gar nicht rangehen."

Tom berichtet mir noch ziemlich ausführlich, dass Beate sehr unglücklich sei. Nicht nur mit ihrer Beziehung zu Martin, auch mit ihrem Leben insgesamt. Sie fühle sich oft missverstanden, habe nichts, worauf sie wirklich stolz sei. Beates Herz hänge zwar an Martin, doch suche sie auch die Anerkennung anderer Männer. Ihre Gefühle und Stimmungen befänden sich im Spannungsfeld von Vernunft, Harmoniebedürftigkeit und dem Drang nach Neuen, sodass es sie manchmal fast zerreiße.

„Du solltest es wissen!", sagt Tom vielsagend.

In dem Moment kann ich mir schon denken, worauf er anspielt, will es aber noch nicht wahrhaben und stelle mich dumm: „Was meinst du damit?"

„Na du hast doch auch mit Beate so eine Art Verhältnis gehabt."

Ich fühle mich ertappt und bin froh, dass Jens und Körber noch nicht da sind. „Was immer Beate auch gesagt haben mag, es war nicht so, dass ich mich für irgendetwas rechtfertigen müsste."

„Ich weiß", sagt Tom beschwichtigend, „ich wollte dich auch nur etwas aufziehen."

Außerdem weiß er, dass Beate auch anderen Männern schöne Augen gemacht hat.

„Gott ist das kompliziert!", stoße ich aus. „Wo sind die beiden denn jetzt eigentlich?"

„Weiß ich nicht. Aber morgen werden wir sie sicher treffen. Die wollen um zwölf Uhr zur Messe in die Kathedrale."

„Schön, ich will dann auch da sei. Ich hätte es bedauert, wenn ich mich nicht von ihnen hätte verabschieden können."

Uns wird eine neue Flasche Wein serviert, wobei Jesus an Tom gewandt, fragt, ob wir schon mit dem Essen beginnen wollen.

„Wir warten, bis die beiden anderen kommen", entscheidet Tom „Wenn die aber nicht in zehn Minuten da sind, können Sie servieren."

Ich muss unbedingt noch was von Tom wissen. „Weiß Martin das mit Beate und mir?"

Er lächelt. „Nein."

Ich bin erleichtert „Gut! Ich mag Martin nämlich. Das ist so schon alles ausreichend unangenehm."

Jens und Körber kommen an den Tisch.

Körber setzt sich und sagt: „So, unser letztes Abendmahl, Jungs."

Tom schaut Körber an und interveniert: „Nicht unbedingt. Morgen sind wir ja noch in Santiago de Compostela." Dabei dreht er sich zu mir und ergänzt: „Da können wir ja noch zusammen Abschied feiern."

Was ich noch keinem gesagt habe, ist, dass ich morgen nicht in Santiago de Compostela bleiben werde. „Tut mir leid, da werde ich nicht dabei sein."

Tom, Jens und Körber starren mich fragend an.

„Gestern hat mir mein Kumpel Christoph geschrieben, dass er morgen am Cap Finisterre ist. Den habe ich im letzten Jahr auf dem Camino kennengelernt. Er geht gerade den Camino Portugues. Die Gelegenheit, ihn zu treffen, will ich mir nicht entgehen lassen. Morgen werde ich lediglich die Messe besuchen, die Compostela abholen und mir dann einen Mietwagen nach Finisterre nehmen. Übermorgen fahre ich nach Léon, hole dort meinen Wagen ab, und dann geht's zurück nach Hause." *Und so nebenbei gesagt, ich freue mich drauf.*

Nachdem man den Umstand glaubwürdig bedauert hat, wird aufgetischt. Es gibt galizische Hausmannskost. Salat aus dem eigenen Garten, selbstgemachten Käse mit Brot und Aufstrich, Kaninchen in Sauce mit Reis, dazu einen trockenen Wein.

Viele Restaurants habe ich in den letzten Tagen besucht. Keines von denen kann mithalten, mit dem, was uns heute geboten wird. Dabei ist die Atmosphäre liebevoll wie bei Muttern.

Nachricht an Andrea:
„Die letzte Nacht auf dem Camino! Morgen komme ich endlich an. Ich freue mich! Ich fahre dann mit dem Auto nach Cap Finisterre, und übermorgen geht es zurück zu dir!"

Das Ziel vor Augen

Ein Fluch begleitet mich vom Balkon zurück in mein Zimmer. Zwar hatten es meine gewaschenen Socken geschafft, ihre Feuchtigkeit über Nacht loszuwerden, aber die beiden Shirts hängen noch immer nass auf der Leine. Mit feuchten Klamotten will ich auf keinen Fall auf den Camino. Weiß der Himmel, was ich mir bei dem kalten Wetter am letzten Tag noch einfangen könnte. In meinem Zimmer gibt es noch nicht einmal eine Heizung. Auf Nachfrage händigt mir die Hotel Chefin ihren privaten Föhn aus; ich komme mit Verspätung zum Frühstück.

Jens, Körber und Tom haben sich eingefunden. Wenige Tische weiter sitzen zwei Damen an einem Tisch.

„Guten Morgen, Männer", begrüße ich die Runde.

Ich schaue auf meine Uhr. „Es ist kurz nach sieben. Schaffen wir es noch bis zwölf Uhr in die Messe?"

Körber meint: „Ich denke schon. Ich habe mit Jesus besprochen, dass er uns gleich zurück auf den Camino bringt. Am Kilometerstein neunzehn will er uns absetzen."

„Nimmt er uns alle mit?"

„Natürlich!"

Ich war mir gerade nicht sicher, ob Körber nur für sich oder für alle nachgefragt hatte.

Draußen steht der kleine Kastenwagen, in dem Jesus uns gestern vom Camino abholte. Die beiden Damen vom Nachbartisch, hatten mitbekommen, dass Jesus uns an den Camino bringt und setzen sich, ohne zu zögern, nach vorne auf die Sitze. Da gibt es keine Diskussion, denn die beiden sind älter als wir, und wir sind ganz Gentleman. Körber raunt ein beleidigtes „Ich hab' aber zuerst gefragt".

Im „Laderaum" kauern wir Männer uns auf den Boden. Sitzplätze gibt es nicht im Transportkasten. Am Kilometerstein neunzehn überlässt Jesus uns wieder dem Camino.

Auch der letzte Abschnitt zeigt sich zunächst von seiner ländlichen Seite, bis wir den Flughafen von Santiago de Compostela erreichen. Frevler haben die Landebahn direkt auf dem Camino gebaut, sodass man den Flughafen heute umgehen muss. Der Camino ist dadurch etwas länger als noch vor hundert Jahren.

An einer langen, sehr geraden Wegstrecke sehen wir weit vor uns Kate, Martin und Beate. Ich kann erkennen, dass Kate den Rucksack abstellt und etwas herauskramt. Sie macht ein Foto und packt den Apparat dann wieder zurück. Martin schaut in der Zeit in unsere Richtung und bemerkt nach einer Weile, wer ihm da entgegenkommt.

Abgesehen von Körber, dessen Einheits-Miene nicht immer verrät, welcher Stimmung er gerade ist, freut sich jeder ob des Wiedersehens; wir begrüßen uns mit einem Durcheinander von ‚Good-Mornings', ‚Guten Morgen' und ‚Moin'.

Martin legt mir eine Hand auf die Schultern. „Na, alles gut, mein Freund?", fragt er mich; wir stellen uns etwas abseits der Gruppe. Ich spüre die Vertrautheit, die uns seit Portomarin verbindet; es braucht nur einen Blick und eine kleine Geste von ihm, um mir zu signalisieren, dass er gerade sehr zufrieden ist.

„Wieder alles gut bei euch?", frage ich ihn im Gegenzug.

„Ich denke, der Sturm ist vorübergezogen."

Ich bin mal wieder überrascht, wie bereitwillig er über Beates Eskapaden hinweggesehen hat.

Doch scheint er sich auch bewusst zu sein, dass der aktuelle Friedenspakt auf tönernen Füßen steht. „Warten wir mal ab, was noch kommt! Im Moment ist es aber sehr entspannt."

„Weißt du jetzt, was du willst?"

Martin lächelt, blickt unsicher auf den Boden. „Ich weiß, was ich will, bin mir aber nicht sicher, ob ich es bekommen kann."

Aus Beates Gesicht ist für mich nicht zu erkennen, in welcher Stimmung sie sich gerade befindet. Sie hat es ja auch immer wieder gut verstanden, ehrliche Emotionen zu verstecken.

Neben uns treffen sich lauthals ein paar amerikanische oder kanadische Girls wieder.

„… Iiii, where have you been …"

„Ohhh …, was looking for you …"

„… today is the big day …"

Dabei fallen sie sich in die Arme und hüpfen rum, als müssten sie in ihren Rucksäcken Cocktails um die Wette schütteln.

Links von uns befindet sich ein Feld und rechts ein Gelände, auf dem die rieseigen Gebäude des Senders TV-Galicia untergebracht sind, die Kate vorhin fotografierte.

„Ist das Gebäude architektonisch so interessant, dass du es fotografieren musstest?", frage ich Kate.

„Architektonisch nicht, aber es ist doch erstaunlich, dass ein so kleines Land einen derart großen Sender braucht."

„Wenn man aus Australien kommt, sind bestimmt alle anderen Länder klein."

Wir erreichen den Monte do Gozo, von dem mein Pilgerführer berichtet, dass an der Stelle bereits Millionen von Seufzern ausgestoßen wurden, weil man von hier das erste Mal auf die Kathedrale von Santiago de Compostela blicken kann. Zumindest wenn das Wetter mitspielt und man nicht an dieser Stelle gegen eine Wand aus Wolken starrt.

Ich bin enttäuscht. Hatte ich mich doch so auf diesen Anblick gefreut. Und jetzt stehe ich hier und sehe nichts. Zu allem Überfluss werden die heranrauschenden Wolken auch noch immer dunkler und werfen ihre feuchte Last ab. Zu Recht freute ich mich schon heute Morgen auf den kommenden Abend, denn am Cap Finisterre soll es sonnig sein.

Wir gehen den Monte do Gozo hinunter über eine Brücke weiter in das Innere der Stadt. Die mittlerweile große Anzahl an Pilgern auf dem Camino und das graue Wetter enttäuschen mich mehr, als ich zuvor gedacht hätte. Mich treibt die Erwartung voran, endlich die Kathedrale zu sehen, meine Erinnerungsbilder zu machen und in der Gemeinschaft meiner Mitpilger eine Messe zu erleben, die einen bleibenden Eindruck hinterlassen soll.

Beate fragt im Gehen: „Hat denn schon einer die Kathedrale gesehen?"

Ein allgemeines Nein und Kopfschütteln sind die Antwort.

Tom treibt die Gruppe vor sich her: „Wir müssen uns beeilen. Wenn wir es bis zwölf Uhr in die Messe schaffen wollen."

Die laute Straße, an der wir laufen, wird von teilweise unansehnlichen Putzbauten gesäumt. Der graue Tag verstärkt den Eindruck.

Seit dem Monte de Gozo laufen wir zügig nebeneinander her und sind allesamt in unseren Gedanken versunken. Nur die Frage, ob jemand die Kathedrale entdeckt hat, ist dreimal gestellt worden.

Und dann ist sie in der Ferne zu sehen. Tom erkennt sie als Erster, weil er mit Martin in vorderster Reihe läuft. „Da ist sie!", rufen beide fast parallel.

Unspektakulär erheben sich die beiden Türme über graubeige Fassaden mit roten Dächern. Kein ergreifender Moment. Emotionslos mache ich, wie auch alle anderen, ein Foto.

So nah sie auch schien, bis wir die Kathedrale erreichen, dauert es noch, und es ist schon zwölf. Wir werden zur Messe zu spät kommen. Wie Jäger, die nach einer Beute spähen, folgen wir dem ausgewiesenen Camino. Immer in der Hoffnung, hinter der nächsten Abbiegung endlich vor der Kathedrale zu stehen.

In der Altstadt wird es endlich ruhiger und angenehmer zu gehen. Die historischen Gebäude sind sehenswert und haben wieder Charme.

Plötzlich bleibt Beate stehen, zeigt mit dem Finger nach rechts. „Seht mal, da ist das Museo de las Peregrinaciones. Das kenne ich von einem Foto."

„Schon klasse, Beate!", sagt Tom, „aber schau mal nach links!"

Wir stehen keine fünfzig Meter von der Kathedrale entfernt. Ich dachte, wir würden sie über den erhabenen Plaza do Obradoiro erreichen, den großen Vorplatz an der Turmseite. Doch wir stehen vor dem nördlichen Seiteneingang.

Nur Sekunden bleiben uns, um einen Blick auf die monumentale Kathedrale zu werfen, bis Tom sehr nüchtern drängt: „Ich will in die Messe, es ist fast zehn nach Zwölf. Kommt ihr mit?"

Wir alle folgen Tom, fast im Laufschritt, bis zur Tür.

Nur Kate bleibt einen Moment stehen und sagt dann: „Ach, was soll's, ich schau mir das auch mal an."

Die Bänke des Seitenschiffes sind bereits voll, sodass wir uns vor und neben die mächtigen Säulen oder auf den Boden setzen müssen. Lautsprecher und Bildschirme übertragen die Messe in alle Ecken der Kirche. Meinen Rucksack lege ich ab und hocke mich auf die Stufe einer Seitenkapelle, von wo ich einen guten Blick seitlich auf den Altar und auch auf meine Mitpilger habe, die sich an eine der Säulen gelehnt haben.

Meine Erwartung, beim Erreichen der Kathedrale einen ergreifenden Moment zu erleben, hat sich nicht erfüllt. Zu nüchtern waren die letzten Kilometer bei schlechtem Wetter. So sitze ich auf meiner steinernen Stufe und versuche, möglichst andächtig die Messe zu erleben.

Das Weihrauchfass wird heute nicht geschwenkt. Sein Seil ist an einer Wand verknotet. Mein Blick ist eine Weile auf den opulent mit Gold verzierten Altarbereich gerichtet, der seit hunderten von Jahren Gläubige beeindruckt. In den Bänken lauschen nicht nur Pilger andächtig der Messe, es sind auch „normale" Touristen und Einheimische unter ihnen.

Mein Blick wandert weiter durch die Bänke und trifft auf Beate und Martin, die auf dem Boden sitzen; mit dem Rücken an einer steinernen Säule. Martin schaut konzentriert auf den Altarraum, Beate hat ihren Kopf an Martins Schulter gelehnt. Sie hat die Augen geschlossen. Ein beneidenswert harmonisches Bild ist es, wie die beiden da sitzen. Aber eben nur ein Bild!

Neben den beiden steht Tom an der Säule. Kate kann ich nicht sehen, weil sie hinter der Säule sitzt. Tom wirkt nüchtern, als überlege er bereits, welche kulturellen Höhepunkte nach der Messe abzuarbeiten sind.

Jens und Körber sitzen auf der anderen Seite auf einem Vorsprung der Säule sehr dicht beisammen.

Ein Lied wird eingestimmt und erfüllt das Kirchenschiff mit harmonischem Klang. Die Nüchternheit der ersten Momente weicht langsam der Erhabenheit. Mein Blick wandert wieder zu Beate und Martin. Sie sitzen beide unverändert, doch läuft Beate gerade eine Träne über die Wange, was Martin nicht erkennen kann.

Wenn mich der Camino noch mit einem schönen Moment überraschen will, wird es langsam Zeit. Die Messe hat es nur ansatzweise geschafft. Vielleicht bringt es der nächste Programmpunkt, zu dem uns Tom antreibt.

Die Pilgerreise ist erst beendet, wenn man die Jakobusfigur, die sich in der Kathedrale hinter dem Altar befindet, umarmt hat. Wir warten schweigend in der Schlange, bis wir zunächst unterhalb des Altars an dem Sarg des Heiligen vorbeigegangen sind und danach über einem schmalen Aufgang an der Jakobusfigur stehen.

Und genau jetzt, hinter dieser großen goldverzierten Jakobusfigur, bricht sich langsam Emotion Bahn. Nach und nach realisiere ich, dass ich in Santiago de Compostela angekommen bin. Ich nehme mir die Zeit, um den Augenblick zu genießen, steige die eine Stufe zur Figur hinauf, fasse den Jakobus an den Schultern und drücke meinen Oberkörper an seinen goldenen Rücken. Bin ich für diesen, im Grunde schlichten Moment, all die Kilometer gegangen?

Nein Simon! Nicht für diesen Moment bin ich den Weg gegangen. Mein Ziel waren der Weg, und die Natur, und die Menschen, und die Ruhe, und die Unabhängigkeit ... Ja, und auch Jakobus zu umarmen.

Von dem Moment jäh gerührt, steige ich von der Stufe und verlasse den prunkvollen Raum durch den kleinen Niedergang. Beim Passieren einer jungen Frau, die gerade noch vor mir ging, kann ich erkennen, dass auch sie mit ihren Emotionen kämpft.

Meine Erwartungen zur Ankunft an der Kathedrale haben sich anders erfüllt als gedacht. Meine romantische Erwartung sehnte sich nach dem schon oft gehörten großen Moment, in dem man den Vorplatz der Kathedrale betritt. Womöglich waren die morgendliche Hatz, das schlechte Wetter und der volle Camino auch schuld. Evtl. auch die jugendlichen Pilger aus Portugal, die mitten im Weg saßen und alle anderen ignorierten, die sie umrunden mussten. Oder die jugendlichen Pilger waren schuld, die im Wald mit ihren Handys laut Musik hörten, die mit ihrem „Wumm, Wumm, igsch, igsch" nicht in die Natur passte.

Doch der beeindruckende Moment, nachdem ich die Statue des Heiligen Jakobus umarmte, wird mir bleiben. Mit Stolz schaue ich auf die 700 Kilometer, die ich mit Rucksack gewandert bin. Jetzt will ich nur noch etwas ruhen, meine Compostela holen und dann zu meinem Mietwagen, um nach Finisterre zu fahren.

Jens schreckt mich aus meiner Andacht. „Die anderen sind schon draußen. Kommst du mit?"

Wir durchmessen das Hauptschiff und treten durch eine kleine Tür in dem großen Tor nach draußen.

Es nieselt nicht mehr. Sonnstrahlen ringen sich durch die Wolken und lassen den Vorplatz gerade in diesem Moment erleuchten.

Körber sehen wir zuerst, dann Beate und Martin mit Tom und Kate, die bereits ihre Rucksäcke auf den Platz gelegt haben und für ein Gruppenbild Aufstellung nehmen.

Ich stelle mich mit Körber und Jens dazu. Die beiden stehen in der ersten Reihe, ich direkt hinter ihnen.

Ein japanischer Pilger hat von Kate den Fotoapparat erklärt bekommen und macht ein erstes Bild. Danach werden die Handys für ein Foto nach vorne gegeben.

Das dauert eine ganze Weile, in der mir auffällt, wie innig sich Jens und Körber aneinander halten. Körber hat seinen Arm auf Jens' Schulter gelegt; Jens' Arm umschlingt den Rücken von Körber. Mit kleinen Bewegungen streichelt Körbers Daumen die Schulter von Jens.

Erschöpft haben wir uns auf den Platz gesetzt. Haben uns aneinander oder gegen den Rucksack gelehnt; jeder hängt seinen Gedanken nach. Für mich waren es nur drei Wochen, doch für Kate, Tom und Beate und Martin ist dies der Abschluss einer über fünfwöchigen Reise.

Tom resümiert sachlich: „Das war es dann wohl, meine Freunde!"

Kate sitzt neben mir und bricht in Tränen aus. Sie schluchzt und schnäuzt bald das zweite Taschentuch voll.

Danach lächelt sie mit ihrem verweinten Gesicht und sagt: „Ja, das war's dann wohl, me time is over!"

„Vielleicht," antworte ich „Vielleicht nimmst du aber auch was mit nach Hause. Etwas, das dir zeigt, wie du ‚me time' im Alltag haben kannst."

Kate schlägt die Hände vor die Augen. *Mist, jetzt heult sie noch mehr!*

Sie ist mit dem Weinen nicht alleine. Nicht wenige, die den großen Platz erreichen und sich in die Arme fallen, lassen ihren Emotionen freien Lauf. Es ist die Freude, es geschafft zu haben, und die Gewissheit, dass man gewonnene Freunde verlassen wird. Und auch so ein Camino kann irgendwann zum Freund werden.

Nur die amerikanischen oder kanadischen Girls kreischen: „We did it, we did it! AAAhhh, iiiiii!" Sie hüpfen wieder im Kreis, als hätten sie ein Sportevent gewonnen.

Tom ist der Erste, der los will, um seine Compostela abzuholen. Kate, Beate, Martin und ich wollen ebenfalls mit. Nur Jens und Körber wollen bleiben.

So heißt es also zum ersten Mal Abschied nehmen. Jens nehme ich in den Arm. „Halt die Ohren steif, ich wünsche dir alles Gute und eine glücklichere Hand bei deiner Partnerwahl."

„Danke Simon. Ich bin wirklich froh, dass ich dich und die anderen kennengelernt habe." Leiser fügt er hinzu: „Einen neuen Partner habe ich schon."

„Ich weiß, Jens. Pass diesmal besser auf deine Nase auf!"

„Mach ich." Wir drücken uns ein letztes Mal, schlagen uns mit der flachen Hand freundschaftlich auf den Rücken.

Körbers dicker Bauch drückt sich vor den meinen. „Mach es gut Körber, pass mit dem Alkohol auf!", sage ich grinsend.

„Werde ich Simon. Mach du et auch gut, mein Freund!"

Dabei spühre ich, dass seine Worte von Herzen kommen.

Kate, Tom, Beate, Martin und ich stehen in der Schlange vorm Pilgerbüro. Langsam geht es vorwärts; auch hier sind die Pilger, die anstehen, zum großen Teil in sich gekehrt. Nach fünfzehn Minuten haben wir den breiten Torbogen erreicht; ich werfe einen Blick hinter mich und entdecke Georg.

„Du bist ja auch da!", grüße ich ihn überrascht.

Er lächelt freundlich und gewohnt gelassen. „Ja, stehe schon eine Weile hinter dir, aber du schaust ja immer über mich hinweg."

Beate ist direkt vor mir. Georg hatte sie noch nicht bemerkt, weil Martin sie bis eben gerade abgedeckt hatte.

„Beate! Dich hatte ich gar nicht gesehen", ruft Georg überrascht.

Beate reagiert gewohnt cool: „Hallo Georg, lange nicht gesehen. Gerade erst angekommen?"

Nein ist Georg nicht, er erzählt ihr sachlich von den letzten Stunden. Dann ist die Konversation beendet, die Schlange bewegt sich vorwärts. Georg fällt, gewollt oder ungewollt, zurück.

Beate ist seit der Messe still geworden. Selbst mit Kate hat sie seit einer geraumen Zeit nicht mehr gesprochen, und die scheint mir in den letzten Tagen die engste Vertraute von Beate geworden zu sein.

Beate beobachtet umstehende Pilger und besonders die, die heiter mit ihrer Compostela in der Hand das erste Stockwerk des Pilgerbüros verlassen.

Endlich habe ich einen der vielen Schalter im Pilgerbüro erreicht und lege mein Credencial vor.

Freundlich fragt mich der Mitarbeiter des Pilgerbüros: „Wie hat es Ihnen auf dem Camino gefallen?"

„Es war beeindruckend, aber ich brauche noch eine Zeit, bis ich zu mir gekommen bin."

Er lächelt, entwertet mein mühsam mit Stempeln gefülltes Credencial del Peregrino und stellt mir meine Compostela aus.

Vor dem Tor des Pilgerbüros warten bereits meine Mitpilger.

Kate wedelt überschwänglich mit ihrer Compostela, die sie, wie wir alle, in einer Pappröhre verstaut hat. Sie ruft glücklich: „Wir haben es geschafft, Simon. Yippie!"

Albern wedele ich mit einem Yippie zurück und sage herzlos: „Dann kann ich ja gleich los, um mir meinen Mietwagen zu holen."

„Ach komm!", sagt Martin, „lass uns noch einen Kaffee trinken. Ich gebe eine Runde aus."

Nicht weit vom Pilgerbüro unter den Arkaden eines Restaurants wird ein Tisch frei. Beim Ablegen meines Rucksacks läuft Georg an uns vorbei.

„Hey, Georg!", rufe ich ihm zu, „wir haben uns noch gar nicht verabschiedet!"

Mit zwei Schritten stehe ich vor ihm und frage, ob er sich noch zu uns setzen möchte. Mit Blick auf Beate möchte er es aber nicht. „Ich treffe mich gleich mit anderen Pilgern".

Was ich ihm aber nicht so recht glauben mag.

„Hat sich der Weg für dich gelohnt?", frage ich ihn.

„Das hat er. Aber noch einmal mache ich das nicht. In den letzten Tage habe ich mich nach dem Ende gesehnt; fast hätte ich sogar einen Bus genommen."

Wir drücken uns fest und wünschen uns alles Gute.

Beate hat uns die ganze Zeit beobachtet. Sie steht gerade auf. „Ich gehe mal auf Toilette."

Darauf Martin: „Warte doch, bis wir bestellt haben!"

Doch Beate hört ihn schon nicht mehr.

Die Bedienung kommt, wir bestellen Café Cortado, Espressos und zwei Kuchen für Martin und Beate.

Kate fragt die Runde, wie es für jeden von uns war, die Kathedrale und Santiago de Compostela zu erreichen. In Bezug auf die Stadt decken sich die Eindrücke. Wir waren alle neugierig. Kate hatte mit den Tränen zu kämpfen, als wir an der Kathedrale ankamen; alle anderen waren ebenfalls ergriffen, nur Tom und ich waren zunächst enttäuscht.

„Wo bleibt denn Beate?", fragt Martin mehr sich selbst, als sie nach fünfzehn Minuten noch immer nicht zurück ist.

„Ich schaue mal auf der Toilette nach", bietet Kate an und steht auf. Schnell ist sie zurück und meint aufgeregt: „Auf der Toilette ist sie nicht!"

Martin sitzt wie versteinert auf seinem Aluminiumstuhl und weiß nicht, wie er reagieren soll.

Tom organisiert sofort die unabdingbare Suchaktion: „Vielleicht hat sie sich verlaufen. Martin, du bleibst mit Simon hier; ich gehe mit Kate die Straße rauf und runter. Wir checken die Toiletten."

Mutlos erwidert Martin: „Viel Erfolg!"

Und er soll recht behalten. Von Tom und Kate erreicht uns nach weiteren fünfzehn Minuten, dass sie Beate nicht finden können.

Tom erinnert sich: „Damals in Somalia haben wir mal die Küche verloren …"

„Tom!", sage ich streng, „Tom, das ist jetzt wirklich unpassend."

Tom schweigt und setzt sich an den Tisch.

Mir wird die Zeit langsam knapp, will ich Finisterre noch bei Sonnenlicht erreichen. „Nehmt es mir nicht übel, aber ich muss langsam sehen, dass ich zum Autoverleiher komme."

Martin antwortet: „Kein Problem!" Dabei lächelt er mich verständnisvoll an. „Sieh zu, dass du weg kommst. Meine Telefonnummer hast du ja. Ruf mich mal an oder komm vorbei, wenn du in der Nähe bist!"

Der Abschied von ihm fällt mir besonders schwer. Auch Tom und Kate sage ich Lebewohl, schultere meinen Rucksack, drehe mich beim Gehen noch einmal um, um zu winken, und suche mir den Weg zur Autovermietung, die unterhalb des Ortes am Bahnhof liegt.

El Final

Es gibt dieses Kribbeln im Körper, welches auch mich regelmäßig überfällt, wenn ich eine Reise antrete. Dieses Kribbeln habe ich in der Regel nicht, wenn ich die Reise beende und wieder nach Hause fahre. Das ist heute für mich neu.

Das war er also, der Abschluss meines Camino. Ich will jetzt nur noch schnell nach Finisterre, um mit Christoph einen Wein oder Gin in der untergehenden Sonne zu trinken. Und ich weiß, dass mein Kribbeln von der Gewissheit herrührt, dass ich morgen von Finisterre aus quer durch Spanien bis Bordeaux fahren werde und am nächsten Tag quer durch Frankreich sowie Belgien bis nach Hause.

Morgen werde ich in Léon noch ein letztes Mal vom Autovermieter quer durch die Stadt mit meinem Rucksack laufen – bis zum Hotel am Stadtrand, in dessen Tiefgarage mein eigener Wagen steht. Und dann werde ich wieder in meine zivilen Klamotten schlüpfen, den Camino hinter mir lassen.

Eine schlichte Beton-Treppe führt hinunter zum Parkplatz vor dem modernen Bahnhof. Die beiden großen Büros der internationalen Autovermieter sind schon von Weitem zu erkennen.

Woran ich mich als typischer Deutscher nur schwer gewöhnen kann, ist die Siesta. Ich stehe um 15.15 Uhr an der Tür des Autovermieters meines Vertrauens und muss lesen, dass dieser erst um 16 Uhr öffnet.

Um dem unangenehm kalten Wind auf dem Bahnhofsvorplatz aus dem Weg zu gehen, schlendere ich in die

Wartehalle des Bahnhofs. Die Halle ist zwar nicht sehr groß; doch die Geräuschkulisse könnte in einer Bahnhofshalle einer Großstadt nicht lauter sein. Reisende laufen hin und her, einige stehen in Gruppen zusammen. Rechts warten drei Personen an einem Kassenschalter, der trotz Siesta geöffnet hat. Links befinden sich zwei lange Reihen von gegenüberliegenden Sitzbänken.

Auf der letzten Bank hinten links sitzt nur eine einzelne Person, die gegenüberliegende Bank ist frei.

Auf meinem Weg dorthin ist die einzelne Person unschwer als Frau zu erkennen. Sie hat den gleichen Rucksack wie ich neben sich stehen. Sie ist nach vorne gelehnt, stützt ihren Kopf in die Hände und starrt auf den gefliesten Boden. Sie sieht wunderschön aus, auch wenn ihre Hände das Gesicht zum Teil verdecken, denn es ist Beate.

Ist das das Finale einer Beziehung frage ich mich? Ist es gut, dass ich mich zu ihr setze, eventuell Trost spende? Sollte ich sie ignorieren und weitergehen?

Ich gehe zur leeren Bank ihr gegenüber. Stelle fast geräuschlos meinen Rucksack ab, setze mich und schaue sie eine Weile an.

Sie hebt den Kopf. In ihren geröteten Augen spiegelt sich Überraschung, aber auch traurige Verzweiflung.

„Beate, bist du sicher, dass du das Richtige tust?"

Sie nimmt die Hände vor ihr Gesicht und schluchzt. „Ich weiß es nicht Simon. Ich weiß gar nichts mehr!"

Ihr Weinen wird lauter; mir fällt es schwer auf meinem Platz sitzen zu bleiben.

Sie in den Arm zu nehmen und zu trösten, wäre jetzt einfach, doch derjenige, der wirklich Grund hätte, in den Arm genommen zu werden, ist Martin, der oben in der Stadt sitzt und sich Sorgen um seine Frau macht.

„Was glaubst du denn, was ich tun soll?", fragt sie mich, nachdem sie sich etwas beruhigt hat.

„Ich weiß ja noch nicht einmal, was das Problem ist! Bis gerade hast du es immer gut verstanden, es zu verstecken. Außerdem spricht man üblicherweise zuerst mit seinem Partner über Probleme dieser Art. Was immer es ist, Martin scheint es nicht zu kennen oder zu verstehen. Und wenn du, warum auch immer, nicht mit ihm reden willst, ist es eine Sauerei, dass du ihn und vielleicht noch andere dort oben nach dir suchen lässt."

„Suchen die nach mir?"

Verständnislos, laut und fast verächtlich, antworte ich: „Wie naiv bist du eigentlich?"

Ich muss erst mal Luft holen und ruhig werden.

Meine Stimme ist noch aufgebracht. „Dort oben sind zwei Menschen, die sich zusammen mit deinem Mann sorgen. Willst du einfach abhauen? Und wohin? Martin wird morgen nach Hamburg fliegen. Wenn du ab hier mit dem Zug fahren willst, ist er lange vor dir da. Es kann aber auch sein, dass er hier bleibt, um vergeblich solange nach dir zu suchen, bis er erfährt, dass du schon in Hamburg bist. Hat er das wirklich verdient?"

Beates Schluchzen wird wieder heftiger.

Ich lasse ihr die Zeit, sich zu beruhigen.

Dann hebt sie den Kopf, schaut mir in die Augen. „Bin ich so ein schlechter Mensch?"

Darauf antworte ich nicht, aber ich bitte sie flehend: „Tu mir den Gefallen, und rufe Martin an! Wofür du dich auch immer entscheiden willst, ist mir egal, aber ihn ohne Nachricht zurückzulassen, ist einfach nur egoistisch. Wenn du es nicht tust, tue ich es!"

Fahrgäste passieren uns, einige schauen interessiert in unsere Richtung und werden einen Ehestreit vermuten.

Beate schluchzt weiter, dann steht sie auf, setzt sich neben mich und bittet mich um mein Handy.

„Meins ist ja gestohlen worden".

Ich packe mein Handy aus, wähle die Nummer aus der Liste der letzten Anrufe und reiche es Beate rüber.

„Hallo Martin, ich bin's", sagt sie, dann eine kurze Pause, „ich sitze am Bahnhof. Simon ist bei mir."

Wieder eine Pause, in der Martin mit ihr spricht. Tränen rollen ihr über die Wangen und tropfen auf die Hose.

„Aber ... Aber ich ...", zu mehr kommt sie nicht, Martin redet weiter auf sie ein.

„Gut", sagt sie dann, „du hast wahrscheinlich recht."

Sie reicht mir das Handy entgegen und schluchzt: „Martin will noch was von dir."

Das Telefon habe ich fest ans Ohr gedrückt, damit die Geräuschkulisse der Halle Martins Worte nicht übertönt.

„Hallo Simon." Seine Stimme ist wie immer ruhig, mit einem Hauch bedrückter Sachlichkeit. „Für mich ist der Punkt überschritten, an dem es sich noch lohnt, zu kämpfen. Mache ich was falsch, Simon?"

Kurz geht mein Blick zu Beate, sie weint und trompetet laut in ihr Taschentuch. „Wir haben viel gesprochen, Martin, aber eine Entscheidung musst du alleine treffen."

„Ich weiß, Simon", dann macht er eine längere Pause. „Ich werde mit Tom und Kate den Abend verbringen. Tu mir bitte den Gefallen, und passe auf den Dickkopf auf! Ich wünsch dir von Herzen alles Gute."

Dann macht es Klick, das Gespräch ist weg. Bei den letzten Worten lag ein Zittern in seiner Stimme.

Hohl blicke ich auf das Handy, ratlos, was zu tun ist. „Hast du eigentlich schon ein Ticket gekauft?", frage ich Beate.

Sie schaut auf den Boden und schüttelt mit dem Kopf. „Ich habe auch gar nicht so viel Geld dabei." *Nein, wie hilflos diese Frau doch ist!*

Mein Blick bleibt eine Weile auf ihrem verweinten Gesicht hängen. Sie schnäuzt sich noch einmal, stützt trotzig ihren Kopf auf die rechte Hand: „Ach was soll's, ich wollte ja sowieso was in meinem Leben verändern."

Ich weiß, wenn ich was falsch mache, und ich weiß es auch jetzt, als ich sie frage: „Hast du Bock auf Finisterre?

„buen caminoooo!!!"

Simon K. Richardson beschreibt seine Erlebnisse auf dem Camino Francés (Jakobsweg), der dann doch anders war, als er es erwartet hatte. Er hätte einiges vom Camino erwartet, aber nicht, dass er auch so amüsant und unterhaltsam werden würde. Dieses Buch ist nicht noch ein Reiseführer mit gut gemeinten Tipps, sondern beschreibt unterhaltsam die Begegnungen mit vielen, teilweise skurrilen, Menschen.

Zu beziehen über Amazon ISBN-13: 978-148490359